Franz Hohler & friends

FRANZ HOHLER

Franz Hohler & friends

Begegnungen

Luchterhand

Vorwort

In diesem Band sind Texte versammelt, die ich im Verlauf von mehr als 50 Jahren über andere geschrieben habe. Bei der Durchsicht meiner Ordner, der analogen und digitalen, habe ich mich gewundert, wie viele es geworden sind. Der etwas saloppe Titel, den ich aus der Musikszene entlehnt habe, soll nicht lauter enge Freundschaften suggerieren, sondern er steht für Menschen, denen ich begegnet bin und die mir etwas bedeutet haben. Natürlich habe ich nicht über alle, mit denen ich befreundet bin, etwas geschrieben, oft brauchte es ja einen Anlass dazu, im schönsten Fall einen Geburtstag, im traurigsten Fall den Tod. Aber zusammen mit den hier festgehaltenen, den lebenden und den toten, fühle ich mich als Teil einer Großfamilie, und für dieses Gefühl bin ich dankbar.

Franz Hohler
Zürich, Feb. 2024

Emil

Vor einem Jahr noch hat ihn außerhalb von Luzern kaum jemand gekannt. Jetzt hat er schon ungezählte ausverkaufte Vorstellungen in Zürich, Basel und Bern hinter sich, findet an Orten, wo er zum ersten Mal hinkommt wie Aarau, Olten oder Winterthur, bumsvolle Theatersäle vor und schert neuerdings bis nach Berlin aus.

Wer ist dieser Emil, und was macht er?

Heute ist er ein Mann mit drei Berufen: Kinogeschäftsführer, Kleintheaterleiter und Kabarettist. Ursprünglich war er Grafiker (mit einem Atelier samt mehreren Angestellten), noch ursprünglicher war er Postbeamter, aber seine ursprünglichste Gestalt ist der Komödiant. Jetzt sei er wieder so ein Göiggel wie als Kind, sagte seine Mutter, nachdem sie sein Programm gesehen hatte, und wenn Emil selbst über seine Kindheit erzählt, dann fällt ihm immer ein, dass er die andern Kinder zum Lachen gebracht habe, auf dem Schulhausplatz, als Messdiener, oder wenn er in der Pause einen Lastwagenchauffeur nachmachte. Seine Neigung zur Bühne hat er aber nie verleugnet, ihr zuliebe gab er sogar seinen Grafikerberuf auf, als er vor drei Jahren das Luzerner Kleintheater gründete, wo seither praktisch alles aufgetreten ist, was in der Kleinkunst Rang und Namen hat. Daneben hat Emil immer Kabarett gespielt, zuerst in Ensembles mit der üblichen Lokalprägung, dann hat er insgesamt vier Einmannprogramme gemacht, die aber immer zu stark mit luzernischer Politik zu tun hatten, als dass sie über seine Heimatstadt hinaus gewirkt hätten.

»Geschichten, die das Leben schrieb« ist nun sein erstes Programm, in dem er seiner ursprünglichen Gestalt des reinen Komödianten treu bleibt und sich ganz darauf verlässt, dass ihm im richtigen Moment das Richtige in den Sinn kommt. Heute, nachdem er das Programm ein Jahr lang gespielt hat, liegt der Ablauf der Nummern ziemlich fest, aber entstanden sind sie alle als Improvisationen.

Emil ist kein Schauspieler. Wenn er einen Lehrling macht, dann »spielt« er ihn nicht, sondern dann »ist« er ein Lehrling. Er kommt nicht von außen an seine Figuren heran, sondern von innen. Er schaut ihnen nicht gewisse Züge ab, die er dann kopiert, sondern er identifiziert sich auf eine fast unheimliche Weise mit dem Typ, den er darstellen will, und dann kommt alles von selbst.

Wenn Emil den richtigen Typ gefunden hat, ist die Nummer eigentlich schon fertig. Er braucht keine Texte. Ein

Programm zusammenzustellen heißt für ihn, die richtigen Typen herausfinden. Emil ist der einzige Kabarettist weit und breit, der es sich leisten kann, sein Programm in Stichworten zu notieren und dann dem Abend freien Lauf zu lassen. Sein Partner ist das Publikum; je besser es reagiert, desto mehr kommt Emil in den Sinn.

Einen Typ gibt es, bei dem ihm am meisten in den Sinn kommt. Es ist der, der alles nur halb begreift, der, der bei den Definitionen ganz zuunterst anfängt. »Ich wett genau das, wo n ich wett« ist ein typischer Emil-Satz, der mit großer Bestimmtheit in einer Situation fällt, wo Emil überhaupt nicht weiß, was er eigentlich will. Was an diesen Figuren frappiert, ist ihre selbstsichere Hilflosigkeit. Die Sicherheit, mit der sie unsicher sind, trifft den Zuschauer, vielleicht weil er darin das Urbild seiner eigenen Situation spürt.

Ob einer ein guter oder ein schlechter Komiker ist, kann man daran messen, ob das Lachen, das er hervorruft, auf Kosten der Menschenwürde geht. Bei Emil lacht man immer mit, man lacht nie aus.

Und noch etwas: Bei ihm können alle lachen. Was er macht, ist so allgemein menschlich, dass sich jeder auf irgendeine Art davon angesprochen fühlt. Das ist etwas, was nur ganz wenige fertiggebracht haben, Charles Chaplin beispielsweise oder Karl Valentin.

Dass jetzt wieder so einer da ist und dass er hier in der

Schweiz lebt, ist ein Grund zur Freude und ein Grund für alle, die ihn noch nicht kennen, dies nachzuholen, und sei es nur durch das Anhören einer Platte.

Gardi Hutter

Spaßmacher!
Einmänner!
Komische Vögel!
Macht Platz!
Rückt zusammen!
Ein Neuer ist da!
Und freut euch
es ist eine Frau!

Was soll das Erstaunen
auf euren Gesichtern?
Ja, glaubt ihr im Ernst
es sei euren Visagen allein gegeben
und euren Sprüngen im Kopf
die Leute zum Lachen zu bringen?
Man müsse
aus metaphysischen Gründen
ein Mann sein
dass jemand im Saal
eine Miene verzieht?

Dann schaut sie euch an
die wackere Wäscherin
aus St. Gallen und Nirgendwo
im einsamen Kampf
gegen Berge von schmutziger Wäsche
wie sie beinahe
gehängt wird
vom Seil
anstelle des Sockens
und wie sie der Ekel schüttelt
beim Anblick der Pflicht
und wie sie sich
Mut anliest
mit den Taten Johannas
und wie sie sich rüstet
mit Waschbrett und Zuber
zum heiligen Kriege
gegen das Monstrum Alltag
das bös und beharrlich
sitzen bleibt
in der Ecke der Bühne
und stärker ist
als die tapfere Heldin.

Und wenn ihr gesehen habt
wie diese Ecke der Bühne
zur Mitte des Lebens wird
und wie die Entstellung des Menschen

erst seine wirkliche Stellung zeigt
dann
Spaßmacher
Einmänner
komische Vögel
macht Platz!
Rückt zusammen!
Die Gardi ist da!
Und freut euch
sie ist eine Frau!

Mani Matter

Als man mich einmal in die MRI-Röhre schob und ich eine Musik auswählen durfte, die mir über den Kopfhörer die Zeit verkürzen sollte, entschied ich mich für eine CD des Amerikaners Steve Reich. Nachdem mich der Betreuer des Vorgangs am Ende wieder herausgezogen hatte, sagte er, diese Musik habe noch nie jemand hören wollen. Was denn die Leute sonst gern hätten, fragte ich ihn, worauf er zur Antwort gab: »Mozart oder Mani Matter.«

An einem Sonntag Abend klickte ich am Fernsehen den Schluss des Schweizer »Tatorts« an, »Züri brännt«, und nach ihren offenbar erfolgreichen Ermittlungen sang die Kommissarin für sich, und damit auch für das Publikum, »I hanes Zündhölzli azündt«.

Auf der Kulturseite der »NZZ am Sonntag« wurde jüngst das Zürcher Jazzfestival »Unerhört!« angekündigt, und zwar mit der Überschrift: »›Kunscht isch gäng es Risiko‹ sang schon Mani Matter.«

Es gibt in der Deutschschweiz praktisch zu allem und jedem ein Mani Matter-Zitat. Seine Lieder sind, fast 50 Jahre nach seinem frühen Tod, von einer selbstverständlichen Präsenz; sie sind den Kindern und den Erwachsenen gleichermaßen vertraut, Mani Matter ist zu einem Klassiker geworden, er ist sozusagen der Mozart des Schweizer Chansons.

Er hat in seinen Liedern das Berndeutsche Anfang der sechziger Jahre aus der Sprache der ländlichen Idylle und der Gotthelf-Hörspiel-Bearbeitungen zurückgeholt in die Natürlichkeit der Umgangssprache.

Dabei war Berndeutsch genau genommen gar nicht seine Muttersprache. Seine Mutter war Holländerin, sein Vater Berner, und um in der Familie ein sprachliches Ungleichgewicht zu vermeiden, beschlossen die beiden Eltern, mit den Kindern Französisch zu sprechen. Berndeutsch hat Mani in der Schule von den andern Kindern gelernt.

»Mani« ist übrigens ein Pseudonym. Sein richtiger Vorname war Hans Peter. Seine Mutter nannte ihn gerne Jan, seine jüngere Schwester machte daraus Nan, danach Nani, das später zu Mani wurde. Das war dann auch sein Pfadfindername, und bei dem blieb er, als er mit Chansons aufzutreten begann. Im frankophilen Hause Matter gab es Platten von Maurice Chevalier aus der Erbschaft eines Onkels, und – von Mani selbst gekauft – von Georges Brassens. Als sich Mani überlegte, was er zu einem Pfadiabend beitragen könnte, machte er ein Mundartlied zu einer Melodie von Georges Brassens, »dr rägewurm«. Er war verblüfft über den Erfolg, alle fragten ihn nach weiteren Liedern, und so fing er an, zu eigenen Melodien eigene Chansons zu schreiben.

Nach der Matur belegte er zunächst ein Semester Germanistik an der Uni Bern, ließ sich aber »durch Vorlesungen über Goethe etwas abschrecken«, und entschloss sich für das Studium der Jurisprudenz. Sein Vater war Rechtsanwalt, spezialisiert auf Marken- und Patentrecht. Manis Interesse galt jedoch dem Staatsrecht. 1963 wurde er Assistent des Staatsrechtsprofessors Richard Bäumlin. 1965 schloss er sein Studium mit der Dissertation »Die Legitimation der Gemeinde zur staatsrechtlichen Beschwerde« ab. Sie zeigte auf, welche Möglichkeiten einer Gemeinde beim Bundesgericht offenstehen, um gegen kantonale Beschlüsse zu rekurrieren, und kritisierte die damalige Haltung des Bundesgerichts als zu wenig liberal. Es ging letztlich um das Recht des Kleineren gegen den Größeren – der Gedanke an sein Chanson »dr hansjakobli und ds babettli« liegt auf der Hand. Seine Dissertation erschien im Verlag Stämpfli in Bern und dürfte mit ihren 79 Seiten eine der kürzesten Dissertationen überhaupt sein.

1967 begab sich Mani Matter für ein Jahr nach Cambridge, um an seiner Habilitationsschrift zu arbeiten. Sie trug den Titel »Die pluralistische Staatstheorie« und stellte den Staat als ein Gebilde dar, das nicht in erster Linie durch Übereinstimmung geprägt ist, sondern nur durch

Widerspruch verschiedener Meinungen lebendig bleibt. Zur Fertigstellung fehlten ihm, als er zurückkam, bloß noch die Fußnoten, die er nie geschrieben hat. Trotzdem bekam er 1970, jetzt als Oberassistent, einen Lehrauftrag für Staats- und Verwaltungsrecht an der Uni Bern. Wege zu einer Professur wären ihm durchaus offen gestanden.

Im Januar 1969 hatte er einen befristeten Auftrag bei der Stadt Bern angenommen, wo man jemanden suchte, der in den städtischen Reglementenwirrwarr Ordnung brachte. Nachdem er diese Arbeit abgeschlossen hatte, wurde er zum festangestellten Rechtskonsulenten der Stadt ernannt.

Die Aussicht, ein ganz normales Leben als städtischer Beamter zu führen, erleichterte ihn, wie er in einem Brief an seinen Liedermacherfreund Fritz Widmer aus Cambridge schrieb. 1963 hatte er Joy Doebeli geheiratet, es waren drei Kinder zur Welt gekommen, und obwohl seine Frau ihre berufliche Tätigkeit als Englischlehrerin nie aufgegeben hatte, stellte sich ein Gefühl der Verantwortung für die Familie ein.

In einem Interview, das ich 1971 mit ihm führte, antwortete er auf meine Frage, ob er nicht Lust habe, hauptberuflich zu singen:

»Nein. Ich möchte nicht gerne das Gefühl haben, ich müsste mich morgens um acht Uhr in mein Studierzimmer begeben, um meine Familie zu ernähren und zu diesem Zweck wieder Lieder zu schreiben. Ich bilde mir ein, dass die Lieder, die ich schreibe und die zu schreiben ich mir die Zeit irgendwie nehmen muss, dass das dann wirklich nur die sind, die, von mir aus gesehen, einem Bedürfnis entsprechen.«

Wir können heute froh sein, dass dieses Bedürfnis stärker war als dasjenige, die Fußnoten zu seiner Habilitation zu schreiben.

Es überrascht nicht, dass Mani auch politisch aktiv war. Kaum hatte er das stimmfähige Alter erreicht, trat er dem »Jungen Bern« bei, einer Gruppe, die versprach, politische Probleme allein nach sachlichen Gesichtspunkten anzugehen und Entscheide von Fall zu Fall zu treffen, während bei den großen Parteien meist zum Vornherein klar war, wie sie sich auf Grund ihrer Ideologie zu einer Sache stellten. 1959 gelang dem »Jungen Bern« mit der glanzvollen Wahl des Pfarrers und Schriftstellers Klaus Schädelin der Einzug in die 7-köpfige Exekutive. Der Propagandachef für Schädelins Wahl war Mani Matter. Er selbst wurde bei den Wahlen ins Kantonsparlament 1960 zweiter Ersatzmann und hatte somit reelle Chancen, ein nächstes Mal gewählt zu werden, und von da an ließ er sich nicht mehr aufstellen. Er war aber von 1964 bis 1967 Präsident des »Jungen Bern«.

»mir hei e verein i ghöre derzue« hat Mani Matter gesungen und in diesem Lied von den Schwierigkeiten erzählt dazuzugehören. Als sich nach dem Austritt einiger prominenter Autoren und Autorinnen aus dem Schweizerischen Schriftstellerverein 1970 die »Gruppe Olten« zu bilden begann, war Mani bei einigen der ersten Treffen dabei. Bald debattierte man darüber, ob man einfach eine Gruppe bleiben wolle, wie etwa in Deutschland die Gruppe 47, oder ob man eine Form suchen sollte, in der man auch juristisch handlungsfähig würde, und man fragte den Juristen Mani, ob er so etwas wie Vereinsstatuten entwerfen könne. Das tat er dann, seine klaren und einfachen Statuten überzeugten auch die Hitzköpfe, und so wurde aus der Gruppe ein Verein, der bis zu seiner Wiedervereinigung mit dem Schriftstellerverein 2002 existierte. Später wussten die wenigsten, dass die juristische Fußspur dazu von Mani Matter gelegt worden war.

Ich glaube, vielen Menschen hat Manis Lied vom Verein geholfen, »würklech derzue« zu gehören, auch wenn sie gefragt werden »du lue ghörsch du da derzue?« Letztlich ist die Beschreibung des Vereins nichts anderes als die pluralistische Staatstheorie im Kleinen.

Und neben all diesen Tätigkeiten widmete er sich immer wieder der Nebenbeschäftigung, derentwegen er heute ein Begriff ist, dem Schreiben von Chansons.

Klaus Schädelin hatte einige davon auf Tonband aufgenommen, und wer immer bei ihm vorbeikam, musste sie hören. Einer davon war Guido Schmezer, damals Chef der Abteilung Unterhaltung bei Radio Bern, der Mani daraufhin zu Aufnahmen ins Studio Bern einlud. Am 28. Februar 1960 war Mani Matters Stimme zum ersten Mal am Radio zu hören.

Chansons aus jener Zeit sind etwa »dr ferdinand isch

gstorbe«, »i han en uhr erfunde«, »d psyche vo der frou«, »dr herr zehnder«, »dr kolumbus«, »ds rote hemmli«, »ds eisi«, »dr heini«, »ds lotti schilet«. Damit hatte er »es zündhölzli azündt«, dessen Flamme sich rasch weiterverbreitete.

Seine Lieder wurden zunächst in Programmen des Lehrercabarets »Schifertafele« gesungen, und erst 1967 trat Mani Matter regelmäßig selbst auf, zusammen mit Ruedi Krebs, Jacob Stickelberger, Bernhard Stirnemann, Markus Traber und Fritz Widmer, für die Heinrich von Grünigen in einer enthusiastischen Besprechung im »Bund« den Sammelbegriff »Berner Troubadours« geprägt hatte.

Auch bei den Schriftstellern brachte der Gebrauch der gesprochenen Sprache frischen Gegenwartswind. Kurt Marti, der über Mani Matter einen Artikel in der »Weltwoche« schrieb, hatte den Dialekt bereits als Ausdrucksmittel entdeckt, andere wie Ernst Eggimann oder später Ernst Burren kamen dazu, Walter Vogt kreierte dafür das Stichwort »modern mundart«.

1966 veröffentlichte der eben gegründete Zytglogge Verlag Manis erste Schallplatte, die zugleich die erste des Verlags war, Berner Chansons von und mit Mani Matter (später umgeändert in »I han en Uhr erfunde«). 1967 folgte seine zweite Platte, »Alls wo mir i d Finger chunnt«. 1969 publizierte Egon Ammann in seinem »Kandelaber Verlag« das erste Chansonbändchen »Us emene lääre Gygechaschte«, für das Mani im selben Jahr den Buchpreis der Stadt Bern erhielt. 1970 kam seine dritte Platte heraus, »Hemmige«.

Inzwischen war Mani Matter längst zum Begriff geworden. Die Auftritte der »Berner Troubadours« waren überall in der Schweiz ein großer Erfolg. Mani fand es bald fragwürdig, dass sie zu sechst im ganzen Land herumfuhren, wo doch jeder von ihnen ein Repertoire hatte, das weit über den 10- bis 15-Minuten-Auftritt hinausreichte.

So trat er dann vom Herbst 1970 an immer mehr zusammen mit Fritz Widmer und Jacob Stickelberger auf, mit denen er auch ausführlich alle Chansons besprach, und schließlich sang er am 9. Oktober 1971 zum ersten Mal einen ganzen Abend solo seine »Gesammelten Werke«, und zwar im Luzerner Kleintheater von Emil, der ihn durch beharrliche Anfragen so weit gebracht hatte.

Seine Auftritte, in denen er seine »liedli« mit lakonischen Zwischentexten verband, waren überaus erfolgreich, und Mani wurde zum gefragten Einmannkünstler.

Auf der Fahrt nach Rapperswil zu einem seiner Solo-Abende kam er am 24. November 1972 bei einem Überholmanöver auf der Autobahn bei Kilchberg ums Leben. Die Bestürzung über seinen Tod war groß, sie kam einer Landestrauer gleich.

Mani Matter ist in erstaunlichem Maß ein Stück schweizerischer Kultur geworden, ein gemeinsamer Nenner für die unterschiedlichsten Menschen. Kinder sind immer noch und immer wieder für ihn zu begeistern. Mani selbst hat mir einmal gesagt, wie sehr es ihn irritiere, wenn er als Kompliment für seine Lieder zu hören bekomme, das sei noch etwas Unverdorbenes, das man den Kindern mit gutem Gewissen vorsetzen könne. Er habe dann jeweils große Lust, etwas Obszönes und Geschmackloses zu schreiben, nur um die Leute zu verunsichern.

Der Konsens, dass es sich hier um gute Lieder handelt, ist groß, verdächtig groß fast. Heißt das vielleicht, dass sie unverbindlich sind? Kann das überhaupt sein, dass dasselbe Lied den Sänger einer Band, die sich einst als Sprachrohr der Berner Jugendbewegung verstand, Kuno Lauener, ebenso anspricht wie die freisinnige Ex-Bundesrätin Elisabeth Kopp, die in ihrem Buch »Briefe« erwähnte, wie wertvoll ihr Manis Lieder seien? Heißt das nicht, dass sie unverbindlich sind? Kann das sein, dass wir ihn alle lieben, den Poeten und hintersinnigen Kritiker? Oder sagen wir Klavier und meinen Bratwurst, wie in Manis Lied vom Missverständnis? Ob Missverständnis oder nicht, wir müssen es zumindest für möglich halten, und es könnte auch heißen, dass wir alle etwas miteinander zu tun haben, dass die Lieder nicht unverbindlich sind, sondern verbindend. Für Mani selbst hieß ja Zusammenkommen nicht Versöhnung, sondern Gespräch, Kontroverse, Diskussion.

Was er mit ausgelöst hat, nämlich eine Rückeroberung des Dialekts für das Dichten, Denken und Singen, war eine Identifikationshilfe für die Schweizerdeutsch sprechenden Zeitgenossinnen und Zeitgenossen, eine Möglichkeit, sich als zugehörig zu empfinden, ohne eine Nationalhymne singen zu müssen.

Seine Verse sind eine Einladung zur Einfachheit, kommen leicht und selbstverständlich daher, erwischen uns beim Vertraut-Alltäglichen, bei einer Eisenbahnfahrt (»ir ysebahn«), beim Gang auf eine Amtsstelle (»är isch vom amt ufbotte gsy«), bei der Münzsuche vor einem Parkingmeter (»dr Parkingmeter«), und schicken uns dann in philosophische Labyrinthe. »ir ysebahn« etwa ist nicht nur ein komisches Lied, sondern auch ein Lied über die Möglichkeiten unserer Erkenntnis, über die schon Kant nachgedacht hat, und über das Konfliktpotential, das darin enthalten ist. »dene wos guet geit« ist verkappte und verknappte Soziologie.

Er ist den Fremdwörtern nicht ausgewichen, hat etwa dem Anglizismus »Sändwich« ein ganzes Lied gewidmet, dessen Schlussvers vom Wort »Dialäktik« gekrönt wird, im Coiffeursalon hat ihn »es metaphysischs Grusle« gepackt, als er sich in den Spiegeln zu einem Männerchor vervielfältigt sah. Diese vorbehaltlose Offenheit gegenüber der Sprache, diese Nähe zum Leben ließ seine Lieder bis heute nicht altern.

Er sagte einmal in einem Vortrag, die einzige Tradition, an die er habe anknüpfen können, sei das »Lumpeliedli«, und »Versueche, es poetischs Chanson z mache, sy völlig fählgschlage«. Er war stets auf der Suche nach dem poetischen Chanson, so sehr, dass er gar nicht bemerkte, wie viele davon er schon zustande gebracht hatte, von »us emene lääre gygechaschte« über »ds lied vo de bahnhöf« oder »di strass, won i drann wone« bis zum »noah«.

Aber er suchte mehr als das, einen neuen Ton, der das Gelände des Witzes und der Ironie gänzlich hinter sich lassen würde. Zwei seiner letzten Lieder sind Zeugnis dafür. Vom einen, »nei säget sölle mir«, gibt es eine Piratenaufnahme eines Auftritts im Berner »Bierhübeli«, auf der deutlich zu hören ist, wie das Publikum zuerst lacht und dann auf einmal verstummt, weil es seinen alten Mani nicht wiederfindet. Und mit »warum syt dir so truurig?«, ein Lied, zu dem es acht verschiedene Entwurfsseiten mit immer wieder neuen Wendungen und Textanordnungen gibt, ist er in diesem neuen Ton angekommen – es ist für mich das Ergreifendste, was er geschrieben hat.

Und dann die Musik. Auch hier macht man die Feststellung, dass sie zwar einfach, aber nicht simpel ist. Sie orientiert sich häufig an der Melodie, welche den Wörtern selbst bereits innewohnt. Anfänge wie »das isch ds lied vo de bahnhöf«, »wär würd gloube, dass dr heini« oder »nei säget sölle mir« schieben die Wortmelodie nur ein kleines bisschen ins Musikalische hinüber, und schon wird sie zu einem Lied. Seinen Begleitfiguren auf der Gitarre wird man mit dem abschätzigen Hinweis auf die drei berühmten Griffe, die es für ein Lied braucht, nicht gerecht, man höre sich nur etwa den »bärnhard matter« oder »i han en uhr erfunde« an. Aber Mani beschränkt sich immer auf ein Minimum. So genügt ihm in »farbfoto« der Dreivierteltakt, das Wälzerchen, um die Sentimentalität des Werbefotos, das er beschreibt, auch hörbar zu machen.

In den späten achtziger Jahren fingen »Züri West« an, auf jeder ihrer Platten ein Lied von Mani in einer Rock-Fassung einzuspielen. »dynamit« klang, als sei es für sie geschrieben. Mühelos passen sich viele von Manis Liedern dem Rock-Rhythmus an, oder der Rock-Rhythmus passt sich ihnen an und lässt ihre anarchistische Seite stärker aufleuchten, oder auch ihre poetische, wie im »heiwäg« oder in Stephan Eichers Version von »hemmige«.

Bei Stephan Eichers Konzerten in Frankreich sang das Publikum jeweils den Refrain von »hemmige« mit. Als ich das im »Olympia« in Paris erlebte, sah ich in Gedanken Mani lächeln, mit der Maurice Chevalier-Platte seines Onkels unter dem Arm.

Als die CD »Matter-Rock« entstand, wurde Manis »warum syt dir so truurig?«, das es nicht mehr von ihm selbst gesungen gibt, durch Polo Hofer interpretiert. Er sagte mir nachher, sie hätten lange gewerweißt, ob er »warum« auf der ersten Silbe betonen solle (so hatte es Mani noch auf seinem Manuskript notiert, als Lied im 3/4 -Takt) oder auf der zweiten, als Auftakt zu einem 4/4-Takt, was er schließlich vorzog, da es ihm besser lag. Das ist typisch für Manis Melodien, dass eben beides geht. Wichtig war ihm die natürliche Sprechweise.

Worauf ich nicht mehr eingehen kann, sind Mani Matters literarische Arbeiten, die nichts mit den Chansons zu tun hatten. Seine hochdeutschen Kurzgeschichten, Aphorismen, Einakter, Gedichte, philosophischen Betrachtungen und Tagebuchnotizen kamen erst nach seinem Tod heraus, in den Büchern »Sudelhefte« (Benziger, 1974) und »Rumpelbuch« (Benziger, 1976), deren Titel noch von ihm selbst stammten, später kamen zwei weitere dazu, »Das Cambridge Notizheft« (Zytglogge, 2011) und »Was kann einer allein gegen Zen Buddhisten« (Zytglogge, 2016). Es sind Fundgruben voller Überraschungen, die von Manis intellektueller Brillanz, aber auch von der Neugier auf andere Formen zeugen.

Sein Libretto »Der Unfall«, ein Madrigalspiel für 10 Mitwirkende, erzählt in der Ich-Form von einem, der überfahren wurde.

»ich bin überfahren worden, weil ich unachtsam war.
unachtsam war ich, weil ich an etwas anderes dachte.
ich dachte daran, es sei schade, dass ich
kein musiker bin.«

Er schrieb den Text für seinen Freund, den Komponisten Jürg Wyttenbach, der mit der Vertonung schon ziemlich weit war, als Mani tödlich verunfallte. Danach war Wyttenbach nicht mehr in der Lage, mit der Komposition weiterzufahren. Er brauchte über 40 Jahre, um die Arbeit daran wieder aufzunehmen, und das Stück wurde 2015 an den Luzerner Musikfestwochen uraufgeführt.

Durch die Heiterkeit und den verspielten musikalischen und textlichen Witz des Werks leuchtet immer wieder die große Trauer über Mani Matters Tod, der vermutlich auf der Autobahn an etwas anderes gedacht hatte.

Wolf Biermann

Wolf Biermann ist wahrscheinlich einer der meistbesuchten Menschen in Ostberlin gewesen. Er galt dort als »staatlich anerkannter Staatsfeind«, wie er sich selbst bezeichnete, und für westliche DDR-Beschreiber war eine Biermann-Visite als Bestandteil einer Informationsreise fast obligatorisch. Er sagte einmal, er hänge jetzt dann, wenn er ungestört sein wolle, eine Tafel vor die Tür mit der Aufschrift »Heute keine Besichtigung«.

Eine solche Tafel hätte er aber kaum für ostdeutsche Besucher aufgehängt, und diese waren bedeutend zahlreicher als die aus dem Westen. Für sie war die Chausseestraße 131, in der Biermann eine Zwei-Zimmer-Wohnung behauste, eine Adresse, an die man sich wenden konnte, wenn man eine Ermutigung brauchte. Ein Sänger von seiner Qualität und Bedeutung wäre in einem Land, in dem man sich freier bewegen kann, fast dauernd irgendwo unterwegs. Biermann aber, infolge der ihm auferlegten Zwangsruhe, war fast immer zu Hause, und so stellten sich Leute bei ihm ein, die ihn um Rat fragten, die etwas zu erzählen hatten, die ein Buch oder ein Tonband haben wollten, Leute auch, die ihm etwas vorlesen oder vorsingen wollten oder sich von ihm etwas vorlesen oder vorsingen lassen wollten. Ich habe keinen Besuch bei Biermann erlebt, bei dem nicht auch jemand anderes hereinschaute, und meistens griff er nach einiger Zeit zur Gitarre, trug ein paar seiner neuen Lieder vor und wollte von den Anwesenden wissen, was sie davon hielten.

Was sich um Biermann gruppierte, war ein Freundeskreis von Studenten, Literaten, Malern und Musikern. Solche Freundeskreise um lebendige und starke Menschen gibt es bei uns auch, das ist nichts Ungewöhnliches, aber ich hatte immer das Gefühl, die Leute, die bei Biermann verkehrten, seien stärker aufeinander angewiesen, als man das bei uns ist, und sie bräuchten ihren Biermann dringend, als Bestätigung, dass man auch leben kann, wenn man behindert wird, dass man auch denken kann, wenn Anpassung verlangt wird, als Bestätigung, dass Leben überhaupt möglich ist.

»Wie sollen die Leute bloß leben? Ist man da bei Ihnen schon ein bisschen weiter?« fragte mich Biermann einmal. Seine Existenz war für viele eine Antwort auf die Frage, wie man leben soll. Manche seiner ostdeutschen Kollegen fanden Biermanns Antwort allerdings nicht richtig, fanden, er bekäme zu viel Applaus von der falschen Seite und gefalle sich in einer Starrolle.

Ich hatte diesen Eindruck nie, mir kam es immer so vor, als ob die Leute zu Biermann hereinkämen, um sich ein bisschen zu wärmen. Erstaunt bemerke ich, dass ich ständig in einem nekrologischen Imperfekt schreibe, und tatsächlich: auch wenn sie ihn noch ab und zu übers westdeutsche Fernsehen oder Radio hören können – für die Menschen in Ostberlin muss es sein, als ob Biermann tot wäre.

Ernst Kunz

Da kommt er!

Da schiebt er sich vorwärts.

Da schleppt er sich dahin.

Das eine Bein ist kürzer als das andere, mehr als das, missgebildet, es endet mit einem Klumpfuß in einem Spezialschuh, der mit seiner kothurnartigen Sohle die Länge des Beines dem andern angleicht. Diesen schweren Unfuß muss er jedoch ständig etwas hinter sich herziehen. Die Mutmaßungen über dessen Ursprung gehen weit auseinander, von einer Kinderlähmung bis zu einem Hundebiss beim Fensterln.

Ein Stock mit silbernem Knauf hilft ihm beim schwankenden Gang.

In der andern Hand immer die Mappe.

Und immer in einem dunklen Anzug.

Die strähnigen, glatten Haare kühn nach hinten gekämmt, etwas länger als der übliche Durchschnitt.

Da kommt er, von der Schöngrundstrasse her, ins Hübeli-Schulhaus, zum Gesangsunterricht für die fünfte Gymnasialklasse, in welcher nur noch zehn Schüler übrig geblieben sind, die den strengen Anforderungen der strengen Lehrer dieser strengen Schule genügen konnten, die andern haben sich auf Internate, Seminarklassen und Handelsschulen verteilt.

Da kommt er durch das Hauptportal, arbeitet sich die Treppe hoch in den ersten Stock, zum Singsaal.

Dort setzt er sich an den Flügel und singt mit den zehn Burschen und Mädchen Lieder von Schubert, »Ich hört ein Bächlein rauschen«, »Am Brunnen vor dem Tore«, »Schad um das schöne grüne Band«, und er macht uns aufmerksam auf die Strukturen und Harmonien dieser Lieder, zeigt uns, warum aus dem Bächlein mit der perlenden Begleitung kein Volkslied werden konnte, wohl aber aus dem Brunnen vor dem Tore, macht uns mit dem Dichter Wilhelm Müller bekannt, von dem wir im Deutschunterricht weder vorher noch nachher etwas hören werden und den er als Schuberts Textlieferant in Ehren hält, er singt mit uns, oder wir singen mit ihm Schumanns »unglückliche Grenadiere«, und seither kennen wir die Marseillaise, denn sie ist in die Begleitung eingewoben, und die Mädchen in der Klasse schütteln den Kopf über die Zeile »Was schert mich Weib, was schert mich Kind«, doch die Burschen schaudert es beim Gedanken von der Schildwach' im Grabe, über die auf einmal der Kaiser reitet, den es zu schützen gilt, warum ihn, warum nicht Weib und Kind, fragen die Mädchen voller Verachtung für den irregeleiteten Idealisten, dann singen wir auch das Lied von den zwei Gesellen, die strebten nach hohen Dingen, und wem sie vorübergingen, dem lachten

Sinne und Herz. Der erste fand ein Liebchen und wiegte gar bald ein Bübchen, dem zweiten sangen und logen verlockend Sirenen und zogen ihn in die buhlenden Wogen, und sein Schifflein, das lag im Grund, und am Ende des Liedes lässt der Gesangslehrer seine Hände einen Moment auf den Knien ruhen und erzählt etwas aus seinem Leben, nämlich wie er kürzlich einen alten Bekannten getroffen habe und ihn unter anderem nach seinem Sohn gefragt habe, und da habe ihm der andere bedauernd geantwortet: »Ach wissen Sie, der ist jetzt Barpianist.«

So schlimm fanden wir das zwar nicht, doch damit hat er klare Werte gesetzt, unser Gesangslehrer, der mehr war als Gesangslehrer, nämlich Musikdirektor, Musikdirektor der Stadt Olten, das war sein Titel, ein Titel, den es schon lang nicht mehr gibt, und unter diesem Titel war ihm sozusagen die musikalische Pflege der Kleinstadt anvertraut, er war Dirigent des Gesangvereins, er war Dirigent des Stadtorchesters und hatte das Ansehen der Stadt als Hort der Musik hochzuhalten, durch Konzerte zum Beispiel, in denen die musikalischen Kräfte der Provinz gebündelt auftraten.

Mit vierzehn Jahren durfte ich, der ich Cello lernte, zum ersten Mal im Stadtorchester mitwirken, der Anlass war die 75-Jahr-Feier des Schweizerischen Vereinssortiments, so hieß das Buchzentrum damals. Wir spielten auf der Bühne des Stadttheaters das dritte »Brandenburgische Konzert« von Bach, in dem der Bass-Linie eine eminente Rolle zukommt, und ab dann war ich mehrere Jahre dabei. An das dritte Klavierkonzert von Beethoven erinnere ich mich gut, mit einer chinesischen Pianistin, und an die Oratorien, zu denen unser Musikdirektor immer hervorragende Solisten engagierte. »Judas Maccabaeus« etwa von Georg Friedrich Händel, das hatte er sich zur Feier seiner 40-jährigen Dirigententätigkeit vorgenommen, und da wirkten außer dem Stadtorchester sämtliche aufbietbaren Oltner Chöre mit, der Gesangverein, der Lehrergesangverein Solothurn und Olten, der Knabenchor, und es stießen große Namen dazu, so sang neben Peter Lagger als Bass damals auch Maria Stader. In diesem Oratorium gibt es eine kurze, äußerst melodiöse Sopranarie, die nur von einem Cello begleitet wird, und da ich bereits zum 1. Cellisten aufgerückt war, fiel mir die Aufgabe zu, die berühmte Sopranistin zu begleiten, ich erinnere mich sehr gut an die Hauptprobe, als sich die Sängerin beim Erklingen des Cello-Vorspiels nach dem Solisten umdrehte und über dessen Jugend fast etwas erschrak, aber sie hatte nichts zu mäkeln, und wir legten das Stück einwandfrei hin, Maria Stader und ich, in der reformierten Friedenskirche zu Olten. Die Auftritte des Musikdirektors hatten Stil: Er hinkte zum Dirigentenpult, setzte seinen gesunden Fuß mit einem federnden Tritt auf das Podest und schwang seinen bösen Fuß geradezu graziös hinauf, und dann war er für die Dauer des Konzerts ein souveräner Maestro. Nach dem Jubiläumskonzert schrieb er mir eine Widmung aufs Programmheft, die Art, wie er die Buchstaben setzte, glich einer Notenschrift.

Er wurde gerne belächelt, Ernst Kunz, man wusste, dass er komponierte und dass seine Werke selten gespielt wurden, und wenn, dann vor allem in Olten, sie hatten den zähen Schwung der auslaufenden Spätromantik und liegen heute in der Kantonsbibliothek in Solothurn begraben, aber vielleicht hätten sie auch noch Überraschungen bereit.

Ernst Kunz, Oltner Musikdirektor auf Lebenszeit, hatte sich wohl eine andere Karriere vorgestellt. Er hatte bei Ferrucio Busoni und Hans Pfitzner studiert, war vor und während des Ersten Weltkriegs bei Bruno Walter als Korrepetitor an der Münchner Hofoper angestellt, verkehrte noch am Bayerischen Königshof, was dazu führte, dass er in seinen eigenen biographischen Angaben immer schrieb »geboren bei Bern«, nur um den Namen »Zimmerwald« zu vermeiden, der durch Lenins Sozialistische Internationale zu einem Reizwort geworden war. Er sei altmodisch, sagte er uns einmal, er lehne Füllfeder und Kugelschreiber ab und schreibe seine Kompositionen nur mit Bleistift. Seine Musik also, wie Robert Walsers späte Prosa, eine Botschaft aus dem Bleistiftgebiet. Ich erinnere mich auch, dass bei der ersten Schlussfeier des Progymnasiums Ulrich Knellwolf, der die Klasse des nächsthöheren Jahrgangs besuchte, ein gar nicht leichtes Lied eines Klassenkameraden sang, welcher ihn am Klavier begleitete, und wer die beiden dazu angespornt hatte, war Ernst Kunz, dem das kompositorische Talent dieses Schülers sofort aufgefallen war. Natürlich war der Musikdirektor als Gesanglehrer für die Kleinen am Progymnasium fehl am Platz; viel eher als ein Kampf um das Verständnis von Dominante und Subdominante war der Unterricht ein Kampf um die Disziplin, bei dem er auch vor Ohrfeigen nicht zurückschreckte, sein Satz »Kriegst e Watschen!« zirkulierte als legendäre Warnung in den unteren Klassen.

Da geht er!

Ernst Kunz, Musikdirektor, da humpelt er wieder am Stock mit dem Silberknauf in den Schöngrund hinauf, zurück in unser Gedächtnis, und in seiner Mappe nimmt er all die Oratorien, Symphonien und Konzerte mit, die er jahrzehntelang in Olten mit längst verstummten Chören und Orchestern zum Erklingen gebracht hat und die wohl auch die Sehnsucht eines Menschen nach Schönheit waren, eines Menschen, der vom Schicksal seiner Erscheinung geschlagen war und der diesem Schicksal mit trotziger Würde die Stirn bot, und ich ziehe meinen Hut vor ihm und winke ihm nach.

Arnold Kübler

Einmal, als Arnold Kübler eine Baustelle abzeichnete, stellte sich ein italienischer Arbeiter neben ihn, schaute ihm ein bisschen zu und fragte ihn dann auf Italienisch, wie lange man brauche, um so etwas zu lernen, und Arnold Kübler antwortete ihm: »Una vita!«

Diese Szene, die er in einem seiner Zeichnungsbücher beschreibt, hat mich immer beeindruckt. Sie zeigt Arnold Kübler so, wie ich ihn auch erlebte, als einen Menschen mit Leichtigkeit, Schwung und Humor, aber auch mit Ernst und Selbstbewusstsein. Ich lernte ihn erst selber kennen, als er schon über siebzig war, aber jedes Mal, wenn ich ihn sah, war ich berührt von seiner Ausstrahlung, und ich hatte immer das Gefühl, sein Leben sei noch wirklich im Gang, er brauche es zum Weiterlernen, und ich freute mich, dass er jemand war, den man in Zürich antreffen konnte. Ich fand es auch selbstverständlich, dass er in einem Alter, in welchem andere in Parterrewohnungen umziehen, in den obersten Stock eines Altstadthauses zog. Dichter brauchen Dachwohnungen, und ich habe nie daran gezweifelt, dass Arnold Kübler in diesem Haus ohne Lift jeden Tag die Treppen hochsteigen konnte, einem, der mit 76 Jahren noch von Paris nach Basel marschiert, traut man das einfach zu, auch noch mit 90 und mehr.

Er war ein Fußgänger, ein großer Fußgänger, nicht ein Wanderer, der sich schöne Routen ausdenkt, sondern einer, der zu Fuß durch den Normalbetrieb geht, mit ständiger Neugier, einer, der das Sehenswerte nicht erst in einem Alpenpanorama erblickt, sondern schon in einem aufgebockten Bagger, überhaupt in jeder Baustelle oder in jeder Pfütze am Straßenrand. Er war ein Fußgänger ohne rote Wandersocken, ein Einzelgänger. Die Stationen seines Lebenswegs sind bekannt, der Gymnasiast ohne Mutter, der Geologiestudent, der Bildhauer, der Schauspieler, der falsch operiert wurde – erst kürzlich spielte die Schauspielakademie im Tramdepot Tiefenbrunnen eine schöne Szenencollage von ihm aus jener Zeit – dann der Redaktor, der ein gutes Gespür für gute Mitarbeiter hatte, wenn ich etwa an die Fotos von Hans Staub denke, die einem die Zeit von vor fünfzig Jahren unheimlich nahebringen, gerade wenn man sie nicht erlebt hat, der Schriftsteller, der in aller Herrgottsfrühe im Bahnhofbuffet Zürich seine Öppi-Romane schreibt, der Zeichner und der Einmannkabarettist, der als Erster in der Schweiz mit selbst geschriebenen Soloprogrammen auftritt, nachdem er schon mit dem Cabaret Cornichon zusammengearbeitet hat, Einzelgänger heißt ja nicht Menschenfeind, sondern einer, der einfach seinen Weg gehen muss – alles das, das ist ein Leben, ein selber gestaltetes Leben, una vita.

Als er sein erstes Soloprogramm »Grümpelchammere«

spielte, war er 61, und zu der Zeit, als er seine beiden Programme in den »Fleischhallen« aufführte, um den Abbruch dieses Gebäudes zu verhindern, war er 70, und bei seinem Auftritt im Helmhaus im Rahmen der Kabarett-Ausstellung von César Keiser war er 86, und weder sein arbeitsloser Fuhrmann noch sein »mot en français« waren in irgendeiner Art peinlich, dass man hätte denken müssen, für sein Alter ist es noch ganz gut, sondern lebendig, frisch und präsent.

Für mich war Arnold Kübler der Urvater der Einmannkabarettisten, er verkörperte etwas, das für mich zum Wichtigsten im Kabarett gehört, das Selbermachen. Er war selber der Darsteller seiner eigenen Texte, und bei der Darstellung der eigenen Texte braucht es im Grunde weniger rein schauspielerische Präsenz als menschliche Präsenz, die Präsenz eines Menschen, der wirklich bei der Sache ist, die er sagt, und diese Präsenz hatte Arnold Kübler, und sie ließ im Alter nicht nach, weil er als Mensch nie abgeschlossen hatte, sondern mit 90 noch Treppen steigen wollte, und deshalb war er für mich immer etwas wie ein tröstliches Vorbild. Einmal, als ich ihn anrief, nahm er ab und sprach ein Gedicht in den Hörer, bevor er wusste, wer am Telefon war, und da dachte ich, das ist gut, so möchte ich auch gern alt werden. Man hatte bei ihm auch nie den Eindruck, er wolle dem Alter ausweichen und so tun, als ob er nicht alt wäre, aber er hatte eine souveräne Art, damit umzugehen. Viele Menschen sind dem Alter unterworfen, bei Arnold Kübler hatte ich eher das Gefühl, er lade das Alter zu sich ein und sage ihm, doch, doch, komm nur, aber du musst ein paar Treppen hochsteigen, bis du bei mir bist.

Jetzt ist er nicht mehr da. Er hatte einen schönen Tod. Am Ende des Jahres ist er gestorben, wie jetzt Kurt Guggenheim und Joan Miró. Bevor die Neuzeit endgültig beginnt mit 1984, ist er gegangen, und es ist fast ein bisschen, als ob er eine Zeit mit sich genommen hätte, eine Zeit, die in manchem härter war als die, in der wir leben, in manchem aber auch menschlicher, eine Zeit, in der es noch Figuren gab wie den »Räbehächler«, den ich auf Wunsch der Familie nochmals in Erinnerung rufen möchte.

Arnold Küblers Sache ist gemacht. Es tut mir leid, dass man ihn jetzt nicht mehr antrifft, aber es freut mich auch, dass er so viel Zeit hatte, seine Sache zu machen und das durchzustehen, das er von Anfang an selbst angepackt und zu Ende geführt hat: ein ganzes Leben – una vita.

Max Wynistorf

Als wir aus dem Aufbahrungsgebäude heraustraten, lag Schnee auf den Zierbäumen, die immer noch rote Blätter trugen.

Max hatte friedlich ausgesehen. Er hatte nichts nachzuholen. Er hatte wirklich gelebt, und jetzt war er wirklich gestorben. Niemand von uns konnte es glauben.

Und jetzt kamen sie von der Bushaltestelle herauf, schwarz auf weiß, wie eine Schriftzeile, die gesetzt wird, und oben im Gang vor der Abdankungshalle standen sie auch schon, die einen in dunklen Kleidern, die andern, aus Trotz fast, in denselben farbigen Jacken, in denen sie mit Max zu Lebzeiten verkehrt hatten. Verstohlen wurden Instrumentenköfferchen mitgetragen, neben die Füße gestellt, irgendwo hinten sah man eine Basstuba.

Die städtische Trauerkarosse brachte die Familie, die Wartenden bildeten sofort eine Gasse für sie, und dann gingen sie hinein in die Halle, vorn saßen schon seine Freunde vom Trio Grande, Mario, Rico, Hampi, und spielten ein Stück, und Max, ihr Bassist, lag im Sarg hinter ihnen, Pepe Solbach saß für ihn da und spielte mit, auf der Gitarre, aber der Bass fehlte.

Am Sonntag waren sie noch zusammen aufgetreten, keine Woche war es her, und am Montag, dem 11.11., war Max als Pfarrer verkleidet mit Mario Feurer als Gemeindeschwester durch die Beizen gezogen, halb predigend, halb handorgelspielend, und am Abend war er mit seiner Guggenmusik unterwegs, und am nächsten Morgen lag er tot in seinem Bett.

Nun waren wir da und merkten langsam, dass es wahr war, und Huldrych, der Pfarrer, machte keine großen Versuche, tröstlich zu sein, er war untröstlich, wie wir alle, und deshalb ertrug man auch, dass überhaupt jemand etwas sagte. Aber die wirkliche Sprache war die Musik. Von seinen Musikerfreunden kam einer nach dem andern nach vorn und spielte noch einmal etwas, für ihn, für sich, für uns. Noch nie habe ich jemanden so leise und fein trommeln gehört wie Joggi, als er Flurin Caviezel begleitete, und Peter Fahrnis Schwyzerörgelisolo war zart, zärtlich sogar, und seine Ländlerkollegen spielten eine von Maxens wenigen Kompositionen mit dem unverwechselbaren Titel »Kabelbrand am Würstlistand«, und die Harlem Ramblers kamen mit einem Blues, und ich dachte, das sind ja lauter weißhaarige Männer. Max war auch weißhaarig, schon lange, aber er war erst 46.

Und dann die Lehrerin von Max, die ein Gedicht über ihn vortrug. Wie froh war ich, dass jemand daran gedacht hatte, ein Gedicht zu schreiben. Max hatte gerne Verse erfunden, Zweizeiler, das war auch ein kleines Ritual zwischen ihm und mir, wenn wir uns sahen, und es war das

Letzte, was wir zusammen gemacht haben, zwei Tage vor seinem Tod, als er um die Ecke bog, um in sein Haus zu gehen, das neben dem meinen liegt. Ich wischte gerade die Blätter des Kastanienbaums zusammen, und er rief mir zu:

Wenn der Franz die Blätter wischt
weiß ich, dass es Samstag ischt!

Ich konterte mit einem andern Vers, auf den er wieder einen erfand und so weiter, bis er unter seiner Haustür stand und fragte, ob ich oder Ursula den Hasen mitessen kämen, den er auf dem Markt gekauft hatte. Ich musste am Abend auftreten, Ursula war auch nicht da, und jetzt saßen wir beide in der Abdankungshalle, mit Tränen in den Augen, und mit uns die andern Nachbarn, die dann den Hasen wirklich gegessen hatten, und all die vielen, die mit Max gegessen, getrunken und musiziert hatten.

Das Trio Grande spielte nochmals, sie sangen sogar, tapfer, verzweifelt, obwohl jeder einen Klumpen im Hals haben musste, sie sangen gegen den Tod, und als Huldrych den Schlusssegen gesprochen hatte, war man dort, wo sonst die Orgel das Ausgangsspiel gemacht hätte – und da donnerte von der Empore herunter die Guggenmusik, mit der Max am letzten Abend noch herumgezogen war, mit einer ohrenbetäubenden, herzzerreißenden Macht, eine gewaltige Auflehnung gegen alles Tötele, und langsam kamen sie von der Empore herunter nach vorn, in Kostümen, geschminkt, und unablässig schmetternd, paukend, kesselnd und trötend wie Weltuntergang, Fegefeuer und Auferstehung zugleich.

Jetzt müsse er eins trinken, sagte Rico nachher, chumm mir gönd is »Reschti«, der Max hockt sicher scho dört.

Das »Reschti«, wo Max so gerne und oft war, war reserviert für die »Trauergäste Max«, wie es auf dem Zettel an der Türe hieß, und wenn jemand am frühen Nachmittag draußen vorbeiging, ein Fremder, und diesen Zettel las und hörte, wie das Trio Grande musizierte, wie die Lupa dazu sang und der Marthaler Klarinette spielte, dann muss er sich gefragt haben, was das wohl für eine Trauerfeier sei.

Es war die traurigste Feier, an die ich mich erinnere, weil sie so fröhlich war, und ich musste an das andere Original denken, den Dällenbach Kari, der seine Freunde im Testament zur Fröhlichkeit aufgefordert hatte. Max hatte das nicht aufzuschreiben brauchen, wir wussten alle, dass er es am liebsten so gehabt hätte. »Sali Max!« rief plötzlich einer um den andern, als das erste Musikstück im »Reschti« verklungen war. Aber Max war nicht mehr da.

Am Abend musste ich auftreten, und als ich nachts um ein Uhr wieder zu Hause war und nochmals auf den Balkon trat, hörte ich, wie ein Trommler durch die Baumackerstraße zog, und da wusste ich, dass einer nochmals ganz Oerlikon wecken musste, um die unglaubliche Nachricht zu verkünden, dass Max Wynistorf tot ist.

Friedrich Dürrenmatt

In der Kantonsschule Aarau, die ich von 1960 bis 1963 besuchte, wurde jedes Jahr ein Theaterstück aufgeführt. 1961 war dies »Romulus der Große«, und mir fiel die Rolle des Odoaker zu. Regie führte übrigens Thomas von Salis, der Sohn des Historikers Jean Rudolf von Salis. Mir gefiel dieses Stück enorm, vom Motiv her (der letzte römische Kaiser lässt sein Reich bewusst vergammeln) als auch von der Sprache her (»Das Morgenessen, bitte!« – »Das Frühstück!« – »Das Morgenessen! Was in meinem Haus klassisches Latein ist, bestimme ich«). Dürrenmatt mit seinen grotesk-komödiantischen Stücken war für mich der größte Schweizer Autor, derjenige auch, dem ich mich mit meinen eigenen Ideen am nächsten fühlte.

Dies ermunterte mich ein paar Jahre später, als ich mich als Kabarettist und Schriftsteller selbständig gemacht hatte, ihn um einen Besuch zu bitten. Es war gerade bekannt geworden, dass er zu Werner Düggelin ans Basler Theater gehen würde, als Autor und als Dramaturg. Ich hatte ein Stück geschrieben, »Bosco schweigt«, in dem ein Hofnarr mit seinen Geschichten und Späßen einen ganzen Königshof von sich abhängig macht, so lange, bis er sagt, er wisse keine Geschichten mehr. Der Mangel an Unterhaltung bringt das Königreich zum Untergang, und es stellt sich heraus, dass dies die bewusste Strategie von Bosco war, um sich an vergangenem Unrecht zu rächen. Ich dachte, dies müsste Dürrenmatt gefallen, und ich durfte ihn besuchen. Er wunderte sich über meinen mit Requisiten meines damaligen Bühnenprogramms vollgeladenen Kombi-Wagen (»Was isch denn das?«), setzte sich dann vor Varlins Heilsarmee, und ich erzählte ihm beschwingt und wortreich, worum es in meinem Theaterstück ging. Er hörte geduldig zu, nickte ein paarmal und brummte zuletzt, das mit der Rache, das sei »Othello«, 5. Akt. Da wusste ich, dass dieses Stück niemals in Basel gespielt würde. Ich verabschiedete mich und nahm mir auf der Heimfahrt vor, nie mehr jemanden zu besuchen, der berühmt war, sondern zu warten, bis ich selber so berühmt war, dass man mich besuchen kam.

1974 hatte ich eine Einladung zu Auftritten in Israel, und Dürrenmatt war zur selben Zeit dort, zur Entgegennahme eines Ehrendoktors und zu Vorträgen, und er schaute sich auch eine Aufführung des »Besuchs der alten Dame« im Nationaltheater in Tel Aviv an. Natürlich hätte ich diese Aufführung gerne gesehen, aber sie war schon längst ausverkauft. Nun war der Mann, der mir die Auftritte in Israel vermittelt hatte, mit der Hauptdarstellerin befreundet, und sie sagte mir, ich solle einfach etwa eine halbe Stunde vorher kommen und sagen, ich müsse ihr eine wichtige Nachricht in die Garderobe bringen. Das tat ich, wurde auch vorgelassen, und dann sagte sie dem Abendintendanten, ich sei der Sohn von Dürrenmatt und sei überraschend eingetroffen, worauf mir ein Türsteher einen Stuhl unter dem Treppenaufgang zur Empore hinstellte und mir begeistert von seiner Zeit im Schauspielhaus Zürich erzählte. Als Dürrenmatt mit seiner Frau den Saal betrat und die beiden ihre Plätze in der zweiten Reihe einnahmen, ging ein Raunen durchs Publikum, und der Türsteher fragte mich, ob ich gesehen habe, dass Dürrenmatt gekommen sei. Ich winkte etwas gleichgültig ab, schließlich war ich ja sein Sohn und sah ihn oft genug … Nach der Aufführung konnte ich in den Backstage-Bereich, wo sich Dürrenmatt lobend und launig an die Schauspielerinnen und Schauspieler wandte. Als sich die Versammlung auflöste, fragte ich ihn, ob er gewusst habe, dass ich sein Sohn sei, und er amüsierte sich über die kleine List seiner alten Dame.

Als 1977 der Liedermacher Wolf Biermann nach einem großen Auftritt in Köln ausgebürgert wurde und nicht mehr in die DDR zurückkehren durfte, organisierte ich für die Gruppe Olten ein Protesttelegramm an Erich Honecker, bei dem ich neben Max Frisch auch Friedrich Dürrenmatt um seine Unterschrift bat. Ich rief ihn an, las ihm den Text vor, und er stimmte sofort zu. Ich wollte schon dankend aufhängen, da fragte er mich: »Und wie geits euch?« Diese Frage überraschte und rührte mich; sie klang nicht wie eine Floskel, sondern so, als wolle er es wirklich wissen, und so erzählte ich ihm von dem, was ich damals gerade machte.

Zur Überreichung des Gottlieb-Duttweiler-Preises an Václav Havel in Rüschlikon 1990 war ich mit einigen anderen Autoren und Autorinnen eingeladen und war Zeuge, wie Bundesrat Kurt Furgler zur Begrüßung mit ausgebreiteten Armen und dem Ausruf »Poeta laureatus!« auf Dürrenmatt zuging. In seiner Ansprache verglich dieser dann die Schweiz mit einem Gefängnis, bei dem nie ganz klar sei, wer die Wächter und wer die Gefangenen seien, was in den vorderen Reihen der politischen Größen (nebst Furgler waren noch die Bundesräte Flavio Cotti und Arnold Koller dabei) auf eisiges Schweigen stieß, während sich das Kulturvölklein auf den hinteren Rängen sicht- und hörbar freute, war doch erst gerade das Ausmaß unserer Bespitzelung durch die geheime Bundespolizei ans Licht gekommen.

Beim Essen danach band Charlotte Kerr Dürrenmatt, der etwas zusammengesunken dasaß, eine Serviette um und holte ihm dann vom Buffet einen Teller. In einem ruhigen Moment ging ich zu ihm und fragte ihn, wie eigentlich die Bundesräte auf seine Rede reagiert hätten. »Die hei mi vollkomme gschnitte«, antwortete er. Dann sei sie ja, sagte ich, ein Erfolg gewesen. »Nei«, entgegnete er und lachte, »i ha natürlech ghofft, d Regierig trätti zrugg.«

Dies waren meine wenigen Begegnungen mit Friedrich Dürrenmatt, aber als er wenig später starb, hatte ich das Gefühl, ich habe einen Freund verloren.

Max Frisch

Was für eine Nachricht. Max Frisch ist gestorben.

Und dasselbe ungläubige Staunen wie beim Tod Dürrenmatts.

Dabei wussten wir alle, wie schlecht es ihm ging.

Aber er hat doch noch gelebt, und er hat doch eben noch seine witzig-bissige Antwort geschrieben auf Herrn Solaris Einladung zur helvetischen Jubiläumsfeier, vor kaum drei Wochen.

Und nun soll er tot sein.

Mein jüngerer Sohn hat es am Radio gehört, kurz nach zwei Uhr, und hat es meiner Frau und mir gesagt, wir tranken gerade Kaffee, und dann saßen wir alle drei da und sagten nichts und waren traurig.

Und wenig später kam mein älterer Sohn nach Hause, und auch ihn betrübte die Nachricht. Er hat Max Frisch bei der »Schweiz ohne Armee«-Demonstration angesprochen, um ihm zu sagen, dass ihm seine Bücher gefallen, und er freute sich auch jedes Mal, wenn er ihn in der Stadt sah.

Ich glaube, Max Frisch war für ihn ein Grund, gerne Schweizer zu sein.

Oder spreche ich etwa von mir?

Als ich so alt war wie meine Söhne heute, war Frisch bereits einer der Schweizer Klassiker, ich habe mit Vergnügen und Entdeckerfreude »Biedermann und die Brandstifter« gesehen, ich las »Nun singen sie wieder« und war froh, dass es auch diese Darstellung des Krieges gab, aus der Sicht der Verschonten, und nicht nur das herzzerreißende »Draußen vor der Tür«, wir sind mit unserer Schulklasse von Aarau nach Zürich gefahren, um im Schauspielhaus »Andorra« zu sehen, wir haben darüber heiß diskutiert, und es war für den Lehrer kein Problem, mit uns Nochnichtzwanzigjährigen über die Stücke von Max Frisch zu sprechen.

Auch ich hätte ihm ein Kompliment gemacht, als Schüler, wenn ich ihn gesehen hätte, bloß hätt' ich mich vielleicht nicht getraut, wie mein Sohn.

So war er über Generationen hinweg ein Begleiter der denkenden Menschen, einer unserer geistigen Väter, wie Dürrenmatt auch, und ich habe mich immer wieder gefreut, dass ich im selben Land wohne wie er, und in derselben Stadt, und immer mehr auch in denselben Sorgen, und er hat diese Sorgen geteilt, wir haben uns manchmal getroffen bei Anlässen, die aus einer dieser Sorgen entstanden sind, und das Kompliment, das ich ihm als Schüler nicht gemacht habe, habe ich später nachgeholt, aber mein Schülerrespekt ihm gegenüber ist nie ganz verschwunden.

Und nun hat er uns verlassen, und wenn er noch so sehr

gesagt hat, er schreibe nichts mehr, so bin ich doch traurig, dass er nun wirklich nichts mehr schreiben kann, und dass weder ich noch meine Söhne ihn je wieder antreffen werden, wenn wir durch die Stadt gehen.

Lutz Rathenow

Ein Kartoffelkäfer aus Thüringen hat nur einen Wunsch: Einmal im Leben will er auf die Fidschi-Inseln.

»Na gut, wenn du einmal im Leben auf die Fidschi-Inseln willst, bringe ich dich auf die Fidschi-Inseln«, sagt ein freundlicher Herr, setzt den Kartoffelkäfer auf seine Hand und bringt ihn fünf Straßen weiter.

»Siehst du«, erklärt der Herr, »die Menschen, wie sie von einer Straßenseite auf die andere eilen. Oder diese Gebäude, die um so vieles größer sind als ein einfacher Kartoffelkäfer. Und überhaupt – alles, wie es nur auf den Fidschi-Inseln sein kann.«

»Ja«, sagt der Kartoffelkäfer, »sogar die Luft ist anders.«

So beginnt Lutz Rathenows »erste Geschichte vom Kartoffelkäfer in Thüringen«, und ich freue mich sehr, dass er heute Abend bei uns in Zürich ist, Lutz Rathenow, meine ich, aber da ein Autor immer in jeder seiner Figuren steckt, ist er nicht nur der freundliche Herr, sondern auch ein bisschen der Kartoffelkäfer aus Thüringen, der eine große Sehnsucht im Herzen trägt.

Es fällt nicht schwer, dieses Bild in die Realität zu übertragen, in der Lutz Rathenow jahrelang gelebt hat. Zur Zeit des real existierenden Sozialismus war es für einen thüringischen Kartoffelkäfer sogar leichter, auf die Fidschi-Inseln zu kommen als für einen thüringischen Autor, zumal für einen so unbequemen Autor wie Lutz Rathenow.

Er, der in den verschiedensten Berufen gearbeitet hatte, wollte eigentlich nie etwas anderes sein als Schriftsteller, und zu seinem Erstaunen wollte in der DDR einfach kein Verlag seine Texte veröffentlichen. Vielleicht hing das auch mit seiner Weigerung zusammen, Mitglied des Schriftstellerverbandes zu werden, aber das Klima in diesem Verband war rau zu jener Zeit, als nach den Protesten zur Ausbürgerung Wolf Biermanns mehrere Autoren aus ebendiesem Verband ausgeschlossen wurden. Es fand sich aber sehr wohl ein Verlag im westlichen Nachbarland, und bald auch eine Leserschaft, 1980 erschien im Ullstein Verlag die Prosasammlung »Mit dem Schlimmsten wurde schon gerechnet«. Wie wahr dieser Titel war, zeigte sich bald darauf, als Lutz Rathenow verhaftet wurde und man gegen ihn ein Ermittlungsverfahren eröffnete. Er kam mit einem blauen Auge davon, aber von da an bis zum Fall der Mauer hatten ihn die Ordnungskräfte genau im Visier, und er konnte weder daran denken, seine Arbeiten in der DDR zu veröffentlichen, noch daran, im Ausland zu lesen, und sei es nur auf den Fidschi-Inseln.

Dafür hat er sich dann mit seiner nächsten Umgebung auseinandergesetzt, mit den fünf Straßen vor seinem Acker sozusagen. Sein Buch »Ost-Berlin«, publiziert 1987 im Piper Verlag, mit den Fotos seines Freundes Harald Hauswald, ist eine ebenso präzise wie poetische Bestandsaufnahme der besonderen Stimmung dieser Stadt, oder dieses Stadtteils, und ich kann mir vorstellen, dass es im Laufe der kommenden Jahre zu einem Stück Erinnerungsliteratur werden wird, in dem sich diejenigen wiederfinden, die diese Stimmung gekannt haben.

Inzwischen ist es in der dritten Ausgabe bei »Basis-Druck« erschienen, mit einem Bild aus der U-Bahn auf der Titelseite, das mich an ein gemeinsames Erlebnis erinnert.

Am Vorabend des 1. Mai 1988 habe ich Lutz Rathenow und seine Frau Bettina in Ostberlin besucht. Die Atmosphäre in der Stadt war nervös und angespannt, es gab Gerüchte von bevorstehenden Störungsversuchen der 1. Mai-Feier. Bettina überlegte sich hin und her, ob sie die Teilnahme an einem Treffen der »Frauen für den Frieden« riskieren konnte, Lutz wollte den Fotografen Harald Hauswald besuchen, und ich begleitete ihn dabei. Wir gingen zu Fuß, und schon bald merkten wir, dass uns zwei Männer folgten; kleine Hasenfinten wie rasch abbiegen, zwei Straßen später sinnlos wieder in dieselbe Straße einbiegen, bestätigten: die Begleitung war hartnäckig, also absichtlich.

Wir waren dann etwa eine Stunde bei Harald Hauswald und seiner Familie zu Besuch, und als wir aus dem Haus herauskamen und weitergingen, es war inzwischen dunkel geworden, hörten wir bald wieder die Schritte hinter uns in der leeren Straße. Wir stiegen in die U-Bahn, die zwei stiegen in den nächsten Wagen, und als wir in der Nähe des Checkpoints Charlie ausstiegen, stiegen sie auch aus und verkürzten nun die Distanz zu uns. Unser Versuch, sie anzusprechen, misslang; als wir sie, freundliche Herren, die wir sind, ins Café einladen wollten, schauten sie durch uns hindurch wie durch Glastüren. Lutz klärte mich dann darüber auf, dass es verschiedene Arten der Beschattung gebe: die unauffällige, welche der Beschattete nicht merken darf, und die auffällige, welche der Beschatter merken soll, und dies hier war offensichtlich die auffällige. Dabei braucht nichts zu passieren, ich kam sogar ohne Spezialbefragung wieder über den Checkpoint, obwohl der eine der Begleiter zum Grenzwachthaus ging und den Grenzposten mit weithin sichtbaren Gesten darauf aufmerksam machte, dass sich ein verdächtiges Westsubjekt soeben von einem verdächtigen Ostsubjekt verabschiede. Es passiert nichts, aber man fühlt sich – wen wundert's? – beobachtet. Man *soll* sich beobachtet fühlen. Dann doch lieber die unauffällige Art, wie bei uns z. B.: gut einen Monat später, am 8. Juni 1988, trug die politische Abteilung der Zürcher Stadtpolizei in meine Fiche (die Akte, die sie über mich führte) ein, dass ich zusammen mit dem »Team 72« von der Verwaltungspolizei die Bewilligung für ein Anwohnerfest in der Gubelstraße erhalten habe.

Lutz Rathenow hat auf die Art, wie er beobachtet wurde, so reagiert, dass er seinerseits zu einem besonders kritischen und skeptischen Beobachter der fünf Straßenzeilen wurde, die ihm zur Verfügung standen und für die er sich zuständig fühlte. Er war zusammen mit seiner Frau Mitglied eben jener Basis-Bewegung, die so viel in Bewegung gebracht hat, dass sich heute kaum mehr jemand an sie erinnern will.

Aber sein Urteil ist immer wieder gefragt. So erinnere ich mich an einen Artikel von ihm in einer Berliner Zeitung, als der erste Prozess gegen die Mauerschützen im Gang war, in dem Lutz Rathenow, der selbst Grenzsoldat gewesen war, darüber schrieb, was er sich seinerzeit für Gedanken gemacht hatte, ob er schießen sollte oder nicht, falls er je in diese Lage käme, und beim Lesen dieses Artikels verlor man den ganz festen moralischen Boden, den man soeben noch gespürt hatte, unter den Füßen und fand sich unversehens bei einem angstvollen jungen Menschen auf einer Grenzpatrouille, der seine Chancen zwischen Hoffnung und Heldentum abwägt und am liebsten woanders wäre, auf den Fidschi-Inseln vielleicht.

Lutz Rathenow ist dort geblieben, wo ihn das Schicksal hingestellt hat, und er ist vielen ein guter und unbestechlicher Begleiter geworden, nicht nur innerhalb seiner fünf Straßen, und ich hoffe sehr, dass er das auch weiterhin bleiben wird, und dass er seinen Humor ebenso wenig verlieren wird wie in den schwierigen Zeiten, und es ist ja auch hier nicht immer ganz leicht, lieber Lutz, vielleicht sollten wir doch einmal zusammen auf die Fidschi-Inseln gehen.

Niklaus Meienberg

Lieber, böser Niklaus
nun sprechen und schreiben sie alle von dir
im Imperfekt
er war, er wurde
er schrieb, er lebte
er ging
so schnell passt sich Sprache
der Wirklichkeit an
und die Wirklichkeit sagt
seit Freitag, 16 Uhr
immer wieder dasselbe:
Selbstmord.
Und ich sitze da
und kann es
noch immer nicht glauben
obwohl du selbst
mir davon gesprochen hast
im Sommer
als dich die Liebe verließ
und dein harter Schädel
nach deinem Unfall

langsam wieder
zu schaffen begann
und dein weiches Herz
erbleichte vor Leere.
Auch Selbstmord
ist Mord.
Was brachte dich um
oder wer?
Die Gesellschaft
gegen welche du anschriebst
die schweigende Mehrheit
welche dich hasste
oder am Ende wir alle?
Die Freunde noch mehr als die Feinde?
Täuschen ließen wir uns
durch den Hünen Meienberg
zu wenig spürten wir
dass du auf nichts
so dringend gewartet hast
wie auf die Frage:
Wie geht es dir?
Verwundet gingst du
durch Oerlikon-City
mit dem Traum von Paris im Kopf
dem enttäuschten
denn auch Paris
wird immer mehr
Züri-Nord

so les ich's im ersten Kapitel
von »Zunder«
dem letzten Buch von dir
das nun das letzte bleiben wird
und als du es vorige Woche
bei mir vorbeigebracht hast
da hab ich noch nicht gewusst
dass das dein Alterswerk ist
denn ich habe auch künftig gerechnet mit dir
deinem starken Blick
für die Schwächen der Zeit
deiner Wissbegier
deinem Sinn für Gerechtes und Ungerechtes
für Lügen und Wahrheit
und vor allem hab ich gerechnet
mit deiner farbigen, blühenden, blitzenden
fröhlichen, traurigen, knirschenden
Sprache
die ein Protest war
- ist! –
gegen Langeweile des Denkens und Lebens
gegen gens de toutes sortes
qui n'égalent pas leur destins
wie du in deiner eigenen Todesanzeige
zitierst
gegen Leute jeglicher Art
die ihr Schicksal nicht wert sind.
Du wolltest das deine selber bestimmen

davor ist Respekt am Platz
doch erlaube mir auch
zu trauern
um dich
denn du warst ein Freund
und als wir vor ein paar Tagen
zusammen am Oerliker Bahnhof standen
und spotteten über das Minishopville
das unter den Gleisen entsteht
und als du dann deine Hand hobst
zum Abschied
und in der Unterführung verschwandest
warum hab ich dir da nicht nachgerufen:
Lieber Niklaus
bleib noch ein bisschen!
Auf unsern Tischen
steht Brot und Wein für dich!
Wir alle würden dich sehr vermissen
wenn du jetzt schon gingest
schon jetzt!

Peter Härtling

Manchmal stell ich mir vor
wie sie warten
im Jenseits
die Dichter, Musiker, Maler
und wie sie sich
eitel noch immer
fragen:
Wann kommt wieder jemand
und schreibt über mich
lebendig und schön
ergreifend und kräftig
und holt mich vom alten Sockel
auf einen neuen?
Goethe
trommelt gekränkt mit den Fingern
an ihn wagt sich keiner
Büchner
geht einsam auf und ab weiter hinten
Grillparzer
schüttelt bekümmert den Kopf
und während Wagner

gramvoll die flackernden Blicke
von Nietzsche sucht
beugt sich
Schubert Franz
zu Hölderlin Fritz
und flüstert ihm zu:
»Aber wir hatten Glück
wir zwei
findst net?«

Elias Canetti

Ist das nicht, denke ich, Elias Canetti, der da in Bellinzona im Sitz des Intercity nebenan Platz genommen hat, und das Mädchen, das mit schweizerdeutschem Akzent mit ihm Hochdeutsch spricht, muss seine Tochter sein, von der ich doch eben erst gehört habe, dass sie zur Welt gekommen sei.

Ich erinnere mich daran, dass ich vor etwa 20 Jahren mit meiner Frau eine Lesung von ihm im Zürcher Hechtplatz-Theater gehört habe, in welcher er aus seinem Stück vorlas, dessen Motiv ein Verbot der Spiegel ist. Seither habe ich ihn nie mehr gesehen.

Ich gehe auf die Toilette, um mir lange Hosen anzuziehen, und als ich zum ersten Mal seit einer Woche wieder in einen Spiegel schaue, blickt mir eine Art Waldmensch entgegen, nach meinen Ferientagen auf der Tessiner Alp.

Zurückgekommen, warte ich, bis er die »Neue Zürcher Zeitung« hingelegt hat und spreche ihn dann an, frage ihn, ob er es sei, und natürlich ist er es, ich stelle mich vor und sage ihm, welche Freude ich an seinem Gesamtwerk habe.

Es beginnt dann ein Gespräch, das bis Zürich immer lebhafter wird, ich frage ihn, woran er denn jetzt arbeite, und er sagt, an seinem Werk, an dem er über Jahre schon sei und das wohl nie fertig werde, an seinem Buch gegen den Tod, und dann werden wir durch den Minibar-Wagen unterbrochen, an dem er sich ein Sandwich und ein Mineralwasser ersteht.

Ich erzähle ihm über mein Lesevergnügen an seiner Autobiographie, er sagt, sie sei von vielen Kritikern als zu einfach gerügt worden, aber diesen Vorwurf kenne ich wohl auch. Ich erwähne daraufhin die ungnädige Rezeption meines Romans »Der neue Berg« durch die Kritik. Er erkundigt sich eingehend nach dem Roman und sagt, das sei bestimmt nicht einfach gewesen, diese Verbindung des Realen mit dem Surrealen, und er habe sich immer für Erdbeben interessiert. Wir sprechen dann eine Weile über Erdbeben und ihre Anzeichen. Er selbst hat nur kurze Stöße erlebt, einen in Scuol und einen in Wien, wo der Kronleuchter geschwankt habe. Sein Stück »Hochzeit« beginnt mit dem Schwanken eines Kronleuchters.

Ich habe ihm schon vom Erdbeben in Innsbruck erzählt, bevor wir auf den Roman kamen. Damals stand ich in meinem Einmannprogramm auf der Bühne des Kongresshauses, und als die Decke des Saales zu wackeln begann, meinte ich zuerst, ich hätte eine Kreislaufstörung und falle gleich um, bis mir klar wurde, dass alle dasselbe wahrnahmen und zu den Türen rannten. Es war das Erdbeben, welches Friaul zerstörte und das in Innsbruck noch mit solcher Heftigkeit zu spüren war. Dieses Erlebnis schilderte ich ihm, nachdem er mir gesagt hatte, warum er nicht mehr öffentlich vorlese. Vor zehn Jahren habe er einmal beim Vorlesen einen Schwindelanfall gehabt, den er zwar habe vertuschen können, aber so etwas wolle er nicht mehr erleben.

Ich erzähle von der gleichzeitig befremdend und vertraut machenden Wirkung, welche die Zürich-Schilderungen seiner Jugendzeit auf mich ausüben, und wie ich beim Durchfahren der Scheuchzerstrasse auf dem Velo öfters an seinen Polizisten und dessen Schwein im Vorgarten denke. Wir kommen auf Gottfried Keller und Canettis Schrecken beim Gedanken, er selbst könnte einmal eine Lokalgröße werden. Er lacht und sagt, die Stadt Zürich habe ihn gefragt, ob er die Keller-Ausstellung im Helmhaus eröffnen wolle, und das wäre ihm unverfroren vorgekommen, wenn er das gemacht hätte, er als Nichtschweizer.

Ich sagte, mich hätte es natürlich sehr interessiert, von ihm etwas über Gottfried Keller zu hören, und für mich wäre diese Konstellation kein Problem gewesen.

In der Schweiz, sagt Canetti, glaube er mehr Gerechtigkeitssinn zu verspüren als anderswo, versteht aber, dass ich das nicht so sehe. Es ist 1990, das Jahr des Fichenskandals, und das Ausmaß der Schnüffeltätigkeit in der Schweiz hat ihn erstaunt, er wollte es zuerst gar nicht wahrhaben. Der Schweiz gegenüber, vor allem der Stadt Zürich gegenüber, empfinde er Dankbarkeit, sagt Canetti, darüber, dass er hier habe aufwachsen können, nachdem er aus diesem grauenhaften Wien gekommen sei, und einen Menschen ohne Dankbarkeit könne er sich nicht vorstellen.

Zu den Erdbeben hatte ich noch erwähnt, dass die Schweiz eine geringe Katastrophentradition habe, dass wir einzig ein bisschen Lawinen- und Felssturzerfahrungen hätten, im Vergleich zu andern Ländern, und dass das für mich auch ein Stimmungsanreiz gewesen sei, meine Romangeschichte katastrophal enden zu lassen.

Darauf antwortete er, das möge sein, aber ihm sei auch aufgefallen, dass in England oder in Österreich, wo Katastrophen passiert seien, zum Teil überhaupt kein Bewusstsein dafür existiere, er habe in Wien mit Leuten nach 50 Jahren das Gespräch wieder aufnehmen können, und die hätten gesprochen, als ob nichts gewesen wäre in der Zwischenzeit, und England habe direkt eine Katastrophenverdrängungstradition, sonst wäre ja etwas so Absurdes wie der Falklandkrieg gar nicht möglich gewesen. Er habe bei befreundeten Menschen festgestellt, dass sie diesen Krieg verteidigten, was er kaum habe begreifen können.

Wir kommen auf die Vorgänge in Osteuropa zu sprechen, und er sagt, er sei zum ersten Mal in der Situation, dass er einen einzelnen Mann in der Geschichte wirklich bewundern müsse, was ihm sonst immer zuwider gewesen sei. Ich zeige ihm das Bild von Gorbatschow an der 1. Mai-Feier in Moskau aus der Zeitung, die ich soeben gelesen habe, verstimmt und irritiert steht er da, und wir finden beide, das sei neu, so habe man ihn noch nie gesehen. Canetti fragt mich, ob ich Ceaușescu auch gesehen habe am Fernsehen, im Moment, als erstmals bei der großen organisierten Demonstration die Gegner aufmarschiert seien, wie er da beschwörend die Hände hochgehalten habe, er imitiert die Geste, und ich sage ihm, ich erinnere mich sehr gut, und ich glaube, es sei die Angst vor der Berührung mit etwas Unbekanntem gewesen (der erste Satz aus »Masse und Macht« hat mir immer gut gefallen).

Ich füge hinzu, mich habe es beeindruckt, welche Rolle die Massen plötzlich gespielt hätten bei all diesen Veränderungen, Massen, etwas, das man bei uns eigentlich kaum noch erlebt, außer bei Länderspielen oder gelegentlich bei einer Demonstration größeren Ausmaßes.

Er ist geradezu stolz auf dieses Phänomen und sagt auch, als ich ihn frage, ob er seinen Text über die Fluchtmasse im »Einspruch« gesehen habe, dass er jetzt auf einmal wieder ein stärkeres Echo auf seine Gedanken zur Masse höre, nachdem der Begriff lange Jahre gar nicht mehr aktuell war.

Er sammle, sagt er, alle Nachrichten über die Ereignisse in Osteuropa und untersuche sie daraufhin, ob sie zu seinen Theorien von Masse und Macht passten. Viele der Vorgänge passten überhaupt nicht dazu, und das sei ein gewaltiger Lernprozess für ihn.

Ich sehe ihn an, den 85-Jährigen, wie er sich über den Mittelgang des Abteils immer mehr zu mir wendet und über die Geschichte spricht, wie er sie jetzt wahrnimmt und daran *lernen* will, und wie er die Leidenschaft des Denkens noch in keiner Weise eingetauscht hat gegen irgendeinen Altersstarrsinn oder eine sanfte Resignation.

Der Außenminister der DDR, Meckel, untermaure ja sein Christentum mit Hegel, das finde er eine unglaubliche Absurdität, Hegel sei nun wirklich am wenigsten zu gebrauchen für die Beurteilung der Geschichte oder für das Verständnis derselben.

Ich glaube, antworte ich ihm, in der DDR hätten sich die Menschen oft die Denknischen suchen müssen, die dort verfügbar waren, und hätten in diesen Nischen ihre Kreativität gelebt oder ihre Entdeckungen gemacht, so hätte ich zum Beispiel Autoren wie Alexander Grin nur durch DDR-Editionen gefunden und könne mir nicht vorstellen, wo sonst ein Interesse gewesen wäre, diesen russischen Autor auf Deutsch zu veröffentlichen. Ob er den kenne? Ja natürlich kenne er den. Ich glaube, er hat alles gelesen.

An meine Anthologie »111 einseitige Geschichten«, in die ich einen Text aus seinen »Ohrenzeugen« aufgenommen habe, erinnert er sich, aber nicht daran, welcher es war, peinlicherweise erinnere ich mich auch nicht.

Es ist, wie ich später zu Hause sehe, »Molières Tod«.

Ich frage ihn nach seinen Geschwistern, von einem Bruder weiß ich, er ist im französischen Show-Business tätig, managte Georges Brassens, im Hechtplatz-Theater hängt immer noch ein Plakat »Jacques Canetti présente –

Les frères Jacques«, ein Abend, an den ich mich gut erinnere. Er muss der totale Gegensatz zu ihm sein, alles, was er tut, hat Erfolg, bringt Geld, er kaufte sich für ein Gitarrenfestival ein ganzes Pyrenäendorf und ein altes Schloss, wo er Aufnahmen macht mit seinen Chansonniers, kaufte auch einmal ein Buffet, das er als Urnengrab für alle seine Familienmitglieder vorsah, er hatte schon jedem eine Schublade zugewiesen, bis die anderen sagten, das sei Unsinn. Der Bruder, der ihm näherstand, ist gestorben, er war Tuberkuloseforscher, hatte selbst Tuberkulose und ließ jede neue Operationsart für diese Krankheit zuerst an sich selbst ausprobieren. Ob ich verstehe, dass ihm der näher war? Ich verstehe. Was man am andern hasse, davon fürchte man wohl, dass man es selbst auch verkörpern könnte, darum hasse man es beim andern. Er fragt mich nach meinen Geschwistern und nickt, als ich sage, dass wir bei allem, das uns verbinde, recht gegensätzlich herausgekommen seien.

Interviews gebe er keine mehr, schon lange, man könne ja nicht auf alle Fragen eine wirkliche Antwort geben. Das sei ihm an Sartre suspekt gewesen, der habe immer auf alles sofort eine Antwort gewusst. Die Wirklichkeit sei aber nicht so – er müsse oft sehr lange nachdenken, bis er eine Antwort auf eine Frage habe.

Ob er mir denn einmal ein paar Fragen beantworten würde?

Privat, ja, zur Veröffentlichung, nein, er glaube, er würde mir nur lauter Unsinnigkeiten erzählen.

Ich wende ein, dass es natürlich diese Unsinnigkeiten seien, die mich interessierten, und ich glaube an den Sinn des Unsinns. Gerade hätte ich auf der Tessiner Alp wieder Kafka gelesen, erzähle ich ihm, und sei begeistert vom Beharren auf den unsinnigen Details, also dass er eine Geschichte über eine Zwirnspule schreibe, die den Namen Odradek trage, und ich staune immer wieder darüber, dass in Kafkas Geschichten so viel von seiner Zeit enthalten sei, obwohl es oft um derartige Nichtigkeiten gehe.

Kafka lese er alle fünf Jahre wieder, entgegnet Canetti, die ganzen Erzählungen, und vielleicht beeindrucke er uns deshalb so sehr, weil er das beschrieben habe, was seiner Zeit fehlte.

Oh ja, das muss es sein, und meine Frau bittet ihn nun, er solle mich empfangen, wenn ich mit ihm sprechen möchte, mich und alle, die das hören wollen, was er zu sagen habe. Er bleibt aber voller Anspruch an sich selbst, gesteht auch zu, dass das vielleicht hochmütig und undemokratisch sei, aber es sei so, und beim Abschied ist er erstaunt, als plötzlich unser Hund Fleck unter dem Sitz hervorkriecht und die ganze Zeit dabei gewesen war.

Er wünschte sich von mir ein gewidmetes Exemplar meines Erzählbandes »Die Rückeroberung«, und ich mir von ihm »Die gerettete Zunge«. Er hat es mir geschickt und schrieb in seiner Widmung »zur Erinnerung an ein unerschöpfliches Gespräch«. Es blieb unser einziges.

Loriot

Lieber Loriot,

Sie werden dieses Jahr 75 und haben somit 20 Jahre Vorsprung auf mich, und da Sie frühzeitig mit Ihrer Arbeit begannen, waren Sie, als ich in meiner Jugend Augen, Ohren und Hirn zu öffnen begann, schon da.

In der elterlichen Bibliothek stand in der humoristischen Ecke Ihr Büchlein »Auf den Hund gekommen«, in dem mir erstmals jemand demonstrierte, wie viel komische Brisanz das Prinzip der Umkehrung enthält. Ich weiß noch gut, wie sehr ich über Ihr pinkelndes Männchen lachen musste, von dem ein Hund dem andern klagte: »Ich sage Ihnen, an je-dem Baum.«

Und als ich später in einem Nachwort von Ihnen die Sätze las: »Nach etwa zwanzig Lehrjahren sah ich mich imstande, ein kleines Männchen zu zeichnen, das mich bis heute ernährt. Ich bin sehr gut zu ihm, damit es mich nicht verlässt«, ermutigten Sie mich damit, mich auf das zu besinnen, zu dem ich mich wirklich imstande fühlte, und siehe da, es ernährt mich ebenfalls bis heute.

Als ich noch später im Fernsehen Ihren Sketch über das Jodeldiplom sah, wurde mir erst richtig klar, warum ich leichten Herzens auf einen Universitätsabschluss verzichtet hatte. (»Ich hab mir gesagt: du machst mal dein Jodeldiplom, da weiß man, was man hat.«)

Überhaupt hab ich mich immer darüber amüsiert, wie Sie die Wirklichkeit in Schräglage bringen: Ihre Fernseh-Szene über den Komfort einer Flugreise kommt mir jedes zweite Mal in den Sinn, wenn ich irgendwo über den Wolken mit einem Plastikmesser an einer Pouletbrust herumsäble.

Aber auch das Irre, Groteske, Absurde, das mit der Wirklichkeit scheinbar nichts zu tun hat, ist immer ein Trümmerteilchen der Wirklichkeit: jede politische Krise gleicht auch ein bisschen Ihrer Nudelkrise, jede Begegnung mit einem fremden Menschen hat auch etwas von einer Begegnung in einer fremden Badewanne. In dieser Kunst stehen Sie für mich in einer Reihe mit Karl Valentin, Eugène Ionesco und Slawomir Mrozek.

Gestern hat mir eine Bekannte gesagt, sie fühle sich in ihrer Arbeit oft an eine Zeichnung von Ihnen erinnert, auf dem sich ein riesiges Schiff in ein winziges Flüsschen verirrt hat, und das tat mir natürlich leid für meine Bekannte, aber es hat mich dafür gefreut für Sie.

Wem es gelingt, den Menschen Bilder zu liefern für das, was ihnen im Leben passiert, der darf schon ein bisschen stolz sein auf seine Arbeit.

Lieber Loriot, ich danke Ihnen für die Begleitung,
Franz Hohler

P. S.
Wenn ich einen Wunsch frei hätte, dann würde ich von Ihnen gerne noch lesen, wie Sie Ihre Jugendzeit in Deutschlands düsteren Jahren erlebten. Ohne Männchen, ohne Ironie, einfach so.

Peter Bichsel

Peter Bichsel und ich hatten, zeitlich etwas versetzt, in Olten denselben Primarlehrer, den wir gleichermaßen verehrten. Kurt Hasler schrieb sich während seiner Zeit als Lehrer Aufsätze von Schülern und Schülerinnen, die ihm besonders gelungen schienen, in ein Heft ab. Er nannte es »Vorzugsheft«, und darin befinden sich unter anderen, als erste Spuren unserer Freude an der Sprache, Aufsätze von Peter Bichsel und von mir. Ich habe Kurt Hasler gebeten, mir einen von Peters Aufsätzen zu schicken, damit ich ihn zum Geburtstag des Dichters einer kritischen Würdigung unterziehen könne.

Hier ist er:

Murmeltiere!

»Hier könnte es vielleicht noch Murmeltiere haben«, erklärte mir der Vater, als wir auf unserer Bergtour durch eine öde, lange Steinhalde marschierten. Ich zweifelte zwar zuerst ein wenig. Aber bald wurde diese Vermutung durch ein lautes, abgehacktes Pfeifen bestätigt. Hinter uns, vor uns, neben uns, überall waren Pfiffe zu hören. Wir waren in ein regel-

rechtes Murmeltierparadies geraten. »Vater, siehst du dort?« rief ich erfreut und wies mit der Hand auf einen grossen Felsblock, wo drei braune Kugeln sich lustig tollten. In ihrer Mitte sass die fette Mutter. Vorsichtig prüfte sie die weite Gegend. Glücklicherweise hatten wir günstigen Gegenwind. »Leise!« befahl mir der Vater. »Sind es wirklich Murmeli?« flüsterte ich ihm fragend zu. Hinter einem Stein, der sich gerade neben dem Spielplatz der Murmeltiere befand, setzten wir uns, um die Tiere gut beobachten zu können. Der Vater schlich mit dem Fotoapparat so leise er konnte den Munggen entgegen. Aber da, sie hatten ihn gesehen! Ein lauter, langer, warnender Pfiff ertönte, und sie waren verschwunden! Aber ein Junges, das wohl nicht wusste, was der Pfiff, den seine Mutter eben ausgestossen hatte, bedeutete, streckte munter sein Köpflein aus dem Loch. Mit einem starren Blick glotzte es uns mit seinen sammetschwarzen glänzenden Äuglein an. Es dachte wohl: »Was sind das für Mordiogesellen?« Es zog noch etwas Luft ein, wackelte ein paar Male mit den Ohren und verschwand.

Peter Bichsel, 1947

Dies dürfte der einzige Bichsel-Titel mit einem Ausrufezeichen sein.

Täusche ich mich, oder beginnt der Text mit einer leichten Parodie auf die Autorität des Vaters, der etwas erklärt, das gar nicht sicher ist, »*könnte, vielleicht noch*«? Wenn der Zwölfjährige statt zur üblichen »*Geröllhalde*« zum Wort »*Steinhalde*« greift, ahnen wir bereits den Dichter, der ja immer die ganz leichte Abweichung vom Sprachgebrauch sucht.

»*Ich zweifelte zwar zuerst ein wenig.*«

Nun wird auch er vom väterlichen »vielleicht« durchdrungen. Aber der Vater behält Recht, ja, seine Vermutung feiert Triumphe: »*Hinter uns, vor uns, neben uns, überall waren Pfiffe zu hören.*«

Sie bemerken, dass der junge Dichter nicht den üblichen Blickwinkel einhält. Ein durchschnittlicher Autor hätte hier geschrieben: »*Vor uns, neben uns, hinter uns ...*« Aber dadurch, dass der Pfiff zuerst hinter uns ertönt, müssen wir uns jäh umdrehen, werden sogleich wieder um 180 ° zurückgerissen, um uns dann erst zur Seite wenden zu können.

»*Wir waren in ein regelrechtes Murmeltierparadies geraten.*«

Da ist bereits der spätere Linke zu erkennen: die Unruhe ist das Paradies, nicht die Ruhe, der Protest, nicht die Idylle.

»*Vater, siehst du dort?*«

Das ist nun, unterstrichen durch die Wahl des Verbs »*wies*«, die ganz große Geste, schillersch beinahe (»*Vater, ist's wahr?*«). Und worauf weist er? Nicht auf Murmeltiere, nein, das Wort hat seine Schuldigkeit schon getan, sondern auf »*drei braune Kugeln, die sich lustig tollten.*« Und jetzt beginnt sich der Dichter vollends zu verraten:

»*In ihrer Mitte sass die fette Mutter.*«

Dass das die Mutter sei, ist die reine Behauptung, aber

niemand, der unsern zwei Helden bis hierher durch die öde Steinhalde gefolgt ist und sich nach allen Seiten umgedreht hat, wird daran zweifeln. Letzte Zweifel, ob er dem Anblick als solchem trauen könne, äußert nur noch der Dichter, indem er durch den in diesem Moment angewendeten Diminutiv (»*Sind das wirklich Murmeli?*«) gleichzeitig die eigene Kind-Vater-Situation akzentuiert.

Der Vater schleicht nun der dritten Wortvariante entgegen, die der Dichter anwendet, um die Wiederholung des Wortes »*Murmeltiere*« zu vermeiden, den »*Munggen*«, und diese machen den Vater zum Versager, sie tragen also stellvertretend für den Sohn ein Stück Generationenkonflikt aus. Was sich deutlich abzeichnet: Der Dichter ist kein Handelnder, ihm genügt die Rolle des Beobachters hinter dem Stein (muss man da nicht schon an die Beiz denken?), andere (hier der Vater) scheitern an seiner Statt.

»*Aber ein Junges …*«

Und da, wo die Geschichte zu Ende wäre, entfaltet der Dichter, der uns heute in seinen zahllosen Interviews immer wieder darauf hinweist, wie wenig die Erfahrung wert sei, den Charme des Unerfahrenen in einem Bild. Das junge Murmeli kommt erst durch den Erfahrungsmangel zum Denken, und es ist eine bichselsche Art des Denkens, nicht mit Ausrufezeichen wie im Titel, sondern mit Fragezeichen, nämlich mit der existentiellen Frage: »*Was sind denn das für Mordiogesellen?*«

Es ist die Geburtsstunde der Philosophie, der wir hier beiwohnen, die Frage des Murmelis ist die Frage des

Dichters in der Welt, die Frage nach den Mordiogesellen rings um ihn, und der abrupte Schluss lässt auch schon den Meister der Kurzform aufscheinen, dessen Texte so oft ein paar Mal mit den Ohren wackeln und dann überraschend verschwinden.

Kaspar Fischer

Als ich mit dem Pantomimen René Quellet zusammen eines von Kaspar Fischers Programmen im »Theater an der Winkelwiese« besuchte (ich glaube, es war »Der König«), gingen wir nachher zu ihm in die Garderobe und fragten ihn, ob er mit uns noch etwas trinken komme. Nein, sagte Kaspar, das gehe leider nicht, er habe morgen Waschtag. René Quellet, der zu Hause kaum je ein Hemd aufhängen musste, konnte dies fast nicht verstehen, und auch ich, mit Haushaltprozessen aller Art zwar besser vertraut, wunderte mich. Es gehört für mich bis heute zum Entspannungsritual nach einer Vorstellung, mich noch irgendwo hinzusetzen, speziell, wenn Freunde oder Kollegen da sind.

So deponierten wir unsere Begeisterung über sein Programm an Ort und Stelle, wobei René noch die Frage stellte, wieso der erste Teil so lang und der zweite Teil so kurz sei. Kaspar überlegte einen Moment und sagte dann, es gebe ja auch Tiere, die einen großen Körper und einen ganz kurzen Schwanz hätten.

Seine Denkweise war immer verblüffend nahe beim Leben. Ein Bühnenprogramm war für ihn fast so etwas wie ein Stück Natur, ein Waschtag gehörte so selbstverständlich zum Leben wie ein Bühnenprogramm.

Freunde? Kollegen? Was waren wir? Ich habe Kaspar vom ersten Moment seines Auftauchens an bewundert und schrieb für die »Weltwoche« eine Besprechung seines »Zirkus«-Programms. In meinem Leben habe ich nur zweimal auf schlechte Rezensionen über andere Kulturschaffende mit einem Leserbrief reagiert, das eine Mal auf die Besprechung von Max Frischs »Jonas und sein Veteran« im »Tages-Anzeiger«, das andere Mal zur Kritik eines Programms von Kaspar Fischer in der »NZZ«, die mit dem Satz schloss, er habe bei den Schluss-Verbeugungen das leere Stroh aufgehoben, das er gedroschen habe. Dieser Brief wurde nicht veröffentlicht, da er »so wenig an Substanz anbiete«, wie mir der zuständige Redaktor und Rezensent schrieb.

Gerne wäre ich Kaspar nähergestanden. Zwar kreuzten sich unsere Wege immer wieder. Mein allererstes Buch, »Das verlorene Gähnen«, das 1967 im Benteli Verlag erschien, hat er illustriert. Die Striche seiner Zeichnungen waren so fein, dass sich der Verleger Ted Scapa entschloss, diese nicht schwarz auf weiß zu drucken, sondern weiß auf schwarz, was einen ebenso ungewöhnlichen wie poetischen Effekt brachte. Unter den Bildern, die wir in unserer Wohnung aufhängten, war fast immer eines von Kaspar Fischer. Die meisten seiner Bücher in meiner Bibliothek sind mit Widmungen von ihm versehen, und jede davon hat etwas Verspieltes, Scharadenhaftes, so brennt z. B. links von meinem Namen ein kleines Feuer, was dann als

»Fü(ü)r Franz« gelesen werden muss. Auch den Mädchennamen meiner Frau Ursula, die früher Nagel hieß, konnte er nicht unverwertet durchgehen lassen. In einem der Bücher für uns beide ist vorn ein hohler Nagel gezeichnet.

Es gab mehrere gemeinsame Silvester-Auftritte im Kleintheater Luzern, mit Emil, Mani Matter, Dimitri und Peter W. Loosli zusammen. Unvergesslich für mich die Improvisation, in welcher Kaspar Fischer als Mutter von Dimitri zum Berufsberater Emil kam und darüber klagte, dass ihr Bub zum Zirkus wolle.

In meinem Archiv habe ich Kaspars Entwurf einer Schlagzeugnummer für uns sechs gefunden, die aber unsere Möglichkeiten als Sponti-Ensemble bei Weitem überstieg. In seinem Begleitbrief schrieb er schon vorsorglich: »Sie ist nicht ganz leicht in einem Tag zu lernen, wenn man anderes gewöhnt ist« und grüßte zuletzt »Mit grunzendem Herz«.

Ich erinnere mich auch an die Gewissenhaftigkeit, mit der Kaspar meine Vorstellungen besuchte. Einmal, im »Theater am Burgbachkeller« in Zug, zog er nachher ein blaues Schulheft hervor, in das er sich Notizen gemacht hatte wie ein Journalist, fragte mich nach dem Namen des Songwriters Woody Guthrie, den er nicht verstanden hatte, als ich ihn auf der Bühne als Autor eines von mir übersetzten Liedes nannte, und trug ihn dann befriedigt über den dafür vorgesehenen Pünktchen ein.

Alle diese zahlreichen Kontakte führten aber kaum dazu, dass man sich gelegentlich auch privat besuchte.

Als Kaspar und seine Frau Esther Zwillinge bekamen, rief Ursula etwa ein halbes Jahr später an und sagte zu Kaspar, wir würden gerne mal die Zwillinge anschauen kommen, worauf Kaspar entgegnete, er könne ja auch ein Foto schicken. Weder haben wir die Zwillinge zu Gesicht bekommen, noch haben wir ein Foto von ihnen gesehen.

Kaspar war ein scheues Wesen, sein Haus in Uerzlikon, das ich nur einmal gesehen habe, wirkte wie eine Art Fuchsbau auf mich. Mani Matter hat Kaspar an einem der Luzerner Abende so präsentiert: »We d Lüt z Uerzlike am Sunntig göh go spaziere und gseh ne Schnägg uf der Strass, rüefe si zu ihrne Chind: ›Passet uf, vilicht isch es der Chaschper Fischer‹!«

Doch, ab und zu wollte er etwas von mir, und das hat mich jedes Mal gerührt. Mit Auftritten in Deutschland tat er sich schwer, obwohl es dort durchaus ein Interesse an seinen Programmen gab (so bekam er 1981 in Mainz den Deutschen Kleinkunstpreis). Er suchte mich einmal auf, um mich zu fragen, wie ich das mache, organisatorisch und finanziell, und als er, in meinem Terminkalender schnuppernd, sah, dass ich ohne weiteres an einem Tag in Koblenz in Deutschland auftrat und am nächsten in Olten, da schüttelte er den Kopf und sagte, so etwas könnte er nie machen, das sei ihm zu viel. Es kam mir vor, als ob ihm, dem Waldtier aus dem Knonauer Amt, ein solches Revier zu groß wäre.

Ein anderes Mal hatte er sich mit mir in einem Restaurant verabredet, weil er, wie er mir am Telefon sagte, mich etwas fragen wolle, und ich war gespannt, worum es ihm ging. Dazu eine Zwischenbemerkung: Kaspar hatte mit unverhohlener Skepsis meine Fernsehauftritte mitverfolgt, in denen ich unsere Gegenwart in kabarettistisch-satirischen Formen kommentierte, denn eigentlich war ihm eine Vermischung von Kunst und Engagement suspekt. Die Kunst war für ihn Engagement genug – wenn sie bei ihm auf die Wirklichkeit prallte, zog die Wirklichkeit den Kürzeren. Eine der komischsten Stellen in seinen Programmen war für mich, als er im »Omelettenheiligen« als »Der Vernünftige« erzählte, wie er von einer Broschüre der »Schweizerischen Bankgesellschaft« über »Das schweizerische Wirtschaftsjahr 1986« geträumt hatte, und wie er beim Erwachen genau diese Broschüre in der Jackentasche fand. Er las dann einen Satz daraus vor, und die Art, wie er die Wörter bloßstellte, machte jede reale Information zum Witz, die organisierte Welt zerfiel vor unsern Augen, und übrig blieb die fröhliche Anarchie von Kaspar Fischers Gegenwelt.

Und nun fragte mich Kaspar zu meinem Erstaunen, ob ich eine Organisation kenne, in welcher er sich sinnvoll engagieren könne und in welche er auch mit seiner Kunstform irgendwie hineinpassen würde. Ich glaube mich zu erinnern, dass ich ihm damals Organisationen empfohlen habe, die sich mit dem Schutz unserer Lebensgrundlagen beschäftigen, den »WWF« etwa oder »Pro Natura«, aber ich kann mich nicht erinnern, dass er später in einer dieser Organisationen aufgetaucht wäre.

Auf einer Chinareise, die 1982 von der »Berner Zeitung«

für Schweizer Kulturschaffende organisiert wurde, waren wir in Peking zusammen im Hotelzimmer, und ich erwachte jeweils, wenn sich Kaspar in aller Frühe auf Zehenspitzen davonschlich, um sich auf einem Morgenspaziergang unter die Leute zu mischen. Kurz darauf erlebten wir mit, wie er sich in einen Chinesen verwandelte, indem er sich eines jener blauen Alltagsgewänder kaufte, dazu ein geflochtenes Marktkörbchen, und derart ausstaffiert in eine Parteiversammlung ging, wo er so lange mit den andern nickte und applaudierte, bis ihn ein chinesischer Parteikollege ansprach, worauf er sich grummelnd und brummelnd entfernte. Wir andern draußen erkannten ihn erst auf den zweiten Blick wieder, so sehr glich er einem Chinesen.

An meinem 50. Geburtstagsfest stand er auf und sagte, er müsse noch etwas aufräumen zwischen uns, erinnerte mich an ein Interviewgespräch, das ich in Köln bei einem gemeinsamen Auftritt am WDR mit ihm geführt hatte, und in dem er mich mit Kürzestantworten wie »nicht unbedingt« oder »kann man sagen, ja« oder einfach mit »ja« und »nein« ziemlich sitzen gelassen hatte, und an die Distanz, die so oft zwischen uns war. Damit solle nun endgültig Schluss sein, sagte er, und dann spielte er eine meiner Lieblingsnummern, die Gemüsesuppe.

Und dann? Er fragte mich, ob ich in sein Programmheft etwas zu seinem 60. Geburtstag schreibe, was ich gerne tat.

Und dann? Waren wir dann Freunde? Ja, wir waren es, ich bestehe darauf. Weit entfernte Freunde.

Peter von Matt

Als sich die Türen der Aula öffnen und die ersten Studenten und Studentinnen der Vorlesung über das Völkerrecht herauskommen, sind sie in keiner Weise auf den Auflauf im Gang vorbereitet. Zu den Türen herein flutet nämlich, ohne jeden Respekt vor denen, die noch hinaus möchten, ein Volk von Ergrauten, Anständigen, Gepflegten, Mappen- und Handtäschchentragenden, welches nun die Stühle des Saales besetzt, bevor sie noch ganz geräumt sind.

Gilt dieser Auflauf tatsächlich E. T. A. Hoffmann, dem Vater der phantastischen Literatur? Nein, er gilt dem Professor der Germanistik, dem Wortmächtigen, dem Sprachерheller, dem Zusammenhangsmagier, den nun die Pensionierung eingeholt hat und der heute zum letzten Mal vor seiner Anhängerschaft in der Aula der Universität auftritt.

Die große Leinwand ist heruntergelassen, über den Hellraumprojektor wird bekannt gegeben, dass die Vorlesung auch in den Hörsaal 108 übertragen wird, sogar mit Video, und abwechselnd ermahnen Assistentinnen die Menschen, die bereits keinen Platz mehr haben und die Fluchtwege zu überschwemmen beginnen, doch bitte ins andere Auditorium zu gehen, und nach einer Weile trifft die Botschaft ein, auch das andere Auditorium sei nun voll, und es sei zusätzlich eine Übertragungsmöglichkeit in den Hörsaal 121 geschaffen worden.

Trotzdem ziehen es viele vor, dem Meister stehend zu lauschen, an eine Wand gelehnt, oder auf einem Sims sitzend, oder, wie vor allem die jungen Leute, die noch wirklich studieren, auf dem Boden hockend. Käme jetzt jemand von der Feuerpolizei, die Veranstaltung fände nicht statt. Aber stattdessen betritt von Matt den Saal, in blauem Jackett und weißem Hemd, aber ohne Krawatte, und wird mit Applaus empfangen, und als er leichten Schrittes die marmorne Pultkanzel ersteigt, seinen Lehrstuhl sozusagen, wird hinter ihm die Leinwand hochgezogen, und es erscheint ein riesiges Fresko, das junge Frauen in togaähnlichen Gewändern zeigt, die sich zusammen mit halbnackten Burschen in einer Waldlichtung versammeln, als hätten auch sie keinen Sitzplatz in der Vorlesung gefunden.

Und wenn nun von Matt zu reden anhebt und leicht vorgebeugt ins Mikrofon spricht, wirkt er fast gnomenhaft vor den überlebensgroßen allegorischen Figuren in seinem Rücken, aber er verfügt über eine Schatzkammer, über die Schatzkammer der Literatur, und er klimpert zunächst mit den Schlüsseln zu dieser Schatzkammer, spricht über das Gehen, und dass es in der Literatur immer etwas bedeutet, wie jemand geht, sei es ein Stifterscher Wanderer oder ein Walserscher Spaziergänger oder seien es Gerhard Meiers Baur und Bindschädler, und fragt dann unvermutet, was das mit E. T. A. Hoffmann zu tun habe. Danach springt er das Thema seiner Vorlesung regelrecht an, indem er darauf hinweist, dass die Protagonisten Hoffmanns nie gehen, sondern immer rennen, hüpfen, Haken schlagen, stolpern, herumhühnern. Während er das sagt, fallen mir über den Türen die beiden rennenden grünen Männlein auf dem Notausgangssignet auf.

Und nun lädt uns von Matt zu einem Rundgang durch die Schatzkammer ein, und wenn er die Vorräte darin schildert, ist eine unglaubliche Verheißung in seiner Stimme; Freunde, scheint er uns zuzurufen, da drin gibt's etwas zu holen, wer Augen hat zu sehen, dem werden sie übergehen von all dem Schimmern und Glitzern des menschlichen Geistes, und er erzählt uns, was Herder über den Unterschied des Menschen zum Affen geschrieben hat, wie er den Menschen als den ersten Freigelassenen der Schöpfung bezeichnete und was Newtons physikalische Erkenntnisse für das menschliche Denken wirklich bedeuteten und wie auf dem Höhepunkt der endlich gewonnenen Klarheit über das Planetensystem und das Wirken der physikalischen Kräfte, der Entzauberung der Natur somit, auf einmal der phantastische Roman auftaucht, als Gegengewicht, als Nachruf auf das eben Begrabene, als plötzliche Sekunde des Zweifels, und wie in Newtons ausgeleuchtetes Weltbild schwarze Sonnen hineinzuscheinen beginnen, aus dem, was Jean Paul das innere Afrika des Menschen nannte, und wir sitzen, stehen oder kauern und schicken unsere Gedanken ihm nach, wir stützen die Köpfe in die Hände, wir halten den Zeigefinger an die Nasenwurzel, wir drücken die Finger vor die Stirn oder pressen die ganze Stirn in die flache Hand, dass es uns die Frisuren nach hinten sträubt, wir umrahmen die Lippen mit einem Daumen und einem Zeigefinger, wir halten einen Ellbogen mit einem Arm, wir richten unsere Ohrmuscheln mit der Hand nach vorn, damit uns kein Wort entgeht, und wir schreiben Sätze mit, Zitate, Formulierungen, die wir festhalten möchten, auf Papier, das bereits gelocht ist, damit es sofort einem Ordner anvertraut werden kann, auf linierte und unlinierte A4-Blätter, auf kleine, gehäuselte Notizblöcke, auf die Rückseite von ausgedruckten Zugsverbindungen, denn wir möchten ja etwas nach Hause nehmen von der Schatzkammer des menschlichen Geistes, dessen Kustos uns durch seine Brillengläser immer wieder so anschaut, als seien wir persönlich gemeint, denn er meint es gut mit uns, er öffnet uns die Türen, er heißt uns eintreten in das funkelnde Geisteshaus, und wir neigen die Köpfe, noch etwas unentschlossen, in unsern Anzügen, in unsern Deux-Pièces und in unsern T-Shirts, auf denen »Festival« steht oder »Sex Pistols«, und wenn wir nicht alle gleichzeitig eintreten können, dann hören wir doch zu, auch die in Bronze gegossenen Köpfe auf den Marmorkonsolen an den Wänden hören zu, hat nicht sogar Otto Nägeli den Kopf etwas gedreht, als von Matt vom Kapellmeister Hoffmann und seiner Zeichnung des Geigers Kreisler sprach, und hat nicht Lorenz Oken die Augenbrauen angehoben, als von Newton die Rede war, und hat nicht Karl Moser genickt, als von Matt die Metropolen erwähnte und ihre große Bedeutung in der französischen und englischen und ihre geringe Bedeutung in der deutschen Literatur? Die vordersten beiden Konsolen sind noch leer, eine davon sollten wir für ihn reservieren, in der Hoffnung, sie werde noch lange leer bleiben, denn er hat uns alle verzaubert, der Schatzmeister aus der Innerschweiz, der Wortprophet vom Stanserhorn mit seinen literarischen Lockrufen.

Und irgendwann einmal, als er von den unwahrscheinlichen Begebenheiten spricht, schaue ich zur Decke und sehe hoch über ihm den schweren Lautsprecher hängen, und ich bin froh, dass die Newtonschen Gesetze so lange in Kraft bleiben, bis er am Schluss mit den Worten »Das wär's de gsi« sein Manuskript in die Mappe packt, sich verbeugt, die Hände für den entgegenbrandenden Applaus ausbreitet wie ein Schauspieler, und dann federnd die Kanzeltreppen hinabsteigt und den großen Blumenstrauß mitzunehmen vergisst, der die ganze Zeit für ihn auf dem Pult lag und ihn halb verdeckte und den er, ergriffen und gepackt von der Schilderung seiner Schätze, gar nicht gesehen hat.

Alois Büchel

Als ich in Zürich für kurze Zeit Germanistik studierte und meine Proseminarien absolviert und bestanden, also sozusagen die niederen Weihen empfangen hatte, kam der große Moment, in dem ich mich zum ersten Mal als vollwertiger Student in ein vollwertiges Seminar setzen durfte, und zwar zum vollwertigsten aller Literaturprofessoren, zu Emil Staiger. Die Vorlesungen von Emil Staiger fanden damals in der Aula statt, und es drängten sich so viele Wissbegierige zu seinen Füßen, dass man fast wie im Theater Karten lösen musste, Platzkarten für einen Stuhl, den man dann ein Semester lang behalten durfte, und da immer noch nicht alle Platz fanden, wurde die Vorlesung auch noch als Hörspiel ins Auditorium 101 einen Stock tiefer übertragen. Ich sage Ihnen das, damit Sie erahnen, wie privilegiert und eingeweiht man sich vorkommen durfte, wenn man zu den Teilnehmern eines Staiger-Seminars gehörte. In diesem Seminar ging es um Erzählungen zwischen Romantik und Realismus, und der normale Ablauf war, dass ein Student oder eine Studentin eine Seminararbeit vortrug, über die nachher diskutiert wurde und zu welcher der Meister auch seine Kommentare einfließen ließ.

Ich setzte mich also erwartungsvoll hin, es sollte, das wusste ich, heute die »Judenbuche« von Annette von Droste-Hülshoff besprochen werden, und der Student, der sie besprach, war der Preisträger des heutigen Abends, Alois Büchel. Was er genau gesagt hat, daran erinnere ich mich nicht mehr, aber woran ich mich sehr gut erinnere, war seine Vorrede, denn die hat mich verblüfft. Er erwähnte darin die Sekundärliteratur, die er benutzt hatte, und hob dann zur Formulierung an: Zu großem Dank bin ich Herrn Prof. Emil Staiger verpflichtet für seine Ausführungen zur »Judenbuche« in seinem Buch »Annette von Droste Hülshoff«.

Ach, so macht man das, dachte ich, merkte dann aber bei den späteren Referaten, dass das außer Alois Büchel niemand sonst so machte. Er stellte sich damit unverfroren direkt neben Emil Staiger, und ich dachte, gut, der kommt aus Liechtenstein, der ist den Umgang mit Fürsten gewöhnt. Jedenfalls, das war mir klar, hatte er keine Angst vor großen Namen.

Dann verloren wir uns ein paar Jahre aus den Augen, denn ich trat, ebenso unverfroren, mit einem literarisch-musikalischen Soloprogramm auf, mit dem ich einen so guten Anfangserfolg hatte, dass ich mich für ein Jahr von der Universität verabschiedete, um als freischwebender Kulturarbeiter herumzuziehen. Dieses Jahr dauert heute noch an.

Alois Büchel hingegen schloss sein Studium ab und wurde Gymnasiallehrer in Vaduz. Dann tauchte er einmal bei einem meiner Auftritte in Baden auf und sagte mir, er möchte in Liechtenstein gerne Gastspiele veranstalten, und ob ich nicht Lust hätte, einmal im Vereinshaus in Schaan aufzutreten, es gebe dort so etwas wie eine Bühne, wo sie während Jahren Kabarett gespielt hätten. Selbstverständlich hatte ich Lust, ich ging damals überallhin, wo man mich fragte, warum also nicht auch in ein Vereinshaus, und erst noch im Ausland.

Da ich meine gesamte geschäftliche Korrespondenz seit 1965 aufbewahrt habe, fand ich nach einem Griff in mein Archiv seinen offiziellen Einladungsbrief vom 10. März 1970. Er strotzte vor Zuversicht, schlug gleich zwei Vorstellungen vor und »Sollte der Vorverkauf sehr günstig verlaufen, könnten wir noch eine dritte Vorstellung ansetzen. Zwar bin ich nach den bisherigen Erfahrungen sehr optimistisch, aber garantieren kann ich eben nichts.«

Aus diesen Formulierungen spricht bereits der künftige Theaterdirektor, der immer einen Spagat zwischen Romantik und Realismus hinlegen muss und froh sein kann, wenn er sich dabei nicht die Beine bricht.

Der Einnahmeverteilschlüssel ist fair: »60 % zu Ihren Gunsten, 40 % zu Gunsten der Veranstalter«, wobei er präzisiert, »Wir würden dabei für die Saalmiete, Putzkosten, Propagandakosten, Vorverkauf etc. aufkommen.«

Der Künstler ist natürlich froh, dass er nach der Aufführung nicht noch putzen muss und erkennt eine weitere prä-direktoriale Strategie im Satz »Wie mündlich besprochen, würden Sie Ihr vorletztes Programm ›Die Sparharfe‹ spielen.« Dies, es ist klar und auch richtig, damit man beim nächsten Mal mit dem aktuellen Programm nachdoppeln kann. Dem »Sie« entnehme ich übrigens, dass wir uns an der Uni kaum gekannt hatten. Und dann kommt die schöne Passage: »Wenn es Ihnen genehm ist, können Sie gerne bei meiner Frau und mir wohnen.«

Ich hoffe rückblickend gerne, dass das mit Dodo so besprochen war, aber ich habe beide immer als äußerst großzügig erfahren und dahinter nicht in erster Linie eine kostensenkende Maßnahme erblickt.

Ein richtiger Direktor darf sich durch nichts davon abhalten lassen, seine Künstler zu kontaktieren, und auch für diese wichtige Eigenschaft habe ich eine Spur in seinem ersten Brief gefunden. Er gratuliert mir darin zu meinem Programm in Baden, über das er sich leider nicht mehr mit mir unterhalten konnte, weil er nach der Vorstellung gleich zurückmusste, und warum? »Bei Glatteis und 30–40 Kilometer Höchstgeschwindigkeit hatte ich noch eine abenteuerliche Heimfahrt.«

In meiner Antwort versuchte ich eher den Realisten zu spielen: »Den 18. reserviere ich mir vorsichtshalber auch noch, seien Sie aber nicht enttäuscht, wenn es nicht ausverkauft wird, das ist öfters so, wenn ich wo zum ersten Mal hinkomme.« Bemerkenswert sind auch meine Bleistiftnotizen auf dem Einladungsbrief; ich hab sie mir zum Weg gemacht, der zum Vereinshaus führte, das in Klammern bereits »Theater am Kirchplatz« hieß. Es war nicht gerade das, was man sich unter einer ersten Adresse vorstellt: »rechts Kräuterapotheke Emmenegger, rechts Strasse bis Ende 100 m, wieder rechts, unten Malerwerkstatt neben Garagen«.

Die zwei Abende wurden, wenn ich mich recht erinnere, ein Erfolg; ob wir das dritte Datum gebraucht haben, kann ich meinen Unterlagen nicht mehr entnehmen, aber was ich noch gut weiß, ist, dass mich Alo fragte, ob ich ihm nicht die Adressen einiger anderer Künstler geben könne. Das hielt ich angesichts der anständigen Werbung, der anständigen Bühne, der anständigen Unterkunft und der ebenso anständigen Abrechnung für verantwortbar, und Alo fragte alle Künstler, deren Anschriften in meinem Adressbüchlein waren, von Dimitri über Emil, Kaspar Fischer und Hanns Dieter Hüsch bis Franz Josef Degenhardt, und sie kamen alle, und niemand war unzufrieden. Mit Hanns Dieter Hüsch hab ich vorgestern telefoniert. Er ist schwer krank und kann kaum mehr sprechen, geschweige denn sein Haus verlassen, und als ich ihm sagte, dass Alo heute einen Preis bekomme, sagte er nach langem Überlegen: »Ich weiß nicht, ob ich das schaffe.« Und als ich sagte, das würde von ihm auch nicht erwartet, trug er mir auf: »Grüß ihn von mir.« – was ich hiermit getan habe.

Als ich dann in der nächsten Saison wieder zu einem Auftritt erschien, war das schon das erste Abonnement des »Theaters am Kirchplatz«, und die Bühne war umgebaut und hatte ein paar Scheinwerfer mehr, und Alo war ihr Intendant. Er war zwar immer noch an der Schule tätig, was ich daran merkte, dass er mich auch gleich zu einem Auftritt ans Gymnasium einlud, aber das Theater war nun ein Faktor geworden, nicht nur für ihn, sondern auch für Liechtenstein, und das wiederum merkte ich daran, dass Alo bei meinem Auftritt kurz vor Beginn das Publikum mit Heroldsstimme bat, sich zu erheben, weil nun die fürstliche Familie ihre Plätze einnehme, und beim Schlussapplaus, gerade bevor ich eine Zugabe machen wollte, wies er das Publikum an, sitzen zu bleiben, bis die fürstliche Familie den Saal verlassen habe, worauf meine Zugabe hinfällig wurde und durch den Abgang der fürstlichen Familie würdig ersetzt wurde.

Jedes Mal, wenn ich wieder kam, empfing mich Alo mit den Worten: »Mir hond wider umbbaut.« Und bald kam es zur Eröffnung des nun wirklich ganz und gar aus einem Vereinshaus in ein Theater verwandeltes TAK, und ich machte, assistiert von Emil, eine Parodie auf die Umbauarbeiten. Es war offensichtlich, dass Alo immer noch gleich unverfroren an die großen Namen heranging wie damals im Deutschen Seminar, es war offenbar auch Geld genug vorhanden im Land der 100 000 Briefkästen, wenn man es denn mobilisieren konnte, und Alo konnte das, und so wurde das TAK hinter der Kräuterapotheke rechts bei der Malerwerkstatt neben Garagen doch zu einer europäischen Top-Adresse für Theater, und es kam, wie vorauszusehen war, Alo kehrte der Schule den Rücken und wurde vollamtlicher Leiter, inszenierte auch selbst, ich habe zum Beispiel seinen O'Casey am Zürcher Theaterspektakel gesehen, das TAK wurde ein so großes Haus, dass man dazu auch ein kleines Haus brauchte, so kam das Takino dazu, in dem Kleinkunst und Film zu Hause waren, und Schaan wurde endgültig ein kulturelles Zentrum des Rheintales, mit einer großen Anziehungskraft für alle kulturell Interessierten, und auch für die Jungen, immerhin hat Pipilotti Rist als Schülerin Billette im TAK abgerissen.

Ich habe Alois Büchel stets als wirklichen Animator erfahren, der von einem immer ein bisschen mehr wollte und der stets offen war für Anregungen, für Ungewöhnliches. Dank ihm konnte ich zum ersten Mal zusammen mit meinem verehrten Kollegen und Vorbild Hanns Dieter Hüsch ein gemeinsames Programm aufführen, das wir »Kopf an Kopf« nannten, das war 1973, dank ihm haben René Quellet und ich, die wir als »Franz und René« Kindersendungen am Schweizer Fernsehen machten, unsere Sendungen auch als Bühnenprogramm gestaltet, denn Alo hat, wenn ihn etwas interessierte, einfach lange genug danach gefragt.

Diesem glanzvollen Aufstieg folgte leider ein abrupter Fall, und das Erfolgsstück mit Alois Büchel als jugendlichem Helden nahm im letzten Akt eine Wendung, die man je nachdem als Farce oder Tragödie bezeichnen kann.

Wie es wirklich dazu kam, dass er das Theater verlassen musste, habe ich nie durchschaut; wenn ich ihn danach fragte, sagte er nur »I könnt dir jo Sache verzelle«, wenn ich aber sagte »Denn verzell mer se doch«, erzählte er sie mir nie, und so habe ich einfach mitbekommen, dass das TAK eines Tages ohne seinen Gründer und Animator weiterlief. Dass es dazu in der Lage war, heißt übrigens nichts anderes, als dass sein bisheriger Intendant eine solide Grundlage geschaffen hatte.

Wenn man sich die Geschichte dieses Theaters, das ja mehr ist als ein Theater, nämlich auch eine Galerie, ein Konzertsaal, ein Diskussionsforum, kurz, eine Institution, wenn man sich diese Geschichte rückblickend vergegenwärtigt, kann man schon sagen, das hätte sonst wohl irgend einmal ein anderer gemacht, aber es war eben kein anderer, der es gemacht hat, sondern es war Alois Büchel, und dafür, finde ich, kann ihm nicht nur Liechtenstein, sondern auch die ganze Region dankbar sein.

Deshalb freut es mich ungemein, dass er jetzt für diese seine riesige Arbeit, die ein Lebenswerk darstellt, mit einem Preis gewürdigt wird. Ich gratuliere der Stiftung zu dieser Wahl, und ich gratuliere vor allem dir, Alo, von ganzem Herzen.

Monique Laederach

Zwischen Kuprijanow und Lang
in meiner Adresskartei
dein Kärtchen
Monique
das ich nicht wegnehmen kann

und deine Nummer

warum hab ich sie nicht mehr gewählt
als ich wusste
wie krank du warst?

Mona Blatter

Im Gang unsrer Wohnung
Mona
steht deine Säule
aus weißem und gelbem Wachs
Lady Sun
und wenn ich mir vorzustellen versuche
wohin du gegangen bist
kann ich nichts anderes denken
als dass du die Lady besuchst
die unser Haus erhellt
und dass du ihr hilfst beim Leuchten
und dass dir das so gut gefällt
dass du bleibst
bei ihr
um eine Lehre als Sonne zu machen.

Bruno Manser

»Verschollen« ist eines der unheimlichsten Adjektive, die ich kenne.

Der Zustand, den es bezeichnet, ist nicht der Tod, sondern der vermutete Tod, und der ist fast schlimmer als der wirkliche Tod, denn er lässt der kleinen Pflanze Hoffnung noch ein winziges bisschen Boden, auf dem sie wachsen kann, eine Ritze im Beton des Endgültigen, und da sprießt sie nun, den kalten und trockenen Winden der Vernunft zum Trotz, und wispert uns zu: »Vielleicht, vielleicht taucht der verschollene Mensch eines Tages doch noch auf, mit einem verlegenen Lächeln, mit einer gemurmelten Entschuldigung, weil er so lange nichts von sich hören ließ, und wenn wir ihn fragen: ›Wo warst du?‹, dann sagt er wie Peer Gynt bei seiner Heimkehr: ›In deinen Gedanken, in deinen Träumen.‹«

Ich glaube, es ist Zeit, dass wir uns von dieser Hoffnung verabschieden. Bruno hätte uns, wenn er noch lebte, ein Zeichen gegeben, und statt das unheimliche Wort »verschollen« auf ihn anzuwenden, sollten wir vielleicht besser sagen: »Bruno ist tot.«

Trotzdem sehen wir ihn wohl alle auf der Bühne unserer Erinnerung, als einen, der von seinem eigenen Leben viel verlangte, nicht nur Gedanken und Träume, sondern Taten. Und nicht nur symbolische Taten, sondern Taten, die den ganzen Menschen und sein ganzes Leben verlangten.

Er erweckte – wobei ich sicher bin, dass er das nicht wollte – in uns allen ein kleines Stück schlechten Gewissens oder mindestens das Gefühl, wir könnten auch noch mehr tun.

Die Begegnungen mit ihm waren immer auch Begegnungen mit einer andern Art zu leben. Einmal hat er eine Vorstellung von mir im Basler »théâtre fauteuil« besucht, und dann ging ich mit ihm noch den Spalenberg hoch, in sein kleines Büro am Heuberg, wo er manchmal, wie er mir sagte, auch übernachtete. Das Büro erwies sich als eine Art Dschungel, ein Papier- und Schachtelwald, mit Baumstrünken aus Büchern und Informationsmappen, Farnen aus Flyern, Lianen aus geflochtenen Körbchen seiner Penan-Freunde, in denen Büschel von Giftpfeilen steckten, mit Palmenblättern aus Petitionsformularen, und irgendwo hockte zwischen dem allem wie eine Regenwaldkröte ein Computer – jedenfalls hätte sich eine an der herkömmlichen Ordnung geschulte Bürokraft schon auf der Suche nach einer Briefmarke im Papierdickicht verirrt.

Auf meine etwas naive Frage, wo er denn hier schlafe, öffnete er eine Tür, die auf einen kleinen Balkon führte, und dort war sein Bett, nämlich eine Hängematte. Da es schon Oktober war, stellte ich ihm noch die ebenso naive Zusatzfrage, ob ihm das nicht zu kalt sei, und er beantwortete sie mit seinem Lächeln, das wir alle noch vor uns sehen.

Er schlafe nicht gerne in Häusern, sagte er und stellte damit das ganze jahrhundertealte Häusermeer der Stadt Basel zu unsern Füßen in Frage, und das erinnerte mich daran, dass es noch einen andern Zustand des Menschen gibt, den vor- und außerhäuslichen, und dass das eigentlich der menschliche Urzustand ist, weit entfernt von Einfamilienhaussiedlungen und Bürohochhäusern, in ganz anderen Kräftefeldern als denen zwischen Transformatoren, Autobahnzubringern und Mobilfunkantennen.

In diesen ursprünglichen Kräftefeldern suchte Bruno Manser ein Leben lang seine Heimat. Er verstand die Sprache der Bäume, er verstand die Sprache der Tiere, er verstand die Sprache der Erde und der Sterne, er verstand die Sprache des Lebens, und deshalb kann ich mir nichts anderes vorstellen, als dass er auch in dem Teil des Lebens, den wir Tod nennen, heimisch und geborgen ist.

Urs Heller

In meinem Archiv, in dem ich die gesamte Korrespondenz über meine Tätigkeit als Schriftsteller und als auftretender Kulturnomade aufbewahre, habe ich den ersten Brief des Kellertheaters Aarau gefunden, dessen 40-jähriges Jubiläum wir ja dieses Jahr auch feiern. Er hat mich, und das betrachte ich als gutes Eröffnungssignal, per Boten erreicht und beginnt folgendermaßen:

»Sehr geehrter Herr Hohler,

da wir Ihre Adresse nicht kennen, geben wir diesen Brief Ueli Däster mit.«

Das ist eine phantasievolle Lösung; kein Zufall, dass Ueli Däster noch heute eine verlässliche Größe in der Aargauer Kulturvermittlung darstellt, und kein Zufall, dass hier einer agiert, der das Delegieren gewohnt ist, es war Dr. Hans Trautweiler, Oberstdivisionär im Generalstab und damaliger Präsident der Theatergemeinde Aarau. Unberechenbar und widerspruchsvoll ist sie, die Kulturszene, gerade in einer Kleinstadt wie Aarau; kaum entstehen in den 60er-Jahren überall die Kellertheater als Nischen der Subkultur und Gegenwelten, in denen die Schweiz mit dem Gedankengut der Rive gauche unterspült wird, wo

Sartre, Ionesco und Brassens gespielt und gesungen werden, werden sie in Aarau von einem Oberstdivisionär unter Kontrolle gebracht.

Der Brief ging weiter: »Die Theatergemeinde Aarau beabsichtigt, für die nächste Saison in Aarau ein Kellertheater zu eröffnen. Hätten Sie Interesse daran, bei uns aufzutreten?«

Natürlich hatte ich Interesse daran, ich teilte dies Herrn Trautweiler auch mit, ohne Ueli Däster erneut als Meldeläufer in Anspruch zu nehmen, und erhielt dann folgende Offerte:

»Wir schlagen Ihnen vor, auf eigene Rechnung zu kommen, wobei wir Ihnen das Theater mit ca. 100 Plätzen zur Verfügung stellen.«

Und jetzt kommt ein Satz aus einer anderen Zeit:

»Die Platzpreise von Fr. 5.– und 7.– betrachten wir als angemessen für Aarau.«

Was immer das heißt (Haben die Aarauer kein Geld oder wollen sie kein Geld für Kultur ausgeben oder darf Kultur nichts kosten?), die Folgen werden auf den Künstler umgewälzt:

»Für die Propaganda müssten Sie selbst aufkommen. Als Miete haben wir gesamthaft Fr. 150.– pro Abend, oder aber 35 % von den Bruttoeinnahmen, im Minimum Fr. 100.– pro Abend vorgesehen.«

Ich sehe Urs Heller lachen. Er hätte keinen einzigen Künstler zu diesen Bedingungen nach Aarau gelockt.

Ich habe dann den Kampf mit dem Oberstdivisionär

aufgenommen und das Kellerunternehmen auf Fr. 60.– heruntergehandelt und bin in dessen 1. Saison 65/66 an der Rathausgasse mit meinem Programm »pizzicato« aufgetreten, Schüler und Studenten hatten ermäßigte Eintritte zu Fr. 3.– und Fr. 5.–.

Seither bin ich immer wieder nach Aarau gekommen, um die Früchte meiner Arbeit zu präsentieren. Das Kellertheater an der Rathausgasse nannte sich schon bald »Innerstadtbühne« und wurde von Anton Krättli geleitet. Es war eine ziemlich lose organisierte Gruppe, die sich sozusagen selbst erfinden musste. Im Verlauf der Jahre bilden sich ja auch verschiedene Kreise um solche Kulturinitiativen, ich erinnere mich an eine Einladung zu einer Party nach einer Vorstellung bei Blanche Schwarm, dort gab es ein herrliches Käsebuffet, ich unterhielt mich mit allen möglichen Leuten, aß dabei ein Stück Käse, wie ich es noch nie gegessen hatte, unglaublich weich und süßlich-sanft im Geschmack, fragte nachher, was das für ein traumhafter Käse gewesen sei, der einem auf der Zunge zergehe, und erfuhr: es war Butter. Essen Sie einmal Butter in der Annahme, es sei Käse, und Sie werden staunen über dieses Geschmackswunder.

Ja, und dann kam der Umzug vom Keller in die oberen Stockwerke der Tuchlaube, damit wurde es irgendwie ernst, es kam der Wechsel von einem Unterkraftwerk der Theatergemeinde zu einer eigenen Power Station mit einer festen Leitung, es kam Peter Schweiger – er war das ziemliche Gegenteil eines Oberstdivisionärs – der versuchte, einen Ensemblebetrieb einzurichten, und dazu noch einen mit einem Mitbestimmungsmodell, dann kam es zu einer der gefürchteten Volksabstimmungen über Kultur, in der es um eine dauerhafte Subventionierung dieses Ensemblebetriebs ging, es stand also wieder die Frage da: Wie viel Geld ist angemessen für Aarau? Die Abstimmung ging verloren, nicht aber die Spielstätte, die man nun in »Theater Tuchlaube« umbenannte und die wieder von einem Verein getragen wurde, der sich selbst erfinden musste, »Szenaario« nannte er sich, mit zwei demonstrativen a's, Rolf Bürli präsidierte ihn, Hans Suter war der erste Leiter, und irgend einmal stand dann, wenn man sein Material im engen Hinterhof auslud und mit dem Lift hochfuhr, Urs Heller unter der Tür zum Theater und empfing einen wie der Senn den Käser, der antritt, Butter zu machen und ihn als Käse zu verkaufen, denn darum geht es eigentlich im ganzen Kleintheaterbetrieb.

Dieses jahrelange Bemühen, dieser kontinuierliche Kampf von so und soviel Freiwilligen um ein kleines Stück Kultur, ein Kulturpromille sozusagen, hat für mich etwas Rührendes, mehr, etwas Berührendes, er mag Ihnen auch zeigen, wie wenig selbstverständlich dieses Theater an der Altstadtkurve ist, und ich habe auch deshalb etwas weiter ausgeholt, um die Leistung des ersten Aarauer Kulturpreisträgers zu würdigen.

Denn es war Urs Heller, dem das Kunststück gelang, aus dieser Geschichte von Provisorien etwas zu machen, mit dem man definitiv rechnen konnte. Und wie gelang ihm dies?

Er suchte sofort den Kontakt zu den Aarauer Kulturschaffenden, von Klaus Merz über Christian Haller und Roger Lille zu Claudia Storz, von Hans-Rudolf Twerenbold und Ruedi Häusermann zu Mark Wetter, von »zamt & zunder« über Jörg Bohn zum »Theater Marie«, und versuchte mit Beharrlichkeit und Konstanz, Eigenproduktionen zum Leben zu erwecken, regionale Erzeugnisse also, die ihr Publikum auch in der Region suchten, aber von der Qualität her überhaupt nicht an die Region gebunden waren. Er erkannte die Wichtigkeit der Vernetzung mit anderen KMU's, also mit anderen kulturellen mittleren Unternehmen, und konnte in Zusammenarbeit vor allem mit dem »Theater an der Winkelwiese« in Zürich und mit dem »Schlachthof« Bern Koproduktionen auf die Beine stellen, welche eigentlich erst durch die Möglichkeit, damit verschiedene Theater in verschiedenen Städten zu bespielen, wirtschaftlich tragbar wurden. Immerhin übernahm er die Leitung des »Theaters Tuchlaube« zur einer Zeit, als in Baden das »claque«-Ensemble aufgelöst wurde. Er wusste, dass zum Überleben des Theaters in der Kleinstadt neue Strategien, neue Listen gefragt waren. Das sogenannte freie Theater hatte den großen Anfangsschwung schon hinter sich, es galt, auf irgendeine Weise den Anschluss an die festen Institutionen zu finden, ohne die Freiheit einzubüßen – ein Kunststück also, nicht mehr und nicht weniger.

Seine Spielpläne waren denn auch nicht vom Gängigen dominiert, sondern von dem, was seine Autoren und Autorinnen zur Zeit zu sagen hatten. Dass es ihm damit gelungen ist, ein Publikum anzuziehen, spricht nicht nur für die Lebendigkeit seines Programms, sondern es spricht auch für das Aarauer Publikum, also für Sie, die Sie heute Abend hiersitzen. Irgendwie ist es Urs Heller gelungen, etwas zu machen, das tatsächlich, und diesmal sage ich es ohne Ironie, angemessen für Aarau war.

Aber die Frage, wie er dieses Kunststück geschafft hat, ist noch nicht fertig beantwortet. Also weiter:

Urs Heller hat sofort den Kontakt zu den Kindern gesucht.

Die Arbeit, die er darauf verwendete, das Theater zu einem Ort für Kinder zu machen, zu einem für Kinder selbstverständlichen Ort, ist beeindruckend. Oft, wenn ich mich auf der Hauptbühne für eine Vorstellung einrichtete, kamen vom oberen Bühnenraum Kinder mit roten Wangen die Treppe heruntergestürmt, von einer der zahlreichen »schnitz & drunder«-Produktionen. Ein Drittel der ganzen Theaterarbeit richtete sich an die Kinder, und Urs Heller hat nie die Formel gebraucht von den Kindern als dem Theaterpublikum von morgen, das man sozusagen rechtzeitig an Kultur gewöhnen müsse, sondern er wollte immer Theater für die Kinder von heute machen. Neben all dem Schrott, den sie vorgesetzt bekommen, sagte er einmal, muss man ihnen etwas anderes zeigen. Keine heile Welt, sondern eine ehrliche Welt. Wenn man an die geringe mediale Aufmerksamkeit denkt, welche der Arbeit für Kinder generell zuteil wird, kann man vor diesem Kinderdrittel nur den Hut ziehen.

Und wie schafft man es, zwischen 150 und 170 Vorstellungen im Jahr zu veranstalten? Urs Heller hat sofort ein Team gebildet, und das spürte jeder, der dort vorbeikam. Er hat nicht auf Hierarchien gesetzt, sondern auf Zusammenarbeit, auf Gleichwertigkeit, auf gemeinsame Verantwortung. Er hatte keine Angst, einen starken Autor wie Guy Krneta in sein Team zu holen. Da läge ja durchaus ein Konkurrenz- und Konfliktpotential drin, aber er verstand es, das Ideenpotential zu mobilisieren und zu multiplizieren. Nie habe ich in seinem Umfeld das Wort »Mitbestimmungsmodell« gehört, es existierte einfach. So bezogen z. B. alle im Team den gleichen Lohn, was man je nach Lesart als angewandten Sozialismus oder kulturelles Urchristentum bezeichnen kann. Urs Heller hat sich selbst immer als Co-Leiter bezeichnet, insofern zeichnet die Stadt Aarau heute auch alle seine Mitarbeiter und Mitarbeiterinnen aus, die er in den zwölf Jahren seines Wirkens um sich geschart hat.

Ein Team aber bildet sich nicht von selbst, und gerade wer ein Team bilden möchte, das diesen Namen verdient, ein Team, das eben nicht von persönlichen Rivalitäten geprägt ist, muss selbst eine Persönlichkeit sein, muss Ruhe und Gelassenheit ausstrahlen, aber auch Energie und Unbeirrbarkeit. Er muss wissen, was er will, damit er geschehen lassen kann, was geschehen soll. Er muss etwas so schwer Definierbares wie eine kreative Atmosphäre schaffen können.

Urs Heller hat nicht dort gewohnt, wo er gearbeitet hat. Er sei, habe ich von ihm gehört, etwa 4000-mal im Zug von Wohlen nach Aarau gefahren, er muss also für die Kondukteure dieser Strecke eine bekannte Figur geworden sein. Was mochten sie sich denken, wenn sie ihn nicht gekannt haben? Zu welcher Arbeit fährt dieser Charakterkopf, der so nachdenklich zum Fenster hinausschaut, obwohl er die Strecke kennt? Der arbeitet beim Kanton, wird sich einer gedacht haben, vielleicht im Gewässerschutz, der ist wahrscheinlich Bibliothekar, ein anderer, oder: wenn er nach Brugg fahren würde, wäre er beim Bauernverband – oder was ist er, verflixt nochmal, Zeitungsredaktor, Seminarlehrer oder Glockengießer?

Nichts von alledem trifft zu, Sie wissen es: Urs Heller ist Senn. Seit ich ihn kenne, geht er jeden Sommer drei Monate auf die Alp, um an die 130 Stück Vieh zu hüten. Ich bin sicher, dass es ihm auch mit seinen Rindern gelingt, ein Team zu bilden, und er stellt sich wohl nicht als Erstes die Frage, ob das zeitgemäß sei, was er da mache, sondern er macht es, weil er es machen will, und wer es fertigbringt, das zu machen, was er will, der bleibt immer bei sich selber und kann alles machen, Glocken gießen, Rinder hüten, die Gewässer schützen oder auch ein Theater leiten.

Lieber Urs, gestatte mir noch eine ganz persönliche Bemerkung.

Du hast vor über 20 Jahren, als das Schweizer Fernsehen meine Sendung mit dem »Dienstverweigerer« nicht ausstrahlen wollte, in Wohlen zusammen mit ein paar Freunden einen öffentlichen Diskussionsabend mit dieser Sendung veranstaltet und hast dafür an deinem Wohnort ebenso viel um die Ohren bekommen wie ich in der ganzen Deutschschweiz. Für so etwas brauche ich kein Archiv, das behalte ich im Kopf und im Herzen.

Ich gratuliere Dir zu dieser Auszeichnung und hoffe, sie verhelfe Dir zu möglichst viel kreativer Zeit, in der Du das machen kannst, was Du willst.

Jürg Schubiger

Wir hatten damals eigentlich beschlossen, Stillschweigen zu bewahren über das, was uns an den Solothurner Literaturtagen des Jahres 2001 widerfuhr, aber ich glaube, dieser Preis ist ein Anlass, die Geschichte so zu erzählen, wie sie sich zugetragen hat.

Als wir, ein Grüppchen von Autorinnen und Autoren, frühmorgens zwischen 1 und 2 Uhr das »Kreuz« verließen, um uns zu kurzer Nachtruhe in unsere Hotels zu begeben, erwartete uns draußen ein gewittriger Nachthimmel, Fensterläden klapperten im Wind, und als wir unsere Blicke besorgt in die Höhe richteten, fuhr ein erster Blitz hernieder, riss die Wolken auf, und für einen Augenblick war inmitten einer Heldenrunde Wilhelm Tell zu sehen, der seine Armbrust in die Höhe hielt und mit gewaltiger Stimme rief: »Wer von euch erzählt mich, Himmelherrgottdonnerwetter, dass es Kind und Greis verstehn?« Mit dem Donnergrollen wurde auch der Wolkenvorhang wieder zugezogen, und da standen wir, das Schweizer Dichterhäufchen, und scharrten verlegen mit den Füßen. Adolf Muschg stopfte seine Pfeife und sagte, Frisch habe da ja schon das Nötige gesagt, Urs Widmer fügte hinzu, Schiller habe doch vor 200 Jahren etwas abgeliefert, das sich sehen lassen könne, Eveline Hasler sagte, ihr fehlen zu seiner Geschichte die schriftlichen Dokumente für das Schräggedruckte, Markus Werner hüstelte, mit Tell wäre er nun wirklich am Hang, und Peter Bichsel verwies auf das wunderschöne Prosastücklein von Robert Walser, das keiner von uns auch nur annähernd zu schlagen imstande sei, Ruth Schweikert warf ein, ihre Kinder interessierten sich gar nicht für Tell, und für Greise wolle sie nicht schreiben, und ich sagte das, was ich immer sage, wenn ich etwas nicht machen will, nämlich ich hätte keine Zeit.

Darauf kehrte eine Stille ein, ähnlich derjenigen bei Schiller, nachdem der König gefragt hatte: »Wer wagt es, Rittersmann oder Knapp, zu tauchen in diesen Schlund?«

Dann aber trat unerwartet ein etwa 65-jähriger Jüngling aus der Schar, richtete sein Haupt nach oben und rief: »Ich miecht das no gern!«

Erleichterung bei den andern, einer macht's also, Tell kann zufrieden sein, und tatsächlich schlugen die Gewitterwinde sogleich in ein Maiensäuseln um, und der Mond goss seine segnenden Strahlen auf Landhaus und Aare; Erleichterung, verbunden mit der Überzeugung, der Verwegene werde scheitern, er werde hängen bleiben im schrecklichen Schlund der Klischees, des schon Geschriebenen, des schon Gesagten, des schon Gedachten, des schon Dargestellten, des längst Persiflierten.

Trotzdem klopften wir ihm auf die Schulter, wünschten ihm Glück und fragten uns insgeheim, welche List er wohl brauchen werde, um die Geschichte von Tell nochmals zu erzählen, so, dass sie Kind und Greis verstehn.

Jürg Schubiger, so hieß der kühne Jüngling, setzte sich also hin und dachte darüber nach, was einen Helden zum Helden und damit zum Übermenschen macht. Denn es war ihm klar, dass er nicht von einem Übermenschen erzählen wollte, sondern von einem Menschen. Ich könnte Tell ein bisschen hinken lassen, schlug er sich selbst vor, er hat einen bösen Fuß, doch der Gang macht den Helden noch nicht zum Helden. Aber was dann?

Es ist, sagte er sich, das Scheinwerferlicht. Wenn du aus dem Superman aus Bürglen einen Menschen machen willst, musst du den Scheinwerfer auf einen andern Darsteller richten, und so richtete er ihn auf den Tellensohn Walter und machte *diesen* zur Hauptfigur der Tellsgeschichte, ja sogar zu demjenigen, der seinen Vater recht eigentlich in den Apfelschuss hineinreitet, ihm sogar den Apfel holt, den niemand bringen will, denn er hat den ungebrochenen Bubenstolz auf seinen Vater, der es allen zeigen kann, wenn es drauf ankommt.

Und Walter kann, im Gegensatz zu seinem Vater, reden, und so ist er es auch, der Gessler zuerst antwortet, als dieser fragt, wofür der zweite Pfeil war, den Tell ins Hemd steckte. Übrigens: die Greise unter uns wissen, dass er ihn in den Köcher steckte, aber da die Kinder nicht wissen dürften, was ein Köcher ist, erinnert sich Schubiger an Tells Auftrag und entscheidet im Zweifelsfall gegen die

Greise und für die Kinder. Wofür also war der zweite Pfeil, wo immer er steckte? Walter weiß es:

»Der ist für alle Fälle.«

»Für welchen Fall genau?« wollte der Landvogt wissen.

Der Junge schaute den Vater an.

»Für … für den Notfall.« Tell stotterte vor Verlegenheit.

Und Gessler muss ihm nachhelfen:

»Wenn du den Apfel nicht getroffen hättest …«

und da erst bringt es Tell heraus:

»Dann hätte ich mit diesem zweiten Pfeil auf Eure Brust gezielt.«

»Und die zu treffen«, rief Walter, »das wäre weiß Gott kein Kunststück gewesen.«

»Halt's Maul!« möchten wir ihm zurufen, aber Tells Schicksal nimmt auch ohne uns seinen Lauf.

Von Tell erfahren wir am meisten, wenn die andern von ihm erzählen.

»Immer gerät er in Schwierigkeiten«,

sagt seine Frau Hedwig,

»Immer ist er ausgerechnet da, wo eine Gefahr droht. Und wenn er dann festsitzt, macht er ein verdutztes Gesicht und sagt: Himmelherrgottdonnerwetter. Letzten Herbst, beim Roden, hat ihn ein Baum beinahe erschlagen.«

Walter schmunzelte kurz. Zu mehr kam er nicht, solange er aß. Doch erinnern konnte er sich auch mit vollem Mund: Vater hatte vor lauter Schreck nur »Donnerwetter« herausgebracht, als der Baum dicht neben ihm aufschlug. Wirklich gefährlich war es vermutlich dann, wenn er bloß noch »Wetter« sagen konnte.

Doch trotz dieses Theatertricks war immer noch sehr viel Scheinwerferlicht auf Tell, und die Gefahr, dass nun Walter zum Superman oder zum Superchild wurde, war nicht ganz von der Hand zu weisen.

Also griff Jürg zu einem weiteren Trick. Er stellte zwischen uns und die Geschichte einen Buben, dem diese Geschichte von seinem Großvater erzählt wird, ein Kind somit, das sich Tell und seinen Vater Stück für Stück zusammensetzen muss, ein Kind, das dieselbe Arbeit zu leisten hat wie das lesende Kind, es muss sich nämlich die Geschichte vorstellen.

Dieser Bub ist die Ich-Figur, also der Erzähler, obwohl der eigentliche Erzähler der Großvater ist, und nun merken wir, dass die Geschichte gar nicht so einfach ist, wie sie daherkommt. Der Großvater, welcher nicht mit dem

Erzähler des Buches identisch ist, erzählt sie dem Erzähler, und hier möchte ich mich in aller Form für das vorhin angewandte Wort »Trick« entschuldigen und es durch »Kunstgriff« ersetzen. Der Großvater tritt als eine Art Regisseur auf, welcher die Handlung entweder beschleunigt oder verzögert, meistens verzögert er sie.

»Ein Apfel, so groß wie eine Faust. Für einen mittelalterlichen Apfel gar nicht schlecht«, meinte Großvater. »Denn Mittelalter, Bub, bedeutet kleineres Obst, kleinere Kühe, kleinere Menschen auch. Groß waren nur die Berge, der Bristen etwa, der damals noch gar keinen Namen hatte. Die Gipfel und die Grate wurden nicht bestiegen und nicht genannt. Sie waren nicht geheuer.«

Oder später, nach dem Apfelschuss, als Walter zu seiner Großmutter Martha zum Essen geht:

»Großvater spielte noch einmal mit meiner Ungeduld. Statt in der Geschichte fortzufahren, erklärte er lang und breit, was es damals alles nicht zu essen gab. Erstens keine Kartoffeln. Das heißt, es gab sie natürlich schon, aber anderswo, in einem fernen, noch namenlosen Land, das später Amerika hieß. Zweitens gab es keinen Reis, drittens keinen Mais, viertens keine Tomaten.«

Und die Reaktion des kleinen Erzählers auf diese Schilderung:

»Keine, keine: In meinem Kopf entstand ein Bild aus lauter leeren Flecken.«

Aber der Ich-Bub, von dem wir nicht erfahren, wie er heißt, denn was bedeutet so ein Name schon, wenn wir sowieso wissen, dass er erfunden ist, der Ich-Bub lernt seine Lektion.

»Ja, dieser Berg, dieser Berg«, sagte Großvater. »Der galt damals nicht als schöner Ort. Er gehörte zur ›Wildi‹.«

»Ohne Wegweiser, ohne Wanderer«, ergänzte ich. »Das Mittelalter ist vor allem ohne.«

Über mehrere Tage zieht sich die Erzählung des Großvaters, der übrigens in Altdorf wohnt, für seinen Enkel hin.

»Wie geht's dem Tell?«, fragte Großmutter.

»Nicht besser als gestern«, antwortete ich. »Immer noch im Kahn, immer noch gefesselt und bewacht.«

Und mit der Zeit, die für Tell vergeht, vergeht auch die Zeit des Ferien-Ich-Bubs, der in den Nächten vom Heimweh geplagt wird:

»Das ganze Bett war angefüllt mit Heimweh, und ich lag mittendrin.«

Dann lernt er aber langsam, damit umzugehen, und wenn wir lesen,

»Walter kannte diese Geschichten. Er hörte sie gern. An diesem Abend aber waren sie nur ein kleiner Trost. Und ein größerer war im Augenblick nicht zu haben.«

dann glauben wir einen Augenblick vom Ich zu lesen. Die beiden Buben der Erzählung gehören, wie könnte es anders sein, zusammen, und der Ich-Bub beginnt seine Fäden zu seinem Kollegen ins Mittelalter zu spinnen:

»Großvater holte sich ein Bier aus der Küche. Mir goss er Tee in ein Glas. Das Getränk war ein bisschen süß, ein bisschen fad und viel zu warm.

Walter, dachte ich, trank Wasser aus Brunnenröhren oder hölzernen Känneln, bloßes Wasser, aber eiskalt.«

Das ist die Kinderlobby aller Zeiten, die kalte Getränke liebt und warme verabscheut.

Der Erzählbub hat einen geschiedenen Vater, über dessen neue Frau seine Großeltern gerne mehr wüssten, und Walter hat einen Vater, den er zuletzt in der Gewalt des Landvogts gesehen hat.

Und wenn uns, wer, der Großvater oder vielleicht doch Jürg Schubiger, gegen den Schluss erzählt:

»Walter schaute über die Äcker und Weingärten zum nebligen See. Das ganze Land war voller Wege, und alle sahen genau wie Heimwege aus, angelegt für einen Vater, der hinkend zurückkehrt.«

dann sehen wir ein doppeltes Kind vor uns, und hinter den beiden steht nochmals ein Kind, ein inzwischen 69-jähriges, das heute einen Preis bekommt für seine Erzähllist und seine Erzähllust. Ich gratuliere ihm zu diesem Preis, und wenn sich während der nächsten Solothurner Literaturtage wieder die Wolken teilen und den Blick in den Heldenhimmel freigeben, dann ist Tell daraus verschwunden, dafür schaut Winkelried hinunter, würdigt uns andern keines Blickes und ruft: »Jürg, wie wär's mit uns zwei?«

Hanns Dieter Hüsch

Ich möchte, dass die Welt mal lächelt,
Eh's zu spät ist.

Wenn es für Hanns Dieter Hüsch so etwas wie ein Credo gab, dann war es dieses.

Dafür schrieb er, dafür war er unterwegs, als Meister einer Sparte, die während seiner Lebenszeit zunehmend an Boden verlor, als Meister des literarischen Kabaretts. Dafür spielte, sang und orgelte er fast Abend für Abend auf einer der großen oder kleinen Bühnen der deutschen Sprachlandschaft, zu der für ihn auch die Schweiz gehörte, wo er immer gerne hinkam. Wenn ich seine vollgekritzelte Agenda sah, in welche er seine Auftritte und Verpflichtungen eintrug, hatte ich den Eindruck, Hüsch gebe der Welt nicht mehr viel Zeit, um zu lächeln, und er werde vom Gefühl getrieben, es könne tatsächlich bald zu spät sein.

Auch sich selbst gab er nicht viel Zeit, es gab Jahre, da war er nur gerade 14 Tage zu Hause, mit andern Worten, sein eigentliches Zuhause war die Bühne. Von der Garderobe auf die Bühne ging er wie von der Küche ins Wohnzimmer.

Nie war Hüsch darauf aus, die Menschen durch Karikierung ihrer Schwächen zu zerstören, dazu liebte er sie zu sehr. »Ich widme diese Schrift-Stücke«, schrieb er einmal, »allen Erwachsenen, die plötzlich aussehen wie Kinder, die sich noch mit nichts befasst, aber alles verstanden haben.«

Er war ein reisender Poet und Philosoph, wie seine Kunstfigur Hagenbuch. Diese Figur, nach der er sich im Alter auch kleidete, mit langem Mantel und breitkrempigem Hut, erfand er unterwegs, im Hotel »Meran« in Saarbrücken, einem überaus bescheidenen Etablissement zu Füßen des Halbergs, wo der Saarländische Rundfunk steht, für den Hüsch jahrelang die Sendung »Gesellschaftsabend« gestaltete. Und eine Zeit lang schrieb er für jede dieser Sendungen einen neuen Hagenbuchtext, und zwar immer erst am Abend vorher, und vielleicht brauchte er gerade die Zellen-Atmosphäre seines asketischen Hotelzimmers, um seinen geistigen Eremiten zum Sprechen zu bringen. »Hagenbuch hat jetzt zugegeben«, so begann jeder dieser Texte, und was nachher kam, war ein absurdes Feuerwerk, eine brillante Demontage aller Regeln der Logik. Er entledigte den Menschen all seiner bergenden Konventionen und Gebräuche, bis er nackt, schutzlos und in höchstem Maße liebesbedürftig vor uns stand.

Diese Texte waren eigentlich Thomas Bernhard gewidmet, den Hüsch seiner sprachlichen Radikalität wegen verehrte. Er wollte ihn sogar einmal an seinem Wohnort besuchen. Als er auf Tournee war, ließ er sich von seinem Fahrer zu Bernhards Anwesen bringen, wo sich aber der Dichter nicht blicken ließ; sie seien ausgestiegen, und er habe sogar gerufen, erzählte Hüsch, »Herr Bernhard!« habe er gerufen, »Herr Bernhard!«, sei dann aber, als sein Rufen ohne Antwort blieb, wieder in den Wagen gestiegen und habe sich an seinen nächsten Auftrittsort fahren lassen.

Hanns Dieter Hüsch brachte etwas fertig, was ich von keinem andern Künstler kenne: er konnte auch im Auto schreiben. Wir waren einmal mit einem gemeinsamen Programm auf einer Deutschland-Tournee, und während unser Chauffeur mit 160 Stundenkilometern Kolonnen von Sattelschleppern, Gemüse- und Möbeltransportern überholte, saß Hanns Dieter unberührt und in sich selbst versunken auf dem Beifahrersitz, als wäre er zu Hause hinter seinem Schreibtisch, ein Buch auf den Knien, und schrieb an einem Text, denn es war wie immer bei ihm, er hatte wieder jemandem einen Beitrag versprochen und brachte ihn nur zustande, wenn er jeden Tag »ein Seitchen schreiben« konnte, wie er sich ausdrückte.

Locker und leicht trug er sie vor, seine Texte, die nicht auf das große Lachen aus waren, sondern auf das Lächeln, welches der Bruder des Nachdenkens ist, sein Blick auf die Welt war nicht der des unerbittlichen Satirikers, sondern der des Staunenden, des Verwunderten, dessen, der jeden Tag neu geboren wird.

Umso beeindruckender dann sein langsames Verstummen, nach seinem Schlaganfall im Jahre 2001. Nur einige wenige Gedichte hat er noch geschrieben. Eines davon heißt

Du hast alles erreicht
Was willst du denn jetzt noch?
Eine zweite Geschichte
Ein zweites Leben
Ein weißes Schiff.

Aber die Sprache ließ ihn nach und nach sitzen, eine untreue Geliebte. Manchmal sagte er noch einen Satz am Tag, von weither. »In welchem Stück wirken Sie denn mit?«, fragte er einmal die polnische Krankenschwester, die ihn zusammen mit seiner Frau pflegte. »Sind wir im großen Sendesaal oder im kleinen?« war eine Frage an seine Frau, und sie antwortete ihm: »Im großen.« Da gehörte er auch hin.

Das letzte Mal, als ich ihn etwas sagen hörte, war an seinem 80. Geburtstag. Da gab ihm seine Frau den Telefonhörer, und Peter Neumann, sein langjähriger Tourneebegleiter, gratulierte und sprach zu ihm. »Ja«, sagte er dann unvermutet und mit klarer Stimme, »ja … gut.«

Und er sah sehr zufrieden aus.

Dodo Hug

Ich kann mich tatsächlich nicht an meine erste Begegnung mit Dodo erinnern. War es vielleicht in einer jener Radiosendungen mit Publikum, wie es sie in den siebziger Jahren in unsern Studios noch gab? Oder war es in einer Beiz im Niederdorf, und ich dachte, wer singt denn da so cheibe schön im Mani Matter sini Liedli?

Dodo verkörpert für mich die Sängerin, die gar nichts anderes sein kann als Sängerin, egal ob sie Krankenschwester, Lehrerin, Schuhverkäuferin oder Psychotherapeutin gelernt hat. Sie hat sozusagen einen Auftrag dazu, und dieser Auftrag ist ihre Stimme, die nicht nur aus ihr selbst herauskommt, sondern die sozusagen an das Weltlied angeschlossen ist, oder an die Welt als Lied. Was soll das Lied, was kann das Lied, was bewirkt das Lied, was bedeutet das Lied in der Gesellschaft, hat das Lied heute noch eine Funktion – alle diese Fragen erlöschen, wenn man eine wirkliche Sängerin hört, wie Dodo eine ist.

Wenn sie anhebt zu singen »Du fragsch mi, wär i bi«, dieses alte, kleine, zarte Liebeslied, dann ist uns, als hätten wir sie soeben gefragt, wer sie eigentlich sei. Und da steht sie und gibt uns auf die große Frage, was der Mensch sei, die Antwort, die uns schon viele Philosophen gegeben haben: »I weis nid, wär i bi.« Die Philosophen gaben sie unserm Verstand, aber Dodo gibt sie unserem Herzen: Nichts wissen wir über uns. Nichts. Doch dann fügt das Volkslied hinzu: außer wenn wir lieben.

Dodo kann über alles singen, und sie erreicht uns.

Sie ist eine großartige Komödiantin, ich möchte den sehen, der ihren »Ätti« übersteht, ohne zu lachen. Und sie schreckt auch nicht davor zurück, die Komik eines Dylan-Songs hervorzurubbeln, die wohl nicht einmal Dylan selbst bewusst war, wenn sie »death is not the end« als endlosen Kehraus variiert. Aber wenn sie die Ballade von der Kindsmörderin vorträgt, in welcher das tote Kind zur Hochzeit der Mutter kommt, um sie anzuklagen, dann sind wir beklommene Zuhörer einer Tragödie. Das Komische und das Tragische sind, wenn Dodo die Mittlerin ist, keine Widersprüche, sie sind die zwei Seiten ein und desselben Menschen, der eigentlich nicht weiß, wer er ist und ob er über diese Welt lachen oder weinen soll.

»I ma nümm!« Sie stößt die Seufzer unseres Alltags aus, sie besingt den Summerchummer und den Sunntig, aber auch die Liebe der Walfische, und selbst wenn sie uns italienische, französische, spanische, englische oder rätoromanische Lieder vorträgt, hat man stets das Gefühl, es seien ihre eigenen. Egal, in welcher Sprache sie singt, sie singt immer in unserer Muttersprache.

»Si se calla el cantor
se calla la vida«

ermahnt uns Chavela Vargas, die große, alte Mexikanerin in einer ihrer schönsten Canciones:

»Wenn der Sänger verstummt
verstummt das Leben.«

Es ist das Leben selbst, das wir im Lied spüren, es sind die Kräfte, die uns wirklich bewegen, und die Stimme der Sängerin entführt uns in einen Garten der Gefühle, der Ahnungen und der Hoffnungen, aus dem wir gar nicht mehr zurück möchten.

Dodo war schon immer da, und Dodo wird immer da sein. Welch ein Glück, sie unter uns zu haben.

Cés Keiser

Liebe Margrit, liebe Söhne, liebe Familie, liebe Trauergemeinde,

oder warum nicht einfach, liebe Trauerfamilie, denn wenn ich mich umschaue, habe ich das Gefühl, wir alle hier seien eine große Familie, und wir alle haben jemanden aus unserer Familie verloren, einen unserer Älteren, möchten wir uns zum Trost sagen, und merken, wie sehr wir ihn immer als Jüngeren gesehen haben, sehen wollten; nun hat man uns gesagt, er sei tot, und unsere Köpfe haben es begriffen, allerdings nur die Abteilung Vernunft, aber in der Abteilung Gemüt und Erinnerung, die gleich daneben liegt, bloß durch eine dünne Wand getrennt, da tanzt und singt und trommelt und gestikuliert er, der Narr, der Faun, der Schalk, und ist so offensichtlich am Leben, dass wir uns nicht wundern würden, wenn er irgendwo seinen Kopf hinter einer Säule hervorstrecken würde, weil er noch einen Limerick vortragen möchte, vielleicht:

Da gab's einen Herrn im Grossmünster
den dünkte das alles zu finster,

und wir wären gespannt, was für einen Reim darauf er in der letzten Zeile finden würde.

Sein Lebenswerk war eben das eines lebendigen, eines quicklebendigen Menschen, und so hat er uns alle erwischt. Sein Tod kam für den größten Teil seines Publikums überraschend, denn wer César Keiser bei einer seiner letzten Bühnenlesungen mit Margrit Läubli erlebte, hätte nicht vermutet, dass er einen Menschen vor sich hatte, der mit den verschiedensten Krankheiten und Altersgebresten kämpfte. Zwar betrat er die Bühne nicht ohne Schwierigkeiten, aber kaum stand er hinter seinem Pult, war da der instinktsichere Magier, der in seine Texte schlüpfte wie in ein altbekanntes Kostüm und der genau wusste, wie er sich darin zu bewegen hatte. Er kannte den Wirkungsgrad einer Pointe, wusste auch über deren Alchemie Bescheid, die Mixtur von Tempo, Pause und Betonung, die jeden Abend den jeweiligen Bedingungen angepasst werden musste.

Denn César Keiser war nicht nur ein Textautor und Wortakrobat, sondern auch ein brillanter Vortragskünstler, der seine Texte auf eine Weise inszenierte, dass sie immer auch zum optischen, choreographischen oder musikalischen Genuss wurden. Er war Schauspieler, Sänger, Tänzer, Pantomime, der in seinen genau einstudierten Programmen einen geradezu schweizerischen Präzisionsanspruch an sich selbst hatte.

Er war ein Komiker, der so lange auf den Unzulänglichkeiten des Alltags beharren konnte, bis man das Gefühl bekam, unser Normalbetrieb sei ein Irrenhaus.

Seine Menschen waren häufig Verirrte im Dickicht des

Vertrauten, er zeigte uns einen Grotesktanz von lauter Scheiternden, die vergeblich versuchen, des Lebens habhaft zu werden. Sie wollen Zeit gewinnen und verlieren sie, sie wollen nur schnell eine Frage mit dem Telefonamt klären und verlaufen sich im Labyrinth eines Systems, das sie nicht begreifen, oder wenn sie etwas davon begreifen, dann das, dass sie auf jeden Fall die Schwächeren sind, sie wollen ihrem Sohn etwas Selbstverständliches erklären und stürzen schon in der Vorbereitung ins Bodenlose.

Wenn es die Kunstgattung *ad absurdum* gäbe, César Keiser wäre unter ihren Meistern.

Und wäre das Absurde nicht die Rückseite der Wahrheit, würde es uns nicht interessieren. Etwa wie die Werbung funktioniert: eine landesweite Kampagne für ein Mittel wird lanciert, nach dessen Einnahme man keinen Handstand mehr machen kann. »VERITASOL – gegen den Handstand!« heißt der Slogan, und zwar bis zum Auftauchen eines Querulanten mit seinen zwei Tanten, die das Gegenteil demonstrieren:

Mit Wonne trank er
10 Kurflaschen leer
und die Tanten zu zweit
eine Magnumflasche bis zum Flaschenpfandband –
Und im Verband
standen sie dreifachen
Handstand!

Worauf die Werbung nicht etwa zurückgezogen, sondern unverzüglich mit dem Zusatz versehen wird:

»VERITASOL
Jetzt neuerdings auch für
den Handstand!«

Eine Nummer aus dem Jahr 1963. Seine Diagnosen des damaligen Zustands der Welt lesen sich aus heutiger Sicht oft wie Prognosen.

Er parodierte die Konsumgesellschaft
mit Gabel, Messer und Tranchier-
besteck als Panier,
bevor auch nur ein einziges Einkaufszentrum stand.

Er parodierte den Boom und den Wohlstand:
Überall wächst das Wachstum.

Unvergessen natürlich seine Limericks, in denen Damen aus Grenchen mit alten Helvetern und mit Jungfern aus Arth durcheinandergewirbelt werden, knapp am Abgrund des Sinns. Sein Maurer aus Flims gehört für mich zu den Perlen der schweizerischen Lyrik des 20. Jahrhunderts, jedem Jandl-Gedicht ebenbürtig.

Da gab's einen Maurer aus Flims
Dem fiel ein Stück steinerner Sims
Eines Hauses in Flums
Auf den Kopf. er sprach: Bumms –
Gottseidank ist der Sims nur aus Bims.

Das war der Humorist und Sprachclown, der diese Verse auf kleinen Papierchen aus seinen Taschen hervorzauberte.

Aber von Anfang an gab es in seinen Texten auch härtere Töne zu hören:

Um es in dürre
Worte zu raffen:
es wurde beschlossen
den Menschen abzuschaffen.

Das war der Satiriker, der den Menschen das Üble zeigt, weil er das Gute will.

Und wenn man glaubt, ihn geortet zu haben, tritt auf einmal der Poet auf und überrascht mit Liebesliedern an sein Fingerhüetli, Blüetestäubli, Lindeblüetli, Espeläubli, mit Wiegen- und andern Liedern für seine Kinder und Enkel, voll Hoffnung auf Hoffnung.

In einem Lied über alles, was sein Sohn wissen will, ist seine Antwort:

Ich weiß es nicht – doch hör *du* nie auf, danach zu fragen.

Das alles war César Keiser, Moralist und Eulenspiegel – ein Gesamtkunstwerk.

Aber er war nicht allein.

In der Tänzerin und Schauspielerin Margrit Läubli hatte er eine Partnerin, die ein wesentlicher Teil dieses Kunstwerks war und die ihn im beruflichen *und* im privaten Leben in einer Art begleitete, unterstützte und ergänzte, welche das Paar immer unzertrennlicher erscheinen ließ.

Mit seinem Sohn Mathis zusammen ist er mehrmals aufgetreten, etwa im makabren Theaterstück »Wer zuletzt stirbt«, und gemeinsam mit seinem Sohn Lorenz, der ja ebenfalls hauptberuflicher Kabarettist geworden ist, ist Cés in den Fernsehsatiren »übrigens …« Anfang der 90er

Jahre nochmals zu einer Glanzform politisch-satirischer Frechheit aufgelaufen.

César Keiser hat die Kabarettszene der letzten 50 Jahre geprägt, und wer immer sich dort tummelte, kam nicht an ihm vorbei. Schon zu meiner Schulzeit war er für mich einer der Könner auf dem Gebiet, dessen ganz persönliche Handschrift ich bewunderte, und als ich 1965 mit meinem ersten Bühnenprogramm im Keller der Uni Zürich auftrat, lud ich ihn mit klopfendem Herzen ein, und siehe da, er kam, zusammen mit Margrit Läubli, und er gab mir ein sehr gutes Echo und war immer für einen Ratschlag ansprechbar. Und so blieb er für mich ein Leben lang ein freundlicher Mensch und ein menschlicher Freund.

Als Kabarettist wurde man immer auch an ihm gemessen, ob man wollte oder nicht. Als ich 1973 meine Ballade vom »Weltuntergang« machte, mit einer rhythmischen Klopfbegleitung, sagte mir Ruedi Sauser, der damalige Leiter des Hechtplatz-Theaters: »Pass auf, dass es nicht wird wie eine Nummer von Cés Keiser.« Und tatsächlich war für diesen Text, einen Rap avant la lettre, den ich heute noch vortrage, im Hintergrund Cés mit seinen raffinierten Sprechgesängen Pate gestanden.

Im Übrigen gehörten Cés und Läubli für mich zu den ersten lebenden Künstlern, die ich näher kennen lernte, und sie korrigierten mein Bild von kettenrauchenden Bohémiens, die sich um die Bourgeoisie foutieren und erst gegen Mittag aus dem Bett winden, denn ich sah hier zwei

Menschen an der Arbeit, die es so gut wie möglich machen wollten, und zwar sowohl auf der Bühne als auch im Familienleben. Ihr Versuch, trotz ihrer allabendlichen Beanspruchung auch noch ein ganz normales Elternpaar für ihre Kinder darzustellen, hat mich gerührt, und als mich Cés einmal bat, an seiner Stelle eine Schüleraufführung der Klasse zu besuchen, in der Mathis mitsang, habe ich gemerkt, wie gerne er ein Vater wie alle gewesen wäre.

Ja, die Abteilung Gemüt und Erinnerung unserer Köpfe, und eigentlich auch die Abteilung Verstand, hat es schwer zu akzeptieren, dass er nicht mehr da ist, der Künstler, der Komiker, der Freund, der Ehemann, der Vater, der Großvater.

Seine Enkelin Giulietta schrieb am Abend nach seinem Tod:

»Um 4:33 Uhr klingelte das Telefon, mein Grossvater konnte dem Todesschleier nicht entgehen. Er musste, wie alle, jetzt zu den Engeln in dem klaren Nachthimmel funkeln gehen.«

Lieber Cés, es ist schön, wenn du dort oben funkelst, aber hier unten fehlst du uns.

Linard Bardill

»What kind of a bird are you?« So heißt ein Bild von Paul Klee, auf dem uns ein Vogel mit farbigem Gefieder, schrägem Schnabel und leicht schiefen Augen so ansieht, als wolle er uns etwas fragen.

Wenn Linard Bardill auf der Bühne steht, trägt er immer etwas Buntes, eine Mütze, einen Schal oder eine Jacke, und ich frage mich manchmal: Was für ein Vogel bist du?

Ein Sänger, das ist die einfachste Antwort, denn das ist seine bekannteste Erscheinungsform. Allerdings vermeidet er selbst dieses Wort. Er hat es durch eine Eigenkreation ersetzt: Liederer. Das muss irgendetwas zwischen liederlich und Lied sein, eine seltene Vogelart jedenfalls.

Aber nicht jeder seiner Verse braucht den Gesang:

Ach Frühling lass das Schmollen sein
Die Amsel pfeift der Mohn ist rot
Es soll nun endlich Sommer sein
Und auf den Feldern wachse Brot

Lyriker ist er, ob er seine Verse reimt oder nicht:

Wichtig vor allem zu lernen sei Aufmerksamkeit
Sagen die grossen Lehrer der Menschen
Mein kleiner Sohn zum Beispiel
Der noch nicht sprechen kann

Linard hat drei Sprachen, seine Aufmerksamkeit auszudrücken.

Das Hochdeutsche braucht er vor allem, um sich an Lesende zu wenden, das Schweizerdeutsche braucht er, um sich an Zuhörende zu wenden, oder wenn er einmal etwas ganz direkt sagen möchte wie im Gedicht vom Golfkrieg:

D'Waffeverkäuf nach em Sieg stiiegend aa
D'Börse, der Doller, und dä Berg vo Frooge wo ni ha.

Und dann hat er noch das Rätoromanische zur Verfügung, und wenn er diese Sprachmelodie aus der nahen Bündner Fremde anstimmt, horchen wir Unterländer gebannt auf die rätselhaften Klänge, und Linards Echo auf Rimbauds »Dormeur du val« rührt uns an, weil wir ahnen, dass es Täler mit toten Soldaten überall gibt.

giò'l fuond da la val
sülla prada da prümavaira
dorma ün hom

Nein, denken wir, das Rätoromanische darf nicht verstummen, und wundern uns über seinen Titel »Lasst die Rätoromanen endlich sterben!«, bis wir merken: Hier spricht der Satiriker.

Bardill ist nicht nur gelernter Rätoromane, der das Münstertaler Ladin von seiner Großmutter gelernt hat, er ist engagierter Rätoromane, der sich das Rumantsch Grischun mit Hilfe des Doktor Dicziunari angeeignet hat, damit man seinen Roman »Fortunat Kauer« in Disentis und in Scuol lesen kann. In seinem Aufsatz »Eine Sprache ist ein Sprache ist eine …« erleben wir mit, wie ein Skeptiker zum Anhänger des »Interromanischen« wird, wie aus der Theorie einer Sprache eine Praxis wird, und wir beneiden ihn darum, dass er eine neue Sprache mit erfinden kann.

Auf die Spuren des Sprachschöpfers stoßen wir auch in seinen deutschen Texten. Sie sind mal expressionistisch wie »Gottgewimmel« oder »mutterwärts«, mal dadaistisch wie »hinausgesommervögelt«, mal kabarettistisch wie »Leichenfacelifting«. Dass man mit gewissen Produkten nicht beglückt, sondern beunglückt wird, leuchtet sofort ein, und die Idee, unsere 1. August-Feuer als nationale Scheiterhaufen zu bezeichnen, verleiht den Flammen ein ungemütliches Flackern.

Seine Definition unserer »Drittelsgesellschaft – 1/3 o. k., 2/3 k. o.« – ist die kürzeste Kurzdiagnose, die ich kenne. Geschrieben hat sie der Kulturphilosoph, der in seinem Band »Aufs Leben los« mit Betrachtungen über den Zustand der Welt und den Zustand unseres Landes zu Wort kommt.

»Ich bin der Überzeugung, dass die Flüchtlinge uns brauchen, wir aber genauso die Flüchtlinge nötig haben. Wenn wir uns selbst nicht mit unserer Heileweltsuppe einkochen wollen, brauchen wir ihre Gegenwart, ihre Erfahrung.«

Vor zwanzig Jahren hat Linard Bardill als Student der Theologie eine kleine Platte mit einem Spottgesang auf einen Bündner Regierungsrat veröffentlicht. Ich bestellte sie damals bei ihm, und er schrieb mir dazu: »Sie ist nicht wirklich repräsentativ für das, was ich mache, eher für meine Wut gegenüber der ganzen Arroganz und dem Machonarzissmus derer, die uns angeblich regieren.«

Dieser zornige Mann ist immer wieder zu spüren, etwa wenn er über die Linken und die Netten und ihre Versäumnisse schreibt oder sich gegen die Vaterfigur Max Frisch auflehnt oder sein ganzes Unbehagen in einen Brief an Wilhelm Tell verpackt.

Übrigens lernen wir auch den Theologen kennen, aber auch ihm fehlt die Gelassenheit.

»Jeder, auf den dieser Gekreuzigte wirkt, als Zeichen an jeder Wegeswende aufgestellt, jeder, der es wagen sollte, so wie er zu werden, muss wissen, dass ihm dasselbe geschieht«, schreibt er im Aufsatz »Wir brauchen Heilige und Heimat«. Keine Aussicht auf Tröstliches und Abgeklärtes.

Womit hilft sich denn so einer? Mit Schreiben und Singen und mit Humor, »der Waffe, den Teufel ins Pfefferland zu schicken«. Mit der Geste des Spötters, der bissige Loblieder auf die Mehrzweckhallen singt und auf die treibende Kraft dahinter, »The Mittelstand«.

Was immer Linard Bardill geschrieben hat, ist, um es in seinen Worten wiederzugeben, »nicht repräsentativ für das, was ich sonst noch mache«. Es gibt immer noch einen andern Bardill, etwa den beliebten Kinderautor mit seinen schrulligen Figuren Beltrametti und Doppelhas.

Was sie wohl alle zusammenhält, die vielen Linarde?

Ich glaube, ich weiß es. Die bedingungslose Liebe zum Leben. Die hat er mit allen bunten Vögeln gemeinsam.

Ursus und Nadeschkin

Vor etwa 20 Jahren bekam ich einen Brief, in dem sich ein junges Clownpaar vorstellte und sagte, sie suchten für ihr Programm einen Cellokasten, und ob ich, der ich doch Cello spiele, einen übrig hätte. Tatsächlich hatte ich einen in Reserve, den ich selbst mal geschenkt bekommen hatte, weil ihn ein Ausstatter als Dekorationsstück gebraucht hatte, und da ich fand, es sei auch für einen Cellokasten lustiger, gebraucht zu werden, als bei mir im Estrich auf der Ersatzbank zu hocken und sowieso nie zum Einsatz zu kommen, sagte ich den zweien, sie könnten ihn gerne haben, wenn sie dafür bei einem Straßenfest auftreten würden, das ich auf der Straße, in der ich wohne, organisierte. Der Deal kam zustande, die zwei, die ich noch nie gesehen hatte, kamen zum Fest und hatten einen frischfrechfröhlichen Auftritt, der das sehr gemischte Publikum begeisterte, ich weiß nur noch, dass Nadeschkin einmal vor Schreck eine Straßenlaterne hochkletterte.

Seither habe ich die beiden im Auge behalten und ihre Arbeit mitverfolgt. Etwas skeptisch war ich schon, als ich dann im Zürcher »Theater Stok« als einer der nicht sehr zahlreichen Zuschauer saß und ihr erstes Bühnenprogramm sah, das sie nach ihren Anfängen als Straßenkünstler präsentierten. Was ich davon in Erinnerung habe, sind vor allem Standortfragen in der Art von (ich zitiere aus dem Gedächtnis, also falsch):

»*Wieso stehst du jetzt hier? Wieso soll ich nicht hier stehen? Weil wir abgemacht haben, dass ich hier stehe, und du dort! Mir war einfach extrem unwohl dort! Und hier ist es dir wohl? Ja, hier ist es mir wohl. Also wäre ich jetzt dort? Logisch, wo sonst? Hier. Da bin ja ich. Eben, das hättest du mir vorher sagen können. Ich hab dir's ja grad gesagt. Aber nicht vorher. Doch, das war grad vorher. Aber noch vorherer wäre besser gewesen. Du, sorry, das kam einfach ganz spontan.*« etc. etc.

Ich glaube, wir waren ein liebes Publikum an jenem Abend und haben gelacht, wo man lachen musste, aber auf dem Heimweg dachte ich, wie es für dieses sympathische und durchaus bühnenfähige Duo nun wohl weitergehen würde und war nicht allzu optimistisch. Dem Programm fehlte für mein Gefühl ein Inhalt, ein erkennbares Motiv, ein Gravitationszentrum. Ich hatte Mühe, mir vorzustellen, dass sie damit ein größeres Publikum mobilisieren konnten.

Wie Sie sehen, hatte ich mich getäuscht, sonst wären wir heute Abend nicht hier.

Denn das Clowneske besteht gerade und vor allem darin, den Fokus auf etwas zu richten, das nebensächlich ist, die Menschen für etwas zu interessieren, das in keiner Weise interessant ist.

Wieso heißt es »Semmelknödel« und nicht »Semmel*n*-

knödel«? Oder gar »Semmel*n*knödel*n*«? Wenn sich Karl Valentin dieser Un-Frage annimmt, wird sie zu einer Ur-Frage, die uns den Teppich der Vernunft unter den Füßen wegzieht.

Das Clowneske ist fast immer ein Spiel um nichts, nicht umsonst sind Becketts Figuren so nahe bei den Clowns, denn sie warten auf etwas, das sich immer mehr als nichts entpuppt, oder sie warten überhaupt nicht mehr, sondern sind nur noch da, im »Endspiel«, in dem eine der Figuren Clov heißt, da fehlt nur ein n zum Clown, und so klingen auch seine Antworten. »Wie viel Uhr ist es?«, fragt ihn Hamm, und er antwortet: »So viel wie gewöhnlich.«

Clov muss den gelähmten Hamm im Sessel herumschieben. Hamm will in die Mitte des Raumes und sagt zu Clov:

»Ich fühle mich etwas zu weit links.« (Clov schiebt den Sessel unmerklich weiter.) Hamm: »Jetzt fühle ich mich etwas zu weit rechts.« (Dasselbe Spiel) Hamm: »Jetzt fühle ich mich etwas zu weit zurück.«

Dabei sind sie in einem Bunker, und es ist egal, ob er 30 cm weiter links oder rechts ist – und da sind wir wieder beim Stellungsspiel des jungen Clownpaars: *ich* bin jetzt da, aber da war doch *ich*, vorher ja, aber jetzt bin *ich* da, warum gerade da, – wo sind wir überhaupt?

Diese sinnlosen Spiele kreisen ebenso um nichts wie um unsere Hilflosigkeit, um die Grundfragen unserer Existenz.

Wo der gängige Sinn verweigert wird, wird ein Platz frei, ein Platz für Komik, aber auch ein Platz für einen andern Sinn.

Die Situation, dass jemand anderer dort steht, wo eigentlich ich sein sollte, ist, wenn sie gut gemacht ist, ein komisches Geplänkel, aber es schleicht sich auch eine Metapher ein, in der sich alle wiedererkennen müssten, die z. B. ihre Stelle verloren haben, mehr noch, es ist eine Metapher für Besetzung, es ist eine Metapher für Krieg. Der Nonsens ist ein Zweig der Philosophie, weil er den Blick auf den Sense von einer anderen Richtung freigibt, von hinten. Im großen Gelächter über das Absurde sitzt in der letzten Zuschauerreihe die Realität und lacht mit.

Damit wir uns jedoch für solche Standortspiele interessieren, und jetzt kommen wir zum frühen Bühnenprogramm unseres Duos zurück, damit diese Metaphern überhaupt aufscheinen und nicht von der Vordergrundkomik verdeckt bleiben, müssen die Figuren zugleich vom Gewicht der Welt und der Schwerelosigkeit der Kinder durchdrungen sein.

Diese Mischung zu finden, ist eine Kunst, und für Ursus und Nadeschkin war es ein Glücksfall, schon in ihren Anfängen dem Regisseur Tom Ryser zu begegnen, der begann, mit ihnen zu arbeiten, am Selbstbewusstsein, am Selbstverständnis, an der Dramaturgie ihrer Figuren. Es ist ein großes Verdienst von ihm, dass er den zweien, die immer an sich geglaubt haben, dazu verhalf, dass sie zwei wurden, an die auch das Publikum glaubte.

Kennen gelernt haben sich Urs Wehrli und Nadja Sieger bei einem Clownkurs in Wiesbaden, eine Maturandin aus Zürich und ein Schriftsetzerlehrling aus Aarau. Die

Maturandin hatte die Aufnahmeprüfung in die Schauspielschule Zürich gemacht, wo sie nicht angenommen wurde, dann machte sie die Prüfung in Bern und wurde auch nicht angenommen, und als sie mit dem Schriftsetzerlehrling eine Nummer erarbeitete, hatte sie das Gefühl, das wird etwas, und der Schriftsetzerlehrling hatte dasselbe Gefühl, und zwar so stark, dass er seine Lehre abbrechen wollte, um sich unverzüglich und ungebremst ins Clownleben zu stürzen. Doch Nadja war ein Jahr älter und somit auch ein Jahr weiser und sagte zu ihm, mach deine Lehre fertig, ich warte auf dich.

Und so geschah es. Sie jobbte sich mit Nachhilfestunden in Mathematik, Deutsch und Französisch durch. Sobald er pflotschnass aus dem Brunnen herauskam, in den man nach vollendeter Schriftsetzerlehre geworfen wurde (ich weiß nicht, wie das heute bei den Layouterlehrlingen ist), stieß er, ohne einen Tag in seinem erlernten Beruf gearbeitet zu haben, zu Nadja und sagte, ich heiße jetzt Ursus, und sie sagte, schön, ich heiße Nadeschkin.

Und in beharrlicher Arbeit entwickelten sie sich zu dem Paar, wie es uns vertraut ist: aus Nadeschkins Lockenkopf wurde das wohlorganisierte Chaos einer Rastamähne, aus Ursus' Mähne wurde ein chaosfreier Kurzhaarschnitt, die Farben Gelb und Schwarz ordneten sich ihnen zu, und heute gehören sie zur kulturellen Nationalmannschaft, wir erkennen sie überall, auf der Bühne sowieso, aber auch im Zirkus Knie oder in einer Samstagabend-Show des Fernsehens oder als Präsentatoren des Humor-Festivals Arosa, und sogar wenn sie uns in Blau gewandet von einem Plakat für die Schweizer Bauern entgegenblicken, merken wir sofort, dass es sich nicht um Doris Leuthard und Pascal Couchepin handelt.

Ihre Dialoge sind so präzis geworden, dass sie jederzeit eine Improvisation zulassen, und ihr Sprachwitz ist ein wesentliches Element ihrer Komik. Als Ursus im Zirkus Knie einen toten Fisch in der Manege fand und kurz danach ein Seehund aufs Podest kletterte, fragte er Nadeschkin: »Wer ist denn das?« Ihre Antwort: »Ein Extremfisch« ist unvergesslich. Wenn Ursus die Leute zu einer Fernsehaufzeichnung im Casino Winterthur begrüßt und sagt, sie möchten sicher gerne einen Blick hinter die Kulissen werfen und dann einen »Blick« aus der Jacke zieht und diesen hinter die Kulissen wirft, hat er die Sprache und den »Blick« und unsere Neugier parodiert.

Eine Spezialität ihrer Sprachakrobatik ist das Synchronsprechen, das sie bis zur atemberaubenden Perfektion beherrschen. Wenn eine Grußformel wie »Guten Abend, meine Damen und Herren, wir heißen Sie herzlich willkommen«, zu zweit gesprochen wird, wird ihre Leere entlarvt, und dahinter taucht das Bild der Anpassung und der Uniformität auf. Aber eine monströse Stotterblase wie »*Grüezi mit … ööh … mir sind hü … mir wetted Sie … eehm, ääh … vor allem au, ööh … wills hütt zobig … hm … ganz e bsun … ohni jetz … doch, doch … ähm … z verrote*«, von zwei Menschen ernst und deckungsgleich einem Millionenpublikum eines »Benissimo« vorgetragen, stellt unsere ganze Kommunikationskultur aufs Schwerste in Frage und macht bewusst, dass das Clowneske ein enger Verwandter der Anarchie ist. Es ist für mich kein Zufall, dass Urs als junger Mensch den Militärdienst verweigert und dafür 7 Monate Gefängnis abgesessen hat, eine lange Zeit, wenn man daran ist, eine Bühnenkarriere aufzubauen.

Weit ist er, der Bogen ihrer Komik, extrem weit.

Am Ende der »Weltrekord«-Vorstellung vor drei Tagen im Zürcher Schauspielhaus balancierten alle 700 Zuschauer zu ihrer Überraschung ein Mineralwasser auf dem Kopf, streckten die Hände aus und sprachen gemeinsam den tiefsinnigen Satz: »Ich habe eine recycelbare PET-Flasche auf dem Kopf und mache einen Weltrekord.« Als letzte Woche bei der Verleihung des »Prix Courage« die Dirigentin der »Camerata Schweiz« nicht auftauchte, fragte Nadeschkin: »Könnte das nicht jemand von Ihnen machen? Ist ein Dirigent im Saal? Man denkt immer, der andere macht's, dann schau doch den andern mal an, und wenn der's nicht ist, dann bist du der andere.«

In den abstrusesten Aktionen und den leichtesten Sätzen von Ursus und Nadeschkin schwingt stets ein Nachdenken über unsere Zeit und über unsere Art zu leben mit, und ich bin froh, dass die beiden, die uns da Erkenntnis als Gelächter vermitteln, keine zerstörten Beckett-Figuren sind, sondern lebendige, warmherzige Menschen, und ich gratuliere ihnen und ihrem Spiritus Rector Tom Ryser zu den drei goldenen Reinhart-Ringen.

Franz Hohler mit Emil Steinberger

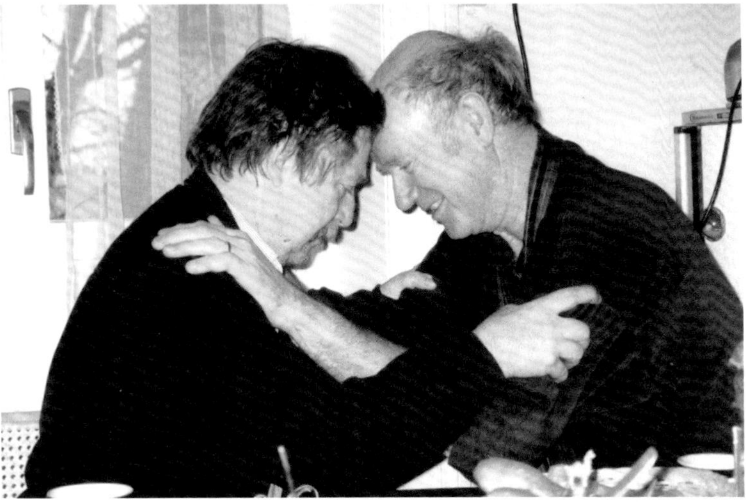

Wolf Biermann

Friedrich Dürrenmatt

Max Frisch

Niklaus Meienberg

Hanns Dieter Hüsch

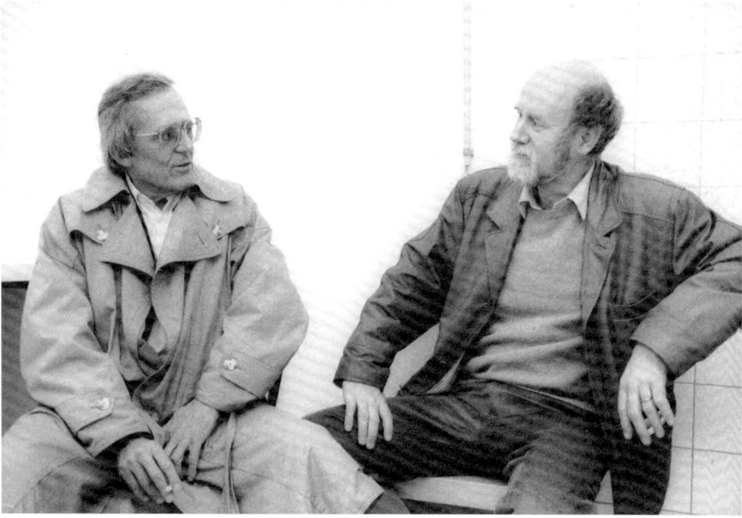

Dieter Hildebrandt

Dimitri (Mitte) und Emil (rechts)

Helen Meier

Adolf Muschg, Atsuko Muschg und Urs Widmer
(von Mitte rechts nach links)

Rafik Schami

Mani Matter

... und Mariella Mehr

Fritz Widmer

Liebe Christina, liebe Karin und Urs, liebe Anna and family, liebe Trauergemeinde,

Anfangs wollt ich fast verzagen,
Und ich glaubt, ich trüg es nie;
Und ich hab es doch getragen –
Aber fragt mich nur nicht, wie?

Dieses Gedicht von Heinrich Heine, das Robert Schumann vertont hat, hörte ich letzten Dienstag in einem Konzert, und ich musste sofort an Fritz denken.

Es ist unglaublich, was Fritz tragen musste, und es ist unglaublich, wie er es getragen hat. Wir alle, die wir ihn gernhatten, waren beeindruckt vom Lebensmut, mit dem er diesen fast zweijährigen Leidensweg gegangen ist, von der Kraft und der Ausdauer, die er zu seiner Selbstverteidigung aufbrachte, aber auch von seiner Gelassenheit dem Unvermeidlichen gegenüber.

Er, der Sänger, wusste es ja, alle Sänger geben sich die Nachricht weiter über die Jahrhunderte, und so hat es uns auch Fritz von Carl Michael Bellman weitergesagt:

we dir meinit, s göi gäng wyter so
siter lätz drann, eine wartet scho

und diesem einen hat Fritz eine Wartefrist abgetrotzt, die er wohl mit Schmerzen, Chemotherapien, Operationen bis hin zu einer Amputation erkaufen musste, die es ihm aber auch erlaubte, sich von uns allen, die wir ihn in dieser Zeit besuchten, zu verabschieden, und in der es ihm noch gelang, sein letztes Buch fertig zu stellen und seine letzte CD zu besingen.

Der, welcher auf ihn gewartet hat, erlaubte ihm zwar nicht mehr, die Champagnerarie aus dem »Don Giovanni« zu singen, dazu reichte der Atem nicht aus, aber wie schön, dass uns Fritz noch drei seiner berndeutschen Mozart-Arien vortragen konnte, mit denen er, so eines seiner letzten Projekte, gerne als Straßensänger aufgetreten wäre.

Dieser Mundart-Mozart zeugt von seiner ständigen Neugier, seinem Gwunder auf Neues, der Fritz bis zuletzt so lebendig erhielt. Als ich ihn im März besuchte und ihm das Buch übers Sterben, das er gerade las, etwas verleidet war, fragte ich ihn, ob er den Russen Konstantin Paustowski kenne, der so berührende Erzählungen vom Leben schrieb; nein, sagte er, aber der würde ihn sehr interessieren, und ich schickte ihm ein Bändchen, das er sogleich mit großem Interesse las.

Fritz war ein hervorragender Leser und ein hervorragender Hörer. Mit ihm über Literatur zu sprechen, war ein Genuss, er gehörte zu den Menschen, die mir zu meinen Texten die besten und differenziertesten Echos gaben. Seine Fragezeichen waren immer Ermutigungszeichen, und es ist kein Zufall, dass Mani Matter seine neuen Lieder häufig Fritz als Erstem vorlegte und gespannt war auf sein Urteil. Einige der Liedermacher, die heute hier sitzen, haben mit Fritz ähnliche Erfahrungen gemacht.

In seinem Gedicht »Der Pangur und ig«, das er nach einem irischen Text aus dem 9. Jahrhundert geschrieben hat, lässt er den Mönch über seinen Kater Pangur und über sich selber sagen: »Är jagt Müüs und i fa Wörter.« Und wie fast jedes Porträt war das auch ein Selbstporträt. Fritz war ein Wörterfänger, der sehr genau darauf achtete, wo er welches Wort einsetzte, damit es stimmte.

Er war seinerseits empfänglich für Anregungen, wenn es um seine Texte ging, ein Stück weit verstand er seine Arbeit auch als Dialog. »Ich habe natürlich bald einmal an den Zeilen weitergearbeitet«, schrieb er mir nach einem Gespräch, »wobei das Kriterium das natürliche Fließen ist, und irgendetwas zwischen leicht verständlich und nicht zu banal.« Es ging um die unmöglichste lyrische Form, das Sonett, an dem er sich immer wieder lustvoll die Zähne ausbiss. Kann es gelingen, die engen formalen Regeln des Sonetts so zu erfüllen, dass man den Zwang nicht mehr merkt, und das noch in der Alltagssprache?

Als Antwort einer seiner Sonett-Schlüsse:

Es Müntschi isch e Bsuech vo eir Seel biren andere,
es Gä u Näh u Frage: Wei mer zäme wyterwandere?

Und Shakespeare auf Berndeutsch?

No longer mourn for me, when I am dead

Bin i de gstorbe, tue nid lenger truure

Auf dem Weg zu seiner eigenen Sprache spielten für Fritz die Übersetzungen eine große Rolle, und einige seiner schönsten Lieder hat er aus dem Schwedischen oder dem Englischen nach Bern geholt, »Wo si der Bärgme Hannes« oder »Der Amerikabrief« von Ruben Nilson, die Kinderklagen »Vati, chumm hei« von Evert Taube oder »Warum grad gäng numen i?« und »Unsichtbar-bim-Zmorge-Blues« von Leon Rosselson, oder eben von Bellman das unvergleichliche »S wird langsam spät«.

Am Dialekt reizten ihn manchmal gerade die scheinbar unmöglichen Aufgaben. Mani Matter hatte, als ich ihn in einem längeren Interview nach den inhaltlichen Konsequenzen des Schreibens im Dialekt gefragt hatte, zur Antwort gegeben, man könne z. B. keine Matrosenlieder auf Berndeutsch machen. Fritzens Reaktion, die Mani leider nicht mehr erlebte:

Matroselied für Bärner Seemänner

dr Luft wäit chaut, u ds Meer isch grüen
u d Finger rot u blau,
i stryche da es Gländer a,
u d Wulche hange grau
u füecht u soodig über em Schiff,
o wär i doch wider emau
unger der Linge uf dr Egg
deheim im Ämmitau.

Die Chance eines einheimischen Seemannsliedes, das erkannte Fritz sofort, kann nur das Heimweh sein, und schon hatte er das Emmental an Bord. Aber auch seine Meeresstimmung kann sich sehen lassen, mit den Wolken, die *grau u füecht u soodig* über dem Schiff hängen. Und auf dem Schiff der arme Kerl, der träumt, wo er mit seinem Vreni lieber wäre

u wär mit dir am Samschtigzabe
z Tanz u de mit dir hei,
anstatt i so gruusige Beize z hocke
z Hamburg oder z Hawai

Da haben wir unsern Fritz, mit jener Mischung aus Witz und Melancholie, die seine Lieder und ihn selbst immer ausgezeichnet haben.

Mit dem Witz hat er in den sechziger Jahren die Liedermacherbühne betreten, sein Servelaa-Duo mit Ruedi Krebs bei den Berner Troubadouren klingt mir heute noch im Ohr, er hat uns den Pintefritz vo Toffe vorgestellt, dessen Schicksal schon im drohenden Reim vorgegeben ist, d Houptüebig vo der Fürwehr vo Oberglunggewil, die zwe Hornusser, ds fromme Ross, oder dä, wo i der Länk der Schädu verheit het, und es war bei aller Groteske unschwer zu erkennen, dass da jemand vom ländlich-bäurischen Milieu sang, der es auch kannte, und im Bodenständigen lauerte bei Fritz immer die Satire, etwa in seinem Loblied auf die Kriegszeit

weder äbe
so nünedryssg bis füfevierzg
da het me möge läbe

Warum?

Denn het no niemer gredt vo Härz-
infarkt u schlächte Zäng
u d'Gielehaar sy churz gsi
u d'Meitlizüpfe läng

Und auch hier wieder eine Form von Heimweh, von gefährlichem Heimweh:

Oh, wär's doch wider so wie denn,
es gluschteti eim bau.

Zwar teeu hei scho chli Päch gha, aber
wäger lang nid au.

Hier wird das Währschafte endgültig zur Falle, und Fritz endgültig zum Nachfolger von Jeremias Gotthelf.

Aber er ist nicht dabei stehen geblieben. Fritz war auch ein Stimmungsfänger. Es mehren sich im Lauf seiner Arbeit Lieder wie »Namittag-am-haubi-drü-Blues«, »Lied vom Sundig«, »S git settig«, »A der Muur«, das er für Gerhard Meier schrieb, oder »Nachtlied«, das für ein Stück von Lukas Hartmann gedacht war und mit der Strophe endet

Der Räge louft uf ds Chiuchedach
u ds Wasser stygt langsam im Bach
der Pfarrer schlaft jetz ou.
Der Räge rünnt uf Gras u Böim
uf schöni und uf wüeschti Tröim
u nöime rüeft e Frou.

Und nicht vergessen wollen wir den Denker Fritz, der so manchen Menschen am Morgen am Radio mit seinem »Wort zum neuen Tag« das erste Gedankenginggli versetzt hat, der auch Predigten hielt, und der es in vielen seiner Gedichte verstand, für ein Rätsel ein Bild zu finden, etwa für die Schöpfung

Am Anfang war das Wort

Am Aafang
het's ygschnuufet
u nächär
ds erschte Wort gseit.

Es paar Milliarde Jahr später
het me däm der Name
»Urknall« ggä.

Obschon keiner Ohre
umewäg sy gsi für z lose
u niemer für z frage:
»Was het itz da so gchlepft?«

Von Fritz, dem Romanautor, dessen Mundart-Epen den Vergleich mit einem von Tavel nicht zu scheuen brauchen, war noch nicht die Rede, aber soll mal einer einen ersten Romansatz schreiben wie »I mit myne dicke Scheiche«!

Überhaupt, es hat viele Fritze gegeben, den Sohn, den Bruder, den Vater, den Lebenspartner, den Lehrer auch, über den ich immer wieder Gutes gehört habe – *ich* kannte den Freund Fritz, mit dem man nicht nur über das Wörterfangen diskutieren konnte, sondern den man auch zuverlässig fragen konnte, wenn man mit dem Schlauchboot eine Aarefahrt machen wollte, und Christina brachte uns ebenso zuverlässig mit dem Auto zur Brücke von Kiesen.

Seine Lieder und seine Gedichte seien ihm gleichgültig geworden, sagte er bei meinem letzten Besuch vor zwei Wochen, und seine Träume waren weder schöni no wüeschti Tröim, sondern Abschiedsträume, einmal träumte er, er sehe sich selbst von weit oben immer schneller in einem Auto fahren auf Straßen, die sich ständig erweitern und wieder verengen.

Nimm's aa, was uf di zuechunnt, u tue niemer benyde.
U häb Vertroue zue dr u mein nid, müessisch lyde

schrieb er im »Sonett a sich sälber«, das er dem Engländer Paul Fleming nachgedichtet hat.

Er bemühte sich stets, sein Leiden nicht zu dramatisieren. Wenn ich ihn etwa am Telefon fragte, wie es ihm gehe, war das Äußerste, was er sagte »I cha nid rüehme«, und da wusste ich, dass es gar nicht gut ging. Aber ich wusste auch, dass er es angenommen hatte.

Zum Schluss möchte ich euch zwei Fotos zeigen, die ich von Fritz gemacht habe, das erste etwa vor vierzig Jahren, in Uetikon am See, wo wir damals wohnten, das zweite vor vierzehn Tagen, auf dem Dach des Diakonissenhauses.

Das erste zeigt Fritz, den Bauernsohn.

Das zweite zeigt Fritz, den Philosophen.

Ich werde beide vermissen.

Vrony Jaeggi

Vor ein paar Tagen ist mir etwas Seltsames passiert. Ich steige auf dem Bahnhof Oerlikon aus der Unterführung die Treppe hoch, sehe auf dem Perron 3 eine schöne Frau mit einem markanten Profil, lebendigen Augen, die schwarzen Haare hinten zusammengeknotet, und denke, eh, was macht au s Vrony Jaeggi z Oerlike? Da dreht die Frau ihren Kopf zu einer Begleiterin und beginnt, mit ihr spanisch zu sprechen – eine Lateinamerikanerin.

Das erinnerte mich an den Moment, als ich bei einem großen Treffen von Indianern in Victoria auf Vancouver Island neben einem der riesigen farbig geschnitzten Totempfähle, welche dort die Hafenmolen fast drohend überblicken, auf einmal eine Frau mit einem vertrauten Gesicht sah, einem markanten Profil, lebendigen Augen, die schwarzen Haare hinten zusammengeknotet, auf sie zuging, und kurz bevor ich sie mit »Vrony, was machsch denn du do?« ansprach, merkte, dass es eine Indianerin war.

Ganz zu schweigen vom denkwürdigen Augenblick, als sich in der U-Bahn-Station Puschkinskaja in Minsk, dieser gewaltigen Halle, die an den Dichter Puschkin erinnert, zischend die Türen der Linie 2 öffneten, und unter lauter Menschen mit gleichgültigen Mienen eine Frau mit markantem Profil, lebendigen Augen, die schwarzen Haare hinten zusammengeknotet, ausstieg, der ich, hinter ihr hergehend, die Frage »Vrony, *du* z Minsk?« nachrief. Der kurze Blick, den sie mir zuwarf, machte mir klar, ich hatte mich getäuscht, es war eine Weißrussin, eine typische Weißrussin.

Du weißt gar nicht, liebe Vrony, wo wir uns schon überall getroffen haben, von Teheran bis Lappland, und natürlich auch in Zernez, in Bellinzona und in Lausanne, und ab und zu sogar in Solothurn, und ich glaube, deshalb wenden sich alle so gerne an dich, ob es nun die Romands, die Tessiner, die Rätoromanen oder die Iraner sind, weil sie alle das Gefühl haben, da steht eine von uns.

Deine lebendigen Augen haben die Literaturen der Welt gelesen, und deshalb kennen sie auch die Menschen der Welt und fühlen sich ihnen zugehörig. Du konntest einem gleichzeitig ein Hotelzimmer umbuchen und einen albanischen Roman empfehlen, du brachtest es fertig, dass sogar Otto F. Walter und Niklaus Meienberg wieder miteinander sprachen, ohne sich zu beschimpfen, und du hast zwar verhindert, dass es ein Abschiedsfest für dich gibt, aber diese kleine Sendung im zweiten Schweizer Radioprogramm konntest du nicht abwenden, denn wir möchten dir danken für die mehr als dreißig Jahre, in denen du die Schweizer Literatur begleitet hast.

Der Strauß, liebe Vrony, den ich dir heute auf dem Solothurner Markt zusammengestellt habe, stammt nicht etwa aus dem Konzessionsgeld der Schweizer Radiohörerinnen und -hörer, sondern von mir persönlich, aber ich bin sicher, wenn ich eine kleine Sammlung unter Autorinnen und Autoren gemacht hätte, wäre er bald so groß geworden, dass du ihn gar nicht mehr tragen könntest.

Ludwig Storz

Seine Schulreisen waren gefürchtet.

Drei Tage über Geröll oder Gletscherfirn, über wenig begangene Pässe zu wenig begangenen Bergen.

Seine Aufsatzkommentare waren unbestechlich, z. B. »Ein nettes Stückchen. Virtuosität enthält es genug, mangelt nur noch das *ernste Anliegen*, das Ziel.«

Sein erster Aufruf in unserer Klasse, am Bettagwochenende mit ihm auf eine Bergtour zu kommen, traf mich unvorbereitet, aber ich ging.

Seine Frage, ob ich im Sommer nach der Matura mit ihm auf den Dom käme, elektrisierte mich, und ich ging.

Mein Bruder kam mit. Als Ludwig bei der Gipfelrast seine Dörrfrüchte und eine Rübe hervornahm, und *wir* unsere hart gekochten Eier und Käsesandwiches, sagte ich, wir seien halt epikuräische Bergsteiger. Sein Lächeln darüber war belustigt und voller Nachsicht, das Lächeln eines Asketen.

Wir standen auf vielen Gipfeln seither, auch öfters mit seinen Söhnen und Freunden zusammen. Das Gefühl, den Westgrat des Piz Palüs zu überschreiten, beschrieb er nach dem Abstieg als »königlich«. Ich stimmte ihm zu.

Gehen und steigen. Und lesen und denken. Das waren seine Genüsse. Darin war er kein Asket. Er bekam nie genug von Geist und Gang.

Seine Kommentare zu meinen Büchern waren von großer Sorgfalt, und immer unbestechlich. Er auferlegte sich, nach einem neuen Buch das ältere nochmals zu lesen und einen Vergleich zu ziehen.

Seine Briefe habe ich alle behalten, sie sind das Werk eines Freundes.

Er sei, hat er einmal gesagt, für lange Freundschaften gemacht.

Eine solche Freundschaft verband mich mit ihm.

Er war 75, als er mich fragte, ob er mit mir und Bergführer Adolf wohl noch einmal mitkommen könne auf einen Viertausender. Auf dem Gipfel des Alphubels hat er uns beide geküsst.

Dann wurden die Wanderungen kürzer, seine Gänge schmerzhafter, sein Herz ein unzuverlässiger Knecht.

In seinem Sterbezimmer wuchsen Efeuranken in die Fenster hinein. Weit in der Ferne waren die Alpen zu sehen und rückten doch immer näher, bis er nun zum letzten Male zu ihnen aufbrach.

Georges Irman

Der Mann, der sich auf der Rückseite der Todesanzeige mit verschmitztem Lächeln verbeugt, gehörte für mich zu den Menschen, die mich ermutigt haben, als ich ganz am Anfang stand.

Ich rutschte 1965 mit meinem ersten Bühnenprogramm »pizzicato« von einer improvisierten Studentenbühne im alten Heizungskeller der Uni Zürich in die professionell geführten Kleintheater hinüber, und Georges Irman, der zu dieser Zeit die Technik im Basler »fauteuil«-Theater machte, bestärkte mich darin, dass das für mich ein möglicher Weg war.

Der Respekt, mit dem er mir, dem damals 22-jährigen Debütanten, begegnete, beeindruckte mich, und dieser Respekt war gegenseitig. Ich erlebte einen engagierten Bühnentechniker und Backstage-Zauberer, für den das Theater mit seiner ganzen Verrücktheit eine Selbstverständlichkeit war, ja, der dem Theater mit Haut und Haar verfallen war.

Als ich die Möglichkeit bekam, mein Programm in der »Münchner Lach- und Schießgesellschaft« zu spielen und erfuhr, dass der dortige Premièrentermin traditionsgemäß ein Montag war, aber nicht irgendein Montag, sondern der Montag nach meinem letzten Auftritt am Sonntag davor im »fauteuil«-Theater, anerbot sich Georges, mein ganzes Artistengepäck, zu dem nicht nur ein Cello, sondern auch so etwas Unpraktisches wie eine Harfe gehörte, in einem Mietwagen durch die Nacht von Basel nach München zu fahren.

Ich zögerte, dieses Angebot anzunehmen, da es mir als Zumutung für den Fahrer erschien, doch als mich Georges fragte: »Jä, wottsch die Première mache oder nöd?« und dann noch hinzufügte: »Das isch Theater!«, hatte er mich überzeugt.

Ich sehe ihn noch heute im Schneetreiben den Spalenberg hinauf verschwinden, und als ich am nächsten Vormittag in München eintraf (ich glaube, ich bin geflogen), hatte Georges alle Requisiten ausgeladen und war im Begriff aufzubrechen, denn er musste an diesem Abend wieder im »fauteuil« beleuchten.

Später erzählte er mir, dass er gerade noch rechtzeitig hinter der Bühne eingetroffen sei, um Roland Rasser, der ratlos vor der Lichtanlage stand, die Hand von einem falschen Schiebewiderstand zu nehmen, mit dem dieser die Scheinwerfer für die »Quatre barbus« anwerfen wollte.

So hatte ich gelernt, was Theater ist.

Bald darauf habe ich selbst solche nächtlichen Fahrten unternommen, etwa von Hamburg nach Freiburg im Breisgau, um dort am Nachmittag auftreten zu können, oder, ebenfalls im Schneetreiben, von Gelsenkirchen nach

Hause, um angesichts des bescheidenen Honorars die Hotelkosten zu sparen, und immer habe ich dabei an den unentwegten Chauffeur Georges und seinen Ausspruch »Das isch Theater!« gedacht.

Seine große Sorgfalt und Leidenschaft galt auch den Requisiten. Mit nichts konnte man ihn mehr erfreuen als mit einem unerfüllbaren Anspruch. Als ich ihn fragte, ob es denkbar wäre, dass er mir für mein zweites Programm »Die Sparharfe« eine kleine Harfe bauen würde, die genau so aussehe wie eine große Harfe und auch spielbar sei, lächelte er sein verschmitztes Lachen und sagte: »Ich chönnt's ja mal probiere.« Die Harfe, die er dann in minutiöser Kleinarbeit zusammen mit seinem Bruder Alfi gesägt, gehobelt, gedrechselt und geleimt hatte, war ein Bijou, und ich besitze sie noch heute. Sie kam nur für zwei oder drei Minuten in meiner Eröffnungsnummer vor und begleitete den Refrain:

»... und träumt von einer Harfe, so groß wie die Welt,
die man im Osten spielt und im Westen hält.«

Was mir an ihm auch immer gefiel, war seine Liebe zu den Werkzeugen. Seine Werkstattecken, seien sie im »fauteuil« in Basel oder im Keller des »Hechtplatz« in Zürich, die er stets gegen ausufernde Garderoben und Kulissen verteidigen musste, waren so säuberlich aufgeräumt, dass jeder Schraubenzieher, jeder Stechbeutel und jeder Vierkantschlüssel seinen an der Wand vorgezeichneten Platz hatte und jedes Fehlen sofort auffiel. Wer auf der Bühne Träume und Illusionen hervorzaubern will, das wusste Georges, musste den richtigen Vorbohrer haben.

Er verlor sein Interesse am Theater auch nicht, als er pensioniert wurde. Einmal kam er nach einer meiner Vorstellungen zu mir und sagte mir, sehr gut, das Programm, aber er finde, die Lichtregie sei etwas zu dunkel gewesen.

Nun hat er sich in aller Stille von uns verabschiedet – aber falls dort, wo er jetzt hinkommt, Harfenbauer gefragt sind, kann er seine Arbeit sofort aufnehmen, vom Zittern seiner Hände befreit, und falls es dort auch Theatervorstellungen gibt mit all den Großen des Fachs, in denen Alexander Moissi den Faust spielt, Albert Bassermann den Mephisto und Anne-Marie Blanc das Gretchen, Leopold Biberti den König Lear und Cés Keiser den Hofnarren, dann gibt es nur einen, der sie alle ins richtige helle Licht rücken kann, und ich ziehe meinen Hut vor ihm.

Christian Schocher

Wer von uns je in Pontresina in den Ferien war, dem muss früher oder später gleich nach dem Hotel Rosatsch und der Käserei der Wegweiser CINEMA aufgefallen sein, eher früher als später, eigentlich sogar sofort, beim ersten Mal, denn in diesem CINEMA standen auf dem Programm nicht einfach die Hollywood-Filme für das Après-Ski- und Schutzfaktor 30-Publikum, die Cliffhangers und Wild Waters und Black Spiders, die zwar auch, aber dazwischen wurden regelmäßig Filme gezeigt, die im Dickicht der Städte nur in den Ateliers und Studios laufen, und es gibt von »Stammheim« über »Züri brännt« bis zu »Broken Silence«, »Urmusig« oder »Home« wohl kaum einen Studiofilm, der nicht im Kino »Rex« durch die Engadiner Höhenluft geläutert wurde.

Und wer je in der Pause eines dieser Filme, wenn er bei der Kassenhausdame, die mit dem geheimnisvollen Blick einer spanischen Wahrsagerin ihre Erfrischungsartikel umsetzte, eine Eiscrème gekauft hatte, die er dann im Foyer vor den Ankündigungsplakaten kommender Filmereignisse lutschte, und dabei einen Blick durch die möglicherweise halb offen stehende Tür in die Operateurkabine warf, der entdeckte dort ein Ventilationssystem gigantischen Ausmaßes, eine Art Darmverschlingung aus Röhren, die man in grauer Jugendzeit schon in »Modern Times« gesehen zu haben glaubte und bei deren Anblick man sich fragte, ob Filme überhaupt so heiß sein können.

Und wer, wie ich zum Beispiel, am Schluss des Filmes sitzen blieb, bis der ganze Abspann abgelaufen war, mit den Namen sämtlicher Best Boys, Gaffers und Second Units, und als einsamer Letzter den Saal verließ, der sah dann einen alpenländischen Derwisch die Tafeln mit den Filmplakaten einsammeln, zusammenklappen und hinter den Garderobeständern versorgen, während im Projektionslaboratorium die Spulen surrend rückwärtsliefen, damit der Film wieder vorführbereit ins triste Unterland spediert werden konnte. Die Filmplakate mussten weg, weil der Kinosaal im oberen Stock des alten Schulhauses untergebracht ist und weil die Kinder, die hier tagsüber ein und aus gehen, noch nicht für die Produkte der Traumfabrik angefixt werden sollten, von denen Christian und Carina Schocher nun 45 Jahre gelebt haben.

So lange war Christian, welcher mit seiner hünenhaften Gestalt ohne weiteres als Heerführer in »Hobbit« oder im »Herr der Ringe« mitspielen könnte, Pontresinas Herr der Bilder, und während man spätabends durch das stille, leere Dorf ging, wurde im Saal gegenüber vom Kindergarten geschossen, gefochten, gemordet, gestöhnt, gerächt, gehasst und geliebt.

Vergessen wir nicht Fritz Röthlisberger, welcher sozusagen als dritte Säule den Filmclub betreute, der jeweils dienstags ein anspruchsvolles Publikum mit Kaurismäki, Kiarostami und Kurosawa bediente.

Dienstags, das ist heute. »Volver« heißt der Film, »Zurückkehren« also – doch der Titel täuscht.

Heute zum letzten Mal. Schwer zu glauben, obwohl es Gründe genug gibt. Der Publikumsschwund, von dem die Kinos in der ganzen Schweiz betroffen sind, hat auch vor dem Oberengadin nicht Halt gemacht – in eine der Dienstagsvorführungen sollen sich schon mal ganze 3 Personen verirrt haben, einmal war Fritz sogar der einzige Zuschauer. Ein gewisser Sättigungsgrad des directeur artistique mit bewegten Bildern, für den man jedes Verständnis aufbringt, ohne gleich mit dem Modewort »Burn-out« anzurücken, die drohende Umrüstung auf digitale Projektion, welche ebenso unvermeidlich wäre wie die Anschaffung von Schneekanonen, das alles führte zum Ende der Schocheria, zum Ende einer Ära, die mit Christians Vater Bartholome begonnen hat und wie in einer Bergbauernfamilie auf den Sohn überging, der in den 45 Jahren als Kinobetreiber selbst auch Filme machte, wie den unvergleichlichen »Reisenden Krieger« oder den liebenswürdigen »Lüzzas Walkman«.

Ein solches Ende tut weh, denn abgesehen vom Verlust gemahnt es uns an die eigene Endlichkeit, die Vergänglichkeit im Allgemeinen und lauter Dinge, an die wir nicht so gerne denken.

Also statt zu viel denken lieber danken, und zwar kühn

im Namen des ganzen Unterlandes, für all die Stunden, lieber Christian, in denen wir uns von den Filmen verzaubern ließen, die Du uns in diesem seltsamen Saal aus Deiner Hexenküche dort hinten an die Leinwand da vorne geworfen hast!

Erica Brühlmann-Jecklin

Die Spuren meiner ersten Begegnung mit Erica Brühlmann-Jecklin reichen über 30 Jahre zurück.

1981 gab der Zytglogge-Verlag unter dem Titel »Stägetritte« eine Langspielplatte heraus mit Liedern für und über Außenseiter und Behinderte. Darauf war mein Chanson »Es cheibe Meitli« zu hören, und es war eingerahmt von zwei Liedern eines andern cheibe Meitli, nämlich von Erica Brühlmann-Jecklin. Da sang eine feine, frische Frauenstimme ein Lied über die Treppenstufen, die einem Menschen im Rollstuhl alles verunmöglichen, worüber normale Menschen gar nicht nachzudenken brauchen, einen Kinobesuch, einen Ausflug mit dem Zug, einen Kirchgang, schnell auf eine Toilette gehen – das alles geht nicht, denn »s het leider Stäge gha«, eben die »Stägetritte«, welche der Platte den Titel gaben. Die Stimme klang anmutig, aber sehr bestimmt, man spürte, dass diese Frau genau das meinte, was sie sang, und dass jedes Wort verbindlich war. Es dauerte einen Moment, bis man merkte, dass man soeben einem Protestsong zugehört hatte, einer einzigen Anklage gegen die gesamte Organisation unseres Alltags, die so wenig Rücksicht auf behinderte Menschen nahm. Wir beide stammen aus der Zeit, als die SBB Menschen im Rollstuhl noch in den Gepäckwagen beförderte, wie es Erica in ihrem Lied erwähnt hat. Vor ein paar Tagen war ich in einem Bus der Verkehrsbetriebe Baden unterwegs, wo ich die Aufschrift las:

»Dieser Platz ist für Rollstuhlfahrer reserviert. Den Rollstuhl entgegen der Fahrtrichtung gegen die Haltelehnen oder Rückenlehnen stellen und Bremsen anziehen.«

Einmal abgesehen von der fehlenden Rollstuhlfahrer*in*: Wenn es heute solche Aufschriften und solche Vorrichtungen gibt, dann nicht zuletzt deshalb, weil sich Menschen wie Erica schon seit Jahrzehnten dafür eingesetzt haben, zum Beispiel mit solchen Liedern.

Das zweite Lied auf der Platte trug den verdächtigen Titel »Normal«, und in diesen zwei Liedern, mit denen die Sängerin mein »cheibe Meitli« umklammerte oder umarmte, sind schon die Hauptmotive ihrer Arbeit zu spüren: Anderssein, Behinderung und Außenseitertum, Ausgrenzung und Beeinträchtigung, der Umgang damit und die Auflehnung dagegen.

Was in ihren Liedern in drei bis vier Minuten, sozusagen in stenographischer Form thematisiert wird, kommt in ihren Büchern ausführlicher zu Wort. »Sofia« ist ein eindrückliches Porträt von Ericas Mutter, ihrer Herkunft und ihres Schicksals, es beginnt bei deren Eltern am Anfang des 20. Jahrhunderts und entfaltet das Bild einer »normalen« Bündner Familie, es ist so etwas wie die Buddenbrooks aus dem Prättigau, aber eben nicht aus dem urbanen Handels- und Kaufmannsmilieu, sondern aus der bäuerlichen, handwerklichen und dörflichen Welt, in welcher das Gespenst der Armut umgeht und »leben« zuerst einmal »überleben« heißt. Musik, Gesang, Volkslieder sind eine wichtige Stütze im täglichen Kampf, gleich im ersten Kapitel singt ein junger Flachmaler im ersten Stock des Hauses, das er neu streichen muss, »Im schönsten Wiesengrunde ist meiner Heimat Haus, da zog ich manche Stunde« und hört bei der Stelle »ins Tal hinaus« aus dem unteren Stock eine Frau die zweite Stimme singen. Er geht hinunter, klopft an, und als er die junge Frau sieht, die ihm die Tür öffnet, da weiß er: Die ist es! So haben sich die Großeltern kennen gelernt, und die Autorin hält dieses Lied und viele andere, die im Lauf der Geschichte erklingen, auf einer CD fest, die dem Buch beigegeben ist, unterstützt von ihren Kolleginnen vom Trio »Saitensprung«, und da lernen wir zum Beispiel ein so welthaltiges Lied kennen wie

»*Hunderttuusig Öpfelschnitz*
das git en grosse Huufe
wenn eine mol ghürooten isch
denn bruucht er nümme z suufe«

ein Lied, das sich in Sofias Familie leider nicht bewahrheitet hat.

Erica Brühlmann-Jecklin ist eine begabte, genaue und ebenso unerbittliche wie liebevolle Chronistin, wie sie uns auch in ihrem anrührenden Buch »Alice singt« begegnet. Da hat sie die Lebensgeschichte einer Frau aus ihrem Bekanntenkreis aufgezeichnet, die in ihrer Kindheit als Pflegefall und Verdingkind hin und her geschoben wurde und sich immer wieder in neuen, menschenfeindlichen Umständen zurechtfinden musste, ohne zu verstehen, warum, eine jener Lebensgeschichten, bei denen es einem das Herz zusammenzieht, bei denen einem aber auch das Herz aufgeht, wenn man erlebt, wie sich Alice aufzulehnen und ihren eigenen Weg zu suchen begann, den sie dann auch fand, und auch hier war die Musik eine große Helferin und Heilerin.

Die Auflehnung gehört zu Erica, nicht nur diejenige, die sie selbst brauchte, denn sie musste sich ein Leben lang mit gesundheitlichen Problemen und deren medizinischen Behandlungsversuchen herumschlagen (ihr Buch »Irren ist ärztlich« aus dem Jahr 1986 erzählt davon), sondern auch diejenige gegen die Ungerechtigkeit auf der Welt und das Fehlverhalten der Menschen.

Ich erinnere mich gut, wie mich Erica während des Bosnienkrieges anrief und um meine Unterschrift zu einem Aufruf bat, der verlangte, dass der bosnische Serbenführer Radovan Karadžić, der am Sitz der UNO in Genf zu einer Konferenz der Kriegsparteien erwartet wurde, bei seiner Ankunft auf dem Flughafen verhaftet werden sollte. Ich vertrat in dieser Frage den realistischen Standpunkt und sagte ihr, ich halte dies für aussichtslos, da er unter dem Schutz der UNO stehe und nicht privat in die Schweiz reise.

Ich glaube, Erica war nie so enttäuscht von mir wie damals, ich sah sie einen Moment lang als eine ihrer unerschrockenen Prättigauer Frauen, die sich den Teufel um die UNO scheren, sondern einem Kriegsverbrecher am liebsten hunderttuusig Öpfelschnitz a Grind würde rüere.

Unsern letzten gemeinsamen Auftritt hatten wir bei der Fukushima-Demonstration in Kleindöttingen vor zwei Jahren, wo ich als Restrisiko auftrat und Erica ihr Tschernobyl-Lied sang, ein Lied der Auflehnung gegen das Katastrophenpotential, mit dem wir dank der Atomtechnologie leben müssen, ein Lied, in dem der Vers steht

»bi all däm dänk ich, dass mer müess
uf all Barrikade, wo s irgendwo git«

Ich kann Ericas Werk hier nicht umfassend beschreiben, es fehlen z. B. die Fachbücher, es fehlen die Kinderbücher, und ich möchte nur noch sagen, dass in ihren Büchern und Liedern auch sehr viel Heiteres zu finden ist, sie ist nicht einfach die Chefanklägerin gegen alles Ungerechte; von ihr stammt z. B. auch ein so skurriles Liedchen wie das vom Weltrekord, bei dem jeder Spitzensportler jedes Jahr ein bisschen höher und weiter springt, bis sie am Schluss alle im Weltall als Satelliten auf einer Umlaufbahn um die Erde fliegen und nichts sehnlicher hoffen, als dass sie von ihren Rekordflügen wieder zurück auf die Erde springen können.

Was ich Dir wünsche, liebe Erica: so viel Glück wie möglich, so viel Gesundheit, wie Du sie andern wünschst, und einen Höhenflug nach dem andern, mit der ausdrücklichen Bitte, von jedem wieder herunterzukommen zu uns.

Edy Brunner

Edy Brunner und ich haben beide den Jahrgang 43 und haben uns vor 43 Jahren in Uetikon am See kennen gelernt, wo wir damals beide wohnten und wo wir mit unsern Frauen die Revolution ins Dorf brachten, indem wir etwas so Gefährliches und Familienfeindliches wie eine Spielgruppe gründeten, die vom Kommunistenjäger Cincera unter den Verdacht »von Moskau gesteuert« gestellt wurde.

Wir freundeten uns bald an, weil wir beide an die Kraft der Fantasie glaubten, eine Kraft, die uns auch ernährte. Ich war damals schon als Kabarettist und Schriftsteller unterwegs, Edy Brunner als Fotograf, Konzeptkünstler und Ausstellungsmacher, und beide versuchten wir, mit unserer Arbeit in die Höhe zu kommen.

Was mir bei Edy immer imponierte, war seine Überzeugungskraft seinen Auftraggebern gegenüber. Einmal überredete er beispielsweise die Dow Chemical, ihren Stand an einer Messe ausschließlich aus Granitplatten zu machen, die er mit einem Sattelschlepper aus dem Maggiatal nach Düsseldorf karren ließ. Sie hätten, sagte er mir, nicht sofort ja gesagt, aber es sei der meistbesuchte Stand der Messe geworden.

Legendär und heute noch zu besichtigen ist sein Projekt »Chämpe«, die Umgebungsgestaltung der Vita Lebensversicherung. Beim Aushub für das Gebäude wurden verschiedene Findlinge ausgegraben, und Edy verteilte sie so über den Vorplatz, als ob sie vom Himmel heruntergefallen wären und die Pflästerung eingedrückt hätten. Einer hat sogar das Geländer und ein paar Treppenstufen zertrümmert, gegen den harten Widerstand des Bauunternehmers, der lange Zeit sagte: »Kaputte Treppen gibt's bei mir nicht!« Der arme Kerl hatte keine Ahnung, was Kunst ist, und er hatte keine Ahnung, was für einen dicken Schädel der Brunner hat.

Ich weiß auch noch gut, wie wir uns einmal am Morgen zufällig im Zug von Uetikon nach Zürich trafen, der hieß damals noch nicht S-Bahn, sondern Goldküstenexpress, und Edy sagte, er fahre nach Stuttgart, um einen Vorschlag für die Farbgestaltung eines Verwaltungsgebäudes zu machen, und als ich ihn fragte, was er denn vorschlage, zeigte er mir eine Farbmusterpalette und sagte, dieses Blau da, er wolle alles in diesem Blau machen. Und als ich sagte, ich habe kein gutes Farbvorstellungsvermögen und fände es schwierig, mir die Wirkung einer ganzen Wand in solch einem Blau vorzustellen, entgegnete er: »Meinst du, *ich* habe das? Aber ich sage ihnen einfach, so müsst ihr das machen.« Ohne Selbstvertrauen keine Kunst.

Edys Fantasie und meine haben sich auch immer wieder mal die Hand gereicht. Für Radio SRF, das damals noch Radio DRS hieß, machten wir zusammen eine Reihe »Seltene Berufe«. Ich ließ jeweils das Tonband laufen und konfrontierte Edy mit Berufen, die es nicht gibt, ohne es ihm vorher zu sagen, er improvisierte drauflos, und seither gibt es Berufe wie Versenker, Darmsticker oder Retardeur.

Edy fragte mich seinerseits, ob ich zu seinem Fotobuch »viewpoint« ein paar kleine Texte beisteuern würde, was ich auch gemacht habe. Zu einem wunderbaren Bild, auf der in einer leeren Landschaft nur ein einsames Grüppchen Zypressen auf einem Hügel zu sehen war, schrieb ich:

Es ist spät geworden, sagte die ältere Zypresse zu den andern, ich glaube, wir sollten wieder gehen.

Doch als sie sich umdrehten, erschraken sie.

Es hatte sich viel verändert.

Ach, sagte sie, vielleicht ist es besser, wir bleiben noch ein bisschen zusammen.

Edy Brunner war schon immer ein Macher und glaubte daran, dass das, was einem möglich scheint, auch möglich ist, manchmal sogar das, was einem unmöglich scheint. Ein spezielles Talent hatte er für Häuser.

Ich hatte immer den Verdacht, er sei nicht reicher als ich, aber als wir in einer Lotterbude in Uetikon am Hang oben zur Miete waren, hatte er unten im Dorf schon ein Haus und ein Restaurant gekauft. Er wusste einfach, wo man Darlehen holen musste, zum Beispiel bei mir – und er zahlte sie sogar zurück.

Und auch im Maggiatal kaufte und renovierte er ein Haus, und als ich ihn fragte, ob er nicht irgendeine Alphütte wisse im Tessin in der Höhe, die zu kaufen wäre, hatte er bereits zwei Alphütten und organisierte mir eine Nachbarhütte, die für mich und meine Familie zu einem wichtigen Refugium wurde, und in einem Moment, in dem ich überhaupt kein Geld hatte, weil ich ein aufwendiges neues Bühnenprogramm entwickelte, sagte er mir, er brauche Geld und wolle mir seine zwei Hütten verkaufen, und ich wusste inzwischen auch, wo ich ein Darlehen aufnehmen konnte, das hatte ich von ihm gelernt, und kaufte ihm die Hütten und den ganzen Wald darum herum ab, und so wurde ich Großgrundbesitzer im Tessin.

Eines seiner Fotoprojekte hatte übrigens mit dem Maggiatal zu tun, er hatte sich in den Kopf gesetzt, von allen Kirchen und Kapellen im Maggiatal die Decken zu fotografieren, er maß die genaue Mitte der Kirchen aus, stellte dort seine Doppelobjektivkamera auf den Boden und fotografierte die Decken. Daraus entstand ein prächtiges Buch mit dem Titel »Cielo in casa«, und er fragte mich, ob ich nicht ein paar Geschichten dazu schreiben könne. Auch das habe ich gemacht, z. B. diejenige zum Deckengemälde in Foroglio:

Das Wunder von Foroglio

Alte Abbildungen der Kirchendecke von Foroglio im Val Bavona zeigen: der Apostel Paulus wanderte früher über die Wolken. Erst mit den Jahren fiel den Leuten auf, wenn sie ihre Köpfe in den Nacken legten, dass zuerst seine Füsse in den Wolken verschwanden, dann seine Knöchel und seine Unterschenkel.

Am Anfang des 20. Jahrhunderts stand er bis zu den Knien in den Wolken, 1939 tauchte sein Schwertspitz ein, und heute watet er schon bis zu den Hüften im Wolkenmeer.

Wie so etwas möglich ist, kann niemand erklären, aber Berechnungen haben ergeben: Wenn Paulus im selben Tempo weiter versinkt, wird er im Jahr 2221 ganz untergetaucht sein, und im Jahr 2234 wird auch der obere Rand seines Heiligenscheins in den Wolken verschwunden sein, und die Decke der Kirche wird nur noch Himmelblau und Wolkenweiss zieren.

Ein Teil von Edys Fotografien und meiner Texte wurden im Museo Vallemaggia ausgestellt, und der Kurator erzählte mir, er habe einmal gehört, wie ein Mann, der die Geschichte vom Apostel Paulus las, zu seiner Frau sagte: »Hast du das gesehen? Das habe ich nicht gewusst.«

Du siehst, Edy, vielleicht habe ich von dir auch ein bisschen gelernt, den Leuten das Blaue vom Himmel zu erzählen und es als Wahrheit zu verkaufen.

Jedenfalls freut es mich, dass wir eine so große Wegstrecke zusammen zurückgelegt haben, in lockerer Verbindung und Freundschaft, und wenn wir jetzt plötzlich sehen, dass wir 70 sind, erschrecken wir vielleicht auch wie die Zypressen auf dem Hügel, und wir könnten dasselbe sagen wie sie:

»Ach, vielleicht ist es besser, wir bleiben noch ein bisschen zusammen.«

Dieter Hildebrandt

Sein Tod macht mich traurig; und er hat mich überrascht.

Ich hielt ihn für unsterblich.

Seit ich ihn in der »Münchner Lach- und Schießgesellschaft« gesehen hatte, in der ich kurz danach selbst auftreten durfte, war er für mich eine feste Größe, jemand, mit dem man einfach rechnete und der auch mit ein paar Falten mehr im Gesicht nichts von seiner Frische und verbalen Schlagkraft eingebüßt hatte.

Und er rechnete auch mit uns, seinem Publikum. Sein Stil war gekennzeichnet durch Anspielungen, durch nicht ganz fertig gesprochene Sätze, durch Gedankengänge, die er plötzlich unterbrach, was zur Folge hatte, dass wir die Sätze und Gedanken zu Ende denken mussten, wir ergänzten das, was nicht ausgesprochen wurde, wir liefen in die Ergänzung hinein wie in eine Falle.

Sein Vertrauen in die Sprache war unerschütterlich, auch sein Vertrauen in die einfachen Mittel, mit denen er große Wirkung erzielte.

Ich erinnere mich an eine seiner »Scheibenwischer«-Sendungen, die er jahrelang für den Sender Freies Berlin machte, in der es um den Donaukanal durch das Altmühltal ging, der damals geplant (und seither gebaut) wurde. Weder ließ er sich in dieser Landschaft filmen noch ließ er sich mittels Bluebox in sie hineinstellen, sondern er nahm eine ausgestopfte Wildente unter den Arm, und da er von der Bühne herkam, wusste er, dass die tote Wildente lebendiger wirkt, als würde hinter ihm ein Bildteppich aus einem Film über Zugvögel ausgelegt werden, denn die ausgestopfte Wildente ist eine Metapher; sie ist das, was übrig bleiben wird, wenn das Gebiet zerstört ist. Und vor allem: Sie lässt uns Zuschauern noch etwas, das wir ergänzen können, unsere Fantasie ist eingeladen mitzugucken. In der nächsten Sendung kam er mit einem Wanderrucksack auf dem Rücken und sagte, er habe das letzte Mal die Grenzen der Satire überschritten.

Das waren die Bilder, die er benutzte, und sie hatten mit Erfahrung zu tun, dahinter steckte mehr als kabarettistische Routine, dahinter steckte ein ganzes Leben. Dahinter steckten vor allem auch Hunderte von Auftritten in der »Lach- und Schießgesellschaft«, die Sammy Drechsel zusammen mit Dieter Hildebrandt 1956 in Schwabing eröffnet hatte, mit jener winzigen Bühne, die eigentlich gar keine war, sondern ein Podest in einem Wirtshaus, das von ein paar Scheinwerfern erhellt wurde, in deren Lichtbahnen sich der Zigarettenrauch wie ein mystischer Nebel brach. (Heute darf auch dort nicht mehr geraucht werden.)

Dort, wo man als Künstler aufpassen muss, dass man dem Gast in der ersten Reihe nicht ins Bierglas spuckt, dort lernt man extemporieren, getragen von der Intimität des Ortes, von der Nähe des Publikums, für das man spielt, und für mich war auch Hildebrandts Fernsehstil nur auf diesem Hintergrund denkbar.

Er sprach im Fernsehen nicht anders als auf der kleinen Wirtshausbühne, er brauchte für ein Millionenpublikum nie wesentlich andere Mittel als für die 130 Leute, die sich in die »Lach- und Schieß« hineinquetschen konnten, und das gab seinen Sendungen eine Nähe zu den Zuschauern, an welche die Fernsehmacher eigentlich gar nicht mehr glauben.

Schon ein Lied oder ein Chanson war ein Stilmittel, dem er misstraute. In einer »Scheibenwischer«-Sendung, an der ich teilnahm, stellte sich beim Durchlauf heraus, dass sie fünf Minuten zu kurz war, und jemand schlug vor, man könne noch ein Lied einfügen, worauf Hildebrandt entsetzt rief: »Ein Lied muss man 30-mal singen, bis man es kann!«

Der »Scheibenwischer« wurde jeweils live ausgestrahlt, und Hildebrandt war entsprechend diszipliniert in der Einhaltung der Zeit, doch bei einer Jubiläumssendung für Hanns Dieter Hüsch in Saarbrücken habe ich erlebt, wie das Timing von Hildebrandts Probe am Nachmittag acht Minuten ergab, und als er am Abend schon eine Viertelstunde überschritten hatte, weil er eine sprachlich-politische Volte nach der andern hinlegte (Lafontaine und Scharping waren im Saal, »tief verfreundet«, wie Hildebrandt sagte), kam der Aufnahmeleiter zu mir geschlichen, da ich für die Fortsetzung bereit stand, und fragte mich flüsternd, ob ich vielleicht meine Nummer etwas kürzen könne, wir seien schon arg im Rückstand mit der Zeit.

Natürlich habe ich es gemacht. Für Dieter Hildebrandt hätte ich jederzeit eine Nummer gekürzt.

Die Improvisationsfreudigkeit, die sich zu seiner Scharfzüngigkeit gesellte, habe ich stets an ihm bewundert. Seine Texte mit den ganzen Stotterern und Satzabstürzen darin waren sehr genau einstudiert, und auf dieser als Zufall getarnten Exaktheit konnte er mit Improvisationen abheben. Aber dazu brauchte er ein Publikum. Das Publikum war sein Vitamin.

Er war ein Wortzauberer, einer, der dem Erzählen vertraute, ein Satiriker, der Politik in Pointen verwandelte und Pathos in Lächerlichkeit.

Eine meiner Lieblingsnummern von ihm ist seine Rezitation des Gedichts »Der Mond ist aufgegangen« von Matthias Claudius. Ich zitiere den Anfang aus dem Gedächtnis: »Der Mond, meine Damen und Herren, der Mond, das möchte ich hier in aller Deutlichkeit gesagt haben, der Mond ist aufgegangen! Und auch wenn es von der Opposition immer wieder bestritten wird: die goldnen Sternlein prangen! Und sollte sich nicht gerade die Partei mit dem ›C‹ im Namen wieder einmal vergegenwärtigen, wo sie prangen? Am Himmel hell und klar!

Und etwas muss ganz klar gesagt werden: Der Wald steht schwarz und schweiget ...«

Und so weiter. Damit hat Dieter Hildebrandt ein ständiges Alarmglöckchen in mein Ohr gehängt, das sofort klingelt, wenn ich einen Menschen aus der Politik sagen höre »ganz klar«.

Uns Schweizern der Kabarett- und Kleinkunstszene wurde er gelegentlich auch vorgehalten, im Sinn von: »Wieso spielt bei uns keiner so auf den Mann? Wo ist unser Scheibenwischer?«

Für mich stand er immer als Möglichkeit im Hintergrund, wie politisches Kabarett sein könnte, doch ich habe nie versucht, ihm nachzueifern, denn auf diese Art konnte das eben nur er, der Dieter Hildebrandt.

Gerhard Meier

Es ist schön, dass so viele Menschen da sind, um an Gerhard Meier zu denken, ich begrüße alle, die da sind, aus Niederbipp, aus Amrain und anderswo, ich begrüße seine Familie, und ich begrüße auch die, die nicht da sind, es schien mir vorhin, als hätte ich unten an der Treppe den weißen Bart Werner Morlangs aufleuchten gesehen.

Am Morgen setze er sich jeweils, so Gerhard Meier, zuerst mit einer Kanne Kaffee vor sein Gartenhaus und schaue, wohin die Wolken ziehen, wie es dem Himmel gehe und allem, was darunter sei, den Wiesen, den Häusern, dem Dorf, den Menschen.

Wer den Tag so beginnt, kann nur ein Dichter sein.

Er habe über Jahrzehnte seines Lebens, so Gerhard Meier, jeweils am Samstag, wenn dies möglich war, einen sogenannten Stadttag unternommen.

Wer seine Samstage so verbringt, kann nur ein Dichter sein.

»Mit drei-, vier-, fünfundsechzig Jahren geht man einem Fluss entlang, samstags, deklariert diesen als einen nordame-

rikanischen, empfindet dessen Grau-, Orange-, Gelbtöne als indianische Töne, halluziniert ein Kanu darauf, mit dem letzten Mohikaner darin, gekrönt mit zwei, drei bunten Federn.«

Wer einen Fluss wie die Aare bei Olten so beschreibt, kann nur ein Dichter sein.

Gerhard Meier war ein Dichter, und er hatte den Mut, lange vor der Pensionierung seine geregelte Arbeit aufzugeben, um zu dem Dichter zu werden, der er schon immer war.

Seine Frau Dorli, deren warmherziges Lächeln vor 20 Jahren erloschen ist, unterstützte ihn dabei mit großer Selbstverständlichkeit, indem sie als Verkäuferin im Chäsi-Kiosk Niederbipp arbeitete. Zusammen mit dem, was ihm seine Bücher und Lesungen einbrachten, sowie mit gelegentlichen Werkbeiträgen, Förderpreisen oder Zustupfen aus dem Freundeskreis, erlaubte das vorläufig ein Fortkommen, ein Fortkommen bescheidener Art.

Wir fuhren einmal zusammen im Zug zu den Literaturtagen in Fresach in Kärnten, und als Gerhard irgendwo im Vorarlberg sagte: »Jetz nämemer es Gaffee«, war ich sehr einverstanden und wollte mich auf den Weg zum Speisewagen machen, da zog Dorli aus einer Tasche einen Thermoskrug und schenkte uns den Kaffee ein, den sie am Morgen in Niederbipp gebraut hatte, wickelte auch ein paar Znünibrote aus einer Alufolie, und es war klar, dass das die Verpflegung war, die unter Vermeidung der Speisewagenkosten bis Fresach reichen musste.

Es war nicht zuletzt diese Bescheidenheit, die ihn glaubwürdig gemacht hat, er hat auf geradezu verblüffende Weise dem Bild entsprochen, das wir uns von einem Dichter zu machen belieben.

Dazu kam die Verbundenheit mit dem Ort seiner Herkunft, dem er auf gelassene Weise treu blieb, weil er wusste, dass in ihm die Welt zu Hause war. Reisen hat er zwar unternommen, in späteren Jahren, nach Rügen etwa, wo seine Mutter herkam, nach Israel auch, zu den biblischen Stätten, oder in sein Heimwehland Russland, zu Tolstois Geburtshaus, aber er musste ja nicht nach Nordamerika, um zu wissen, wie die Flüsse dort aussehen.

Und so kam es, dass die Welt *ihn* besuchte, um – ja, warum? Um an der Kraft zu schnuppern, die von ihm ausging, um sich an seiner Beharrlichkeit zu stärken, um sich zu vergewissern, dass man so leben kann, um hinter ihm her in seinen verschlungenen Gedankengängen durch seinen Schädel zu wandern, und vielleicht auch einfach, um ihm zu zeigen, dass man ihn gernhatte.

Am schönsten hat es der Autor Christoph Simon ausgedrückt. Als er an seinem Buch »Spaziergänger Zbinden« arbeitete, fuhr er mit einem Kind im Tragetuch unangemeldet nach Niederbipp, unangemeldet, weil er nicht wagte, vorher anzurufen, und klopfte bei Gerhard Meier, von dem er überaus freundlich empfangen wurde.

Auf die Frage, was er sich von diesem Besuch erhoffte, sagte er später: »Gar nichts. Ich wollte ihm einfach begegnet sein.«

Ähnlich hätte es vielleicht Mani Matter gesagt, der auf Gerhard Meiers frühe Werke aufmerksam geworden war und ihn mit seiner Frau Joy besuchen wollte, ein Datum war bereits abgemacht. Doch, wie es in Johann Peter Hebels Geschichte »Unverhofftes Wiedersehen« heißt, da meldete sich der Tod, und im Jahr danach fragte mich Joy, ob ich sie zu einem Besuch begleiten würde, und so lernte ich Gerhard Meier kennen.

Gelesen hatte ich ihn allerdings schon vorher.

Ich erinnere mich gut an den ersten Text, der mich von ihm beeindruckte. Er stand im Buch »Es regnet in meinem Dorf«, das 1971 im Walter-Verlag erschien und begann so:

»Wenn sich des Jahres erster Radrennfahrer im Training auf der Strasse zeigt – dann ist Frühling.

Im Takt arbeiten seine Fuss- und viele andern Muskeln, seine Stirn gibt die Feuchtigkeit ab, welche mit Staub vermengt, die berühmte Patina hergibt der Gesichter der Radrennfahrer, dieser fröhlich gekleideten Männer.

Diese Erscheinung wird Schmetterlinge nach sich ziehen und Leute auf die Promenaden.«

Wer den Frühling so beschreibt, kann nur ein Dichter sein.

Und bald sind sie da, die Schmetterlinge, seine großen Lieblinge, im Prosaband »Der andere Tag« von 1974:

»Schmetterlinge, soll Kaspar zu Katharina gesagt haben, Schmetterlinge führten Wanderflüge durch, wie die Zugvögel. Sie flögen von Afrika nach Europa, über Meere und Berge. Der Totenkopf zum Beispiel gehöre zu diesen Wanderfaltern. Er vollführe mit seinen Schwingen vierzig bis siebzig Schwingungen pro Sekunde und könne bei Rückenwind die Geschwindigkeit eines Schnellzugs erreichen. Ein anderer berühmter Wanderfalter sei der Monarch. Dieser fliege von Mexiko über tausende von Kilometern in den Norden der Vereinigten Staaten und nach Kanada. Seine Nachkommen flögen im Herbst wieder zurück nach Mexiko. Früher habe man vermutet, Wind, Sonne, Temperatur, Luftfeuchtigkeit oder bestimmte Landschaftspunkte dienten den Wanderfaltern als Orientierung. Heute neige man eher dazu, an eine Beeinflussung der Falter durch das Magnetfeld der Erde zu glauben. Wissenschaftliche Versuche hätten ergeben, dass Insekten tatsächlich auf dieses Magnetfeld reagierten, soll Kaspar, wie gesagt, zu Katharina gesagt haben.«

Und mit den Schmetterlingen hält die indirekte Rede Einzug in Gerhard Meiers Prosa, diese Ausdrucksweise, die immer einen Schritt zurückweicht vor dem Beschriebenen, dieser Kunstgriff der deutschen Sprache, der die Übersetzerinnen zur Verzweiflung und die Wirklichkeit zum Wackeln bringt, weil sie diese aus einer Tatsache in einen Gedanken verwandelt, aus einem Indikativ in einen Konjunktiv, und der so gut zum Dichter passt, der zu Hause sitzt und sich die Welt ausdenkt. Kaspar und Katharina kennen wir vor allem als Figuren, die »gesagt haben sollen«, und oft stehen Gerhard Meiers Akteure nicht vor einem Doppelpunkt, sondern wandern uns hinter einem Komma davon.

Wer sich so viel indirekte Rede leistet, kann nur ein Dichter sein.

Ich fragte Gerhard einmal, ob er mit mir aus Zürich davonwandern würde, und so trafen wir uns am Hauptbahnhof und brachen zu Fuß nach Westen auf, durch die Hohlstrasse am Güterbahnhof und den Reparaturwerkstätten vorbei, standhaft den Limmatwanderweg vermeidend, im Schatten der Dienstleistungsgebäude von Altstetten, in der Sonne neben den Schrebergärten und Fußballfeldern vor dem Gaswerk Schlieren, hoben in Dietikon Mütze und Baskenmütze von den Köpfen, um uns von Zürich in unserm Rücken zu verabschieden und sind, wenn ich mich recht erinnere, erst in Spreitenbach, jenseits der Kantonsgrenze, zum Stehen gekommen.

Gerhard Meier war, wie Robert Walser, ein Spaziergänger, mehr als das, ein engagierter Spaziergänger, der das Gehen fast wie einen Teil seiner Arbeit pflegte, wohl aus der Überzeugung heraus, dass einem im Gehen, wo immer man durchgeht, die Welt begegnet.

Das hat uns übrigens verbunden.

Als ich ihm mein Buch »52 Wanderungen« schickte, schrieb er mir nach einer Weile: »Ich habe schon die eine und andere Wanderung mit Dir zusammen gemacht und wir hattens gut.«

Eine dieser Wanderungen führte mich im Dezember 2003 von Balsthal über das Hellchöpfli zu Gerhard Meier, und ich möchte Ihnen den Schluss davon vorlesen.

»Ich ging um die kleine Liegenschaft herum, stieg auf der Hinterseite die offene Treppe hinauf, klopfte, rief und trat schließlich ein, rief nochmals und bekam nun Antwort aus dem Schlafzimmer. Ich hatte meinen Besuch um diese Zeit angekündigt und brauchte also kein schlechtes Gewissen zu haben, schön, dass du uns besuchst, sagte Gerhard, setzte heißes Wasser und Milch für einen Kaffee auf, dann saßen wir am Stubentisch und sprachen, während wir Tasse um Tasse leerten und dazu ein Gebäck aßen, das Prousts Madeleine nahe kam, über die gestrige Bundesratswahl, die auch er den ganzen Morgen am Fernsehen verfolgt hatte, und über die militärische Anlage oben an der Kantonsgrenze, welche, wie er mir sagte, ein Raketenabwehrsystem gewesen sei, und er fragte mich, wie es denn auf dem Hellchöpfli aussehe, er sei nämlich, was ich fast nicht glauben konnte, nie dort oben gewesen, er, der seiner nahen Umgebung ein Leben lang derart verbunden war – und über die Kinder sprachen wir und ihre große Arbeit beim Katalogisieren der Welt, und warum wir, die Schreibenden, den Kindern so verbunden sind, ja als Kindsköpfe bezeichnet werden, was eigentlich eine Auszeichnung sei, da ja auch wir laufend mit der Erschaffung der Welt beschäftigt seien, und später setzte ich mich im unteren Stock auf seinen Lesestuhl am Fenster, als es bereits zu dämmern begann, und las den ersten Satz aus dem Buch »Die wiedergefundene Zeit« von Marcel Proust, das auf dem Fenstersims lag, und ich sagte ihm, dass ich ihn um diesen Lesestuhl, der offenbar nur ein Lesestuhl und nichts anderes sei, beneide, und dann fuhr uns die Spitex-Hilfe, die ihm gerade ein neues Bügeleisen gebracht hatte, zum Friedhof, denn ich wollte auch noch Dorli besuchen, bei deren Beerdigung in der Kirche nebenan ich seinerzeit Cello gespielt hatte, und wir gingen unter der mächtigen, ausladenden, pflastersteinsprengenden Ulme hindurch zu ihrem schönen, einfachen Grabstein, Dora Meier-Vogel, 1917–1997, und als er mich nachher zum Bahnhof begleitete und auf eine planierte Fläche hinwies, wo früher die Bäckerei gestanden habe, die Bäckerei, deren Inhaber man während Generationen Beckläng genannt habe, weil sie alle so groß waren, entstand schon wieder hinter dem Niederbipp vor unsern Augen das Amrain im Kopf, und wir gingen langsam, ab und zu hielt er sich an einem Gartenzaun des heutigen Niederbipp ein bisschen fest, wie um sicher zu sein, dass es die Welt um ihn herum noch gab und er sich nicht bereits ganz in seinen kantigen Kopf zurückgezogen hatte, und als wir am Kiosk in der Nähe des Bahnhofs vorbeikamen, erinnerten wir uns an das Foto, das ich vor fast dreißig Jahren von Dorli gemacht hatte, als sie hier Zeitungen und Zeitschriften verkaufte, und er bestand darauf, mit mir durch die Unterführung bis auf das Perron zu kommen und erwähnte, dass er als Infanterist im Militär wohl mindestens einmal um die Welt gegangen sei, und als ich in den Zug einstieg, winkte er mir mit beiden Händen und ging dann die Treppe hinunter, zurück in das Niederbipp vor seinen Augen und das Amrain in seinem Kopf.«

Marcel Proust lag nicht zufällig auf dem Fenstersims, er gehörte für Gerhard Meier zu den Großen, aber ich weiß nicht, ob er die ganze »Wiedergefundene Zeit« gelesen hat, er las oft nur wenige Sätze am Tag, aber die saugte er geradezu in sich hinein, Robert Walser, Gottfried Keller, Rainer Maria Rilke, Leo Tolstoi, Claude Simon, die Dichter eben, welche wie die großen Maler hinter der ersten Welt eine zweite Welt zu errichten im Stande waren, eine vorgestellte, eine Welt in indirekter Rede, deren Zerbrechlichkeit Gerhard immer bewusst war, aber an deren unbedingte Notwendigkeit er zeit seines Lebens glaubte.

Oder wie es sein Alter Ego Baur in der »Toteninsel« sagt:

»… es mag also geschehen, was will: wenn nicht Poesie dazukommt, zumindest eine Prise, vegetativ, dann bleibt die Suppe ohne Salz.

Dabei kann ich dir nicht sagen, Bindschädler, was Poesie ist. Ich kann dir nicht einmal sagen, was Salz ist. Und warum unser Leib auf Salz hin angelegt ist, unser Leben auf Poesie hin, das pfeifen vermutlich die Spatzen von den Dächern. Aber verstehen müsste man's, Bindschädler.«

Wer Poesie so beschreibt, als etwas Unverständliches, kann nur ein Dichter sein.

In Niederbipp, das muss auch noch gesagt sein, wusste man durchaus, was man an diesem Dichter hatte. Nicht nur, dass ihm das Ehrenbürgerrecht verliehen wurde, man hat auch den Lehnweg, an dem er wohnte, schon zu seinen Lebzeiten in »Gerhard-Meier-Weg« umbenannt, nicht nur zu seinem Vorteil, wie er mir einmal schmunzelnd erzählte. Er hatte telefonisch etwas auf Rechnung bestellt, und als er nach seinem Namen auch die neue Adresse sagte, glaubte man ihm zuerst nicht und wollte ihm das Bestellte gar nicht schicken. Er geriet in einen etwas peinlichen Erklärungsnotstand, bis er es dann doch bekam.

Einige Jahre nach Dorlis Tod schickte er ihr sein letztes und anrührendstes Buch nach, »Ob die Granatbäume blühen«, welches neben der Melancholie des Abschieds voller Vorfreude auf das Wiedersehen mit Dorli ist. Wenn sie wieder zusammen seien, schreibt er am Schluss, »gleiten du und ich in deinem Schattenboot von Walden her über die Waldenalp hin, Richtung Lehnfluh, eskortiert von Kohlweißlingen, Distelfaltern, Abendpfauenaugen und einem Admiral.«

Gerhard Meier hat mit der Vergänglichkeit nie gehadert, ich glaube im Gegenteil, er hat sie geliebt. Wäre unser Leben nicht so vergänglich, wäre es kein Fest – »das dunkle Fest des Lebens«, wie er es in seinen wunderschönen Amrainer Gesprächen mit Werner Morlang genannt hat.

Eines meiner liebsten Gedichte habe ich auf Gerhards Todesanzeige wieder gefunden:

Ich sah

Ich sah
wie die Häuser
die Farbe
verloren

Und sah
wie der Himmel
die Farbe
behielt

Und sah
wie man stirbt
und wie man geboren

wie sommers
die Ströme ihr
Wasser
verloren

Und wie
man gläserne
Marmeln
verspielt

Als Gerhard im Pflegeheim schon am Aufbrechen zu Dorli war, habe ich mit ihm noch telefoniert, er sprach sehr langsam, mit großen Pausen. Das Alter sei da, sagte er, die Kräfte nehmen ab. Ein Papiernastüchlein hervorsuchen sei schon eine Staatsaktion.

Sein Abschiedswort habe ich nicht vergessen: »Es lebt doch jeder in seiner eigenen Strickjacke – oder in seinen eigenen Socken – oder Strumpfhosen.«

Und dann hat er gelacht.

René Quellet

»I säge nüt!«

Ich sage nichts. Dies war der einzige Satz, den der Pantomime René Quellet in unseren »Spielhaus«-Sendungen des Schweizer Fernsehens sagte, und oft haben wir von Eltern gehört, dass ihn ihre Kinder als Waffe gegen sie verwendeten, als Antwort auf eine unangenehme Frage.

Wie es dazu kam? 1971 fragte mich Verena Doelker von der Abteilung Jugend und Familie, ob ich eine Sendung für Vorschulkinder machen könnte, und ich entwarf dann eine Form mit einer sprechenden Figur, die von einer stummen Figur begleitet wurde. Diese sollte das Gesprochene mit gestischen Mitteln illustrieren, verdeutlichen, verlangsamen und damit dem Auffassungsvermögen der kleinen Kinder anpassen. Die sprechende Figur war ich, für die stumme Figur schlug ich René Quellet vor, dessen Pantomimenprogramm mich begeistert hatte.

Bald begannen sich aber hinter diesen beiden Rollen zwei andere Rollen abzuzeichnen, nämlich der Erwachsene und das Kind.

René war einer der wenigen Erwachsenen, die ein Kind spielen konnten, ohne sich im Geringsten anzubiedern.

Die Tür zu seinem eigenen Kinderzimmer stand sozusagen sperrangelweit offen, ein Schritt, und er war drin und kam mit allen Merkmalen des Kindes wieder heraus: Neugier, Ungeduld, Spielfreude, große Freude am Gelingen, tiefe Enttäuschung am Misslingen. Für den Erwachsenen, der nur sein Bestes wollte, war er neben einem liebenswürdigen Gefährten auch ein Schleckmaul und widerspenstiges Nervenbündel, das hartnäckig auf seinen eigenen Ideen beharrte und der Erwachsenenlogik nicht folgen wollte. Dafür liebten ihn die Kinder.

Und diese Liebe erwies sich als dauerhaft.

Wenn ich in den letzten Jahren aus meinen Werken vorlas und danach eine Diskussion mit dem Publikum angesagt war, passierte es manchmal, dass sich eine Weile nichts rührte, bis jemand die Hand hob und wissen wollte: »Was macht eigentlich der René?«

Die Sendungen, zu denen ich jeweils das Manuskript schrieb, übten wir bei mir zu Hause ein, und René bereicherte und erweiterte sie mit zahlreichen Details, mit kleinen Umwegen, die zu einer Pointe führten. Er war ein großer Meister des Gags, und ich habe von ihm viel über das Clowneske gelernt.

Legendär wurde das »Filmkistli«. Darin schauten wir kleine Stummfilme an, in denen wir selbst als eine Art Comicfiguren auftraten. Die begann schon bald René zu schreiben, und so wie wir in den Sendungen gerne mit dem arbeiteten, was sich im normalen Alltag fand, drehten wir auch die meisten Stummfilme in unserer engeren

Umgebung, etwa in Oerlikon oder in Renés Garten in Le Landeron.

Ein kleiner Spielzug, der sich nach unserm Blick in das Filmkistchen stets wiederholte: Franz richtet sich auf und macht einen Kommentar, René schaut immer noch ins Kistchen, Franz fragt ihn, ob noch etwas komme, René verneint, Franz fragt ihn, wieso er denn noch weiterschaue, und René macht eine unbestimmte Geste, welche die ewige Hoffnung des Kindes andeutet, es möge nicht zu Ende sein und vielleicht komme eben doch noch etwas. »The child is father of the man«, sagte der Romantiker William Wordsworth, und René verkörperte dieses Kind, das jeder Mensch einmal war.

Unsere berufliche Zusammenarbeit wurde zu einer Freundschaft, die auch nach dem Ende der Fernsehsendungen weiter bestand. In den letzten Jahren allerdings nahmen Renés Kräfte ständig ab.

Am 4. August habe ich ihn angerufen, man gab ihm das Telefon, und ich gratulierte ihm zum 86. Geburtstag. Ich hörte nur seinen Atem, aber er sagte nichts mehr.

Dora Koster

Was Schmerz ist weiß ich und was Glück ist
ahne ich
es liegt dazwischen
ich bin nie auf diese Welt gekommen
ich habe sie nur eingeatmet

so beginnt ein Gedicht von Dora Koster.

Es war ganz offensichtlich, dass sie wusste, was Schmerz ist. Wer sie in ihren letzten Jahren kannte, war fast nur mit ihrem Schmerz konfrontiert, ihre Nachrichten auf dem Telefonbeantworter waren Hilferufe, heftige, hastige, schnell gesprochene, immer schwerer verständlich, es kamen explodierende Blutdruckwerte darin vor, Herzinfarkte, erblindendes Augenlicht, ungerechtfertigte Aufenthalte in Spitälern und psychiatrischen Anstalten, »bi devoogloffe!«, und versuchte man sie zurückzurufen, lief man in ihren Beantworter hinein, der einem mitteilte: »Keine Aids-Hilfe unter dieser Nummer«.

Autoritäten waren ihre Feinde, medizinische, literarische und gesellschaftliche, oder wie sie in einem Gedicht festhielt:

Ich bin mein eigener Präsident

um dann sogleich fortzufahren

mein eigener Wurm
mein eigenes Nichts
die eigene Ferne
die eigens alles verändern kann
wenn es von Nöten ist
ich bin mein eigenes Staunen
über die vielen Möglichkeiten
mein eigenes Meer
in dem ich nach Korallen suche

und da ist sie, die Dichterin, die zarte, die verletzliche, die sich an keiner Zukunft und an keiner Herkunft halten kann.

Wär die Waschfrau meine Mutter
wär der Besen mein Vater
wär ich die Schaufel
aber Mutter ist Jüdin
und Vater ein Gefallener
also hab ich zu stehen
und so steh ich ohne Pfennig
mit einem Lächeln in der Tasche
Poesia

Damit hat sie sich gewehrt gegen die Unwirtlichkeit des Lebens, mit Gedichten, die sie atemlos zu Papier brachte auf geliehenen Schreibmaschinen und sich dennoch ständig als Geschlagene vorkam.

Eure Schläge
sind mein Preis
und letztlich der Beweis
dass ich denke.

Und sie schlug zurück.

In einen Vortrag, den Peter von Matt einmal über die Schweizer Literatur nach Frisch und Dürrenmatt hielt, brach sie ein wie ein Gewitter, wetterte gegen die Kulturmafia und schleuderte kämpferische Flugblätter über uns alle, die wir ziemlich baff dasaßen, und verzog sich dann so schnell, wie sie gekommen war.

Sie sah sich zugleich tief unten und hoch oben:

Tiefe ist Höhe
kein Geier
beschwert sich beim Aas

Legendär waren ihre Voten an den Generalversammlungen der ProLitteris, in denen sie stets irgendetwas Unmögliches forderte, das dann von Direktor Ernst Hefti gelassen und freundlich in die Realität zurückgeholt wurde.

Deine bleichen Worte würden nie
die Kraft besitzen
mich einzuholen
auf dem Weg zur Vernunft.

Viele von uns, die heute Abend hiersitzen, haben versucht, sie zu begleiten auf dem Weg zur Vernunft, ohne ihre Unvernunft in Frage zu stellen, welche ja die Quelle ihrer Kreativität war. Wir alle kannten ihren ewigen Geldmangel, der auch mit dem gelegentlichen Zustecken eines Couverts nicht zu beheben war.

Schwesterchen ich rate Dir Geld zu haben
und wenn Du keines hast dann beschaff es Dir
und wenn Du es nicht beschaffen kannst
dann nimm es Dir
Schwesterchen
kein Geld zu haben ist kriminell
als hättest Du die Schande erfunden
arm sein Schwesterchen darfst Du nicht
alles andere ist genehmigt.

Und alles andere?

Dora kannte mehr als das Strampeln um das Notwendige. Sie konnte herzlich sein und fröhlich, sie lachte gerne oder hatte ein Lächeln in der Tasche, hatte auch etwas Lausbübisches, wenn sie erzählte, wie sie jemandem einen Streich gespielt hatte. Nie wirklich angekommen in dieser Welt, war sie mit ihrer unglaublichen Vitalität doch näher beim Leben als viele, die den Tanz der Soliden tanzen.

Alles war mir fremd
von Anfang bis zu End
was zwischendurch
als Blitz mich küsste
war die Sekunde die ich nützte
zu lieben

Und noch ein Liebesgedicht, mit dem ich schließen möchte:

Du hast mir alles beigebracht
das Lieben
das Vergessen
und das Sterben
für das Lieben danke ich Dir
für das Vergessen danke ich Dir auch
aber jeden Tag sterben
das wollte ich nicht

Jürg Nänni

Einmal, im letzten Jahrhundert, bestieg ich mit meiner Frau und den beiden Söhnen, die damals noch Kinder waren, den Stromboli, diesen erstaunlichen feuerspeienden Berg auf den Liparischen Inseln. Etwa auf halber Höhe holte uns ein Schweizer ein, mit dem wir in ein angeregtes Gespräch kamen, worauf wir den zweiten Teil des Wegs bis zum Gipfel gemeinsam zurücklegten. Die Spalte, aus welcher etwa jede Viertelstunde eine Lavaladung ausgestoßen wurde, die dann die berühmte, weithin sichtbare Sciara del Fuoco in Richtung des Meeres hinunterfloss oder -kugelte, liegt etwas unterhalb des Gipfels, und als ich Jürg Nänni, denn um ihn handelte es sich beim Schweizer, fragte, ob er mit mir zum Rand der Spalte komme, damit man sozusagen in die Tiefe der Hölle blicken könne, wo sich die nächste Ladung brodelnd zusammenbraute, war er einverstanden. Wir schauten zuerst, in welche Richtung der Ausstoß ging, es war die Richtung nach unten, also rannten wir nach dem nächsten Ausstoß zum Rand der Spalte und blickten fasziniert in das glühende Erdinnere. Die nächste Eruption, die durch ein brüllendes Zischen begleitet wurde, direkt am Spaltenrand zu erleben, war ein starker Eindruck, und als Jürg danach vorschlug, wieder zurückzugehen, überredete ich ihn, noch eine zweite aus der Nähe abzuwarten. Der Naturwissenschafter zögerte ein bisschen, aber da er auch eine Abenteurerseele hatte, stimmte er zu, und wir blieben in gespannter Erwartung am Krater stehen. Als der Ausstoß kam, sahen wir sofort, dass er nicht mehr in die Richtung des Meeres zielte, sondern in unsere Richtung, drehten uns um und rannten wie die Hasen zurück. Jürg war geschickter als ich, denn ich stolperte auf der Flucht vor einem großen Lavabrocken, dessen ballistische Kurve auf mich zielte, fiel hin, und der Lavabrocken sauste über mich hinweg. Wäre ich nicht gefallen, hätte er mich vielleicht getroffen, aber ich büßte den Sturz mit einem verstauchten Knöchel und einer schmerzhaften Rippenprellung. Die Nacht verbrachten wir in den Schlafsäcken auf dem warmen Vulkanboden, und am nächsten Tag musste ich mir für den Abstieg aus einem Strauch einen Stecken herausbrechen, auf den ich mich als Krücke stützen konnte.

Solche Erlebnisse verbinden, und wir blieben in lockerem freundschaftlichem Kontakt. Ich schickte ihm gelegentlich eines meiner Bücher, bestimmt meinen Roman »Der neue Berg«, in welchem in der Nähe von Zürich ein Vulkan ausbricht, und der Naturwissenschafter Jürg entpuppte sich auch als Künstler, über dessen verwirrende Trompe l'oeils in seinen Büchern meine Frau und ich gerne rätselten.

In unserem Jahrhundert lud mich der Dozent Jürg für einen Auftritt an der Technischen Hochschule Windisch ein, in einer Veranstaltungsreihe mit dem lakonisch-hintersinnigen Titel »Von A nach B«. Er zeichnete ihn auch auf Video auf, und meine Ballade vom Weltuntergang, geschrieben 1973, aufgenommen am 24. Oktober 2011, kann man heute noch auf Youtube anschauen.

Ein Jahr zuvor, auch im Oktober, lud mich der Abenteurer Jürg zusammen mit dem Künstler Roman Signer zu einem Gang ins Ofenloch im Appenzell ein, den es durch eine frisch verschneite Schlucht zu erreichen galt. Ich habe dort das Wort »häl« für »glitschig« gelernt, es kam bei wiederholtem Überqueren des Bachbettes zu Ausrutschern ins knöcheltiefe Wasser, das Wort »isländisch« fiel, einmal musste man sich an einem nassen Seil hochziehen, bis schließlich der zweite Gast mit Jürg kurz vor Erreichen des Zieles zurückblieb, während ich mich noch bis zur urzeitlichen Höhle vorwagte, einer Vulva der Mutter Erde, aus der nicht Feuer emporgeschleudert wurde wie bei unserer ersten Begegnung, sondern aus der sich in kindlicher Anmut ein Wasserfall ergoss.

Eine geplante Wanderung zum Wildkirchli kam dann nicht mehr zustande, da es Jürg für immer längere Zeiträume nach Bali zog, wo er wohl den Elementen der Erde, die er so liebte, näher war.

Alex Sadkowsky

Nun bist du
das allererste Mal achtzig
Stammgast der Luft
verzögerter Blitz
im Festgewande des Engels
mit einem Schuh des Satans.

Ich schicke dir
eine Geburtstagsfliege
nach Thailand
wo du die Zeit entzwei schneidest
wo du die Ameisen schreien hörst
und wo du wartest
auf die Niederkunft der Wespe
und auf den ewigen Sommer.

Das alles waren
deine eigenen Worte
aus deinen Briefen
aus deinen Gedichten
und der Fliege

binde ich nun
an ihren zarten Fuß
ein paar Worte von mir.

Du arbeitest immer noch
wie ich höre
als Bildervulkan
spuckst ununterbrochen
deine Metaphern in Öl und Acryl
in den Himmel
rollst deine fantastischen Lavaströme
in Leinwände ein
umwickelst diese mit deinen Papieren
randvoll mit Sprache gefüllt
um irgend einmal im Frühling
wenn der ewige Sommer doch nicht kommt
zurückzukehren hierher
und uns mit Feuer und Flamme
zu wärmen.

Das ist
viel Glück!
Für dich
und für uns.

Urs Widmer

Heute Morgen
beim Blick aus dem Fenster:
der Kirschbaum blüht
und bringt mir die Botschaft
der Frühling sei da.

Wenig später
im Radio die Meldung
Urs Widmer sei gestern
gestorben.

Dem Kirschbaum
nehme ich seine Nachricht ab
dem Radio nicht.

Urs ist nicht tot
er ist nur aufgebrochen
voll Neugier und Wanderlust
zu einer großen Reise
bis an den Rand des Universums.

Carl Thöny

Wir haben uns als Nachbarn und Quartierbewohner kennen gelernt, Carl und ich, mit unsern Frauen Magdalena und Ursula, am Wäldlitreff, wo Familien mit ihren Kindern einmal im Monat einen Abend zusammen verbrachten, zu dem man etwas zum Grillieren mitnahm und sich über alles unterhielt, was einen gerade bewegte.

Daraus ist dann eine über 30-jährige Freundschaft entstanden.

Wie bin ich erschrocken, als mir Carl, vor 6 Jahren nach den Sommerferien auf der Gubelhangstrasse, mitteilte, er habe Nierenkrebs. Er sagte es leicht verwundert und eher beiläufig, so wie man erzählt, man habe einen Sonnenbrand aufgelesen.

Und bei dieser gelassenen Haltung blieb er bis zuletzt. Bei Besuchen im Spital, bei Besuchen zu Hause, bei Telefonanrufen, immer versuchte er, möglichst sachlich über seinen Zustand zu berichten. Er wollte offensichtlich kein Drama daraus machen.

Noch diesen Frühling, nach seiner Rückkehr aus der Reha in Heiden, wenn wir uns auf der Gubelhangstrasse begegneten, scherzten wir über die Tätigkeiten der Pensionierten, er mit einer Einkaufstasche, ich mit einem Einkaufswägelchen.

Früher waren wir ja oft zusammen mit Rucksäcken unterwegs, z. B. auf dem Vorder Glärnisch, als unsere Kinder noch zur Schule gingen, aber tapfer mitstiegen. Eine kleine Karawane bewegte sich da unter Carls Führung die steilen Bergwege hinauf.

Später dann, als die Kinder schon Halbwüchsige waren, gingen wir einmal von Avers aus auf den Piz Platta, wir zwei Ganzwüchsigen, mit Sohn Christian, der einen Arm im Gips hatte. Carl hatte für ihn ein kleines Seil mitgenommen, eine sogenannte Reepschnur, um ihn notfalls sichern zu können. Tatsache war aber, dass es mir vor dem steilen Abgrund so graute, dass ich Carl bat, *mich* mit dem mitgebrachten Seil zu sichern, was er dann als guter Tourenleiter auch tat. Wenn ich mich richtig erinnere, hat Christian ein bisschen gelächelt damals.

Zu Recht, denn bei dem über Jahre dauernden Projekt, das Vater und Sohn später zusammen durchzogen, nämlich die Besteigung sämtlicher Viertausender der Schweiz, wäre ich wohl kein geeigneter Begleiter gewesen.

Aber für einen freundlichen Dreitausender wie den Piz

Duan mit seinem wunderbaren Talblick ins Bergell, da kam ich durchaus in Frage. Carl wanderte damals von Nufenen aus über die wenig begangenen Berge und Pässe zu uns ins Avers hinüber wie ein einheimischer Wilderer oder Wildhüter, um mit mir zusammen diese Tour zu machen.

Und dann einmal seine Frage, auch eher beiläufig, er suche noch einen Kameraden für eine Reise nach Guatemala und Mexiko, am liebsten einen, der Spanisch könne. Ich erfüllte beide Bedingungen, nämlich die, Spanisch zu können, und auch zu einem Kameraden von Carl war ich mittlerweile geworden, und so ging ich mit ihm auf die Reise, vor 27 Jahren. Zuerst besuchten wir Tochter Catrina, die ein Austauschjahr in Guatemala verbrachte, und reisten dann von dort aus nach Mexiko und wieder zurück.

Einmal überredete ich Carl, für eine Einladung der Gastfamilie mit mir zusammen zu kochen, wir machten als Vorspeise ein Birchermüesli und als Hauptspeise Spaghetti mit einer abenteuerlichen Sauce, und die eingeladenen Frauen traten immer wieder unter den Türrahmen der Küche, um einander die zwei exotischen Mannsbilder zu zeigen, die tatsächlich in der Küche standen und kochten.

Wir bestiegen vier Vulkane, den Pacaya, den man von Guatemala City aus speien sieht, nachts, zum Entsetzen unserer Gastgeber, den erloschenen Agua, dann in Mexiko den neu entstandenen Paricutín, der im selben Jahr geboren wurde wie ich, und den uralten Popocatépetl, an dessen Kraterrand Carl als Erster anlangte und mir hingerissen vom Blick in die Tiefe des Kraters zurief: »Franz, muesch cho luege!«

Carl war, und das merkte man ihm nicht immer an, ein ausgesprochen begeisterungsfähiger Mensch. Geografie oder Geologie waren für ihn mehr als trockene Wissensgebiete. Die sorgfältig terrassierten Ackerbau-Gelände etwa in Guatemala betrachtete er mit ähnlichem Genuss wie ein Kunstliebhaber einen Original-van Gogh.

Die Geologie des Hochtal Avers, wo auf dem Stallerberg und der Fallerfurka der Zusammenstoß der Kontinentalplatte aus Afrika und derjenigen aus Europa sichtbare Spuren hinterlassen haben, schilderte er so, dass er sagte, wenn er auf dieser geologischen Trennlinie stehe, verreiße es ihn fast.

Als ich in einer Erzählung die Biographie eines Steins schreiben wollte, las ich auf einer Baustelle in der Gubelstrasse einen Stein auf, brachte ihn zu Carl und fragte ihn, was dieser für eine Geschichte habe. Carl identifizierte ihn sofort, den Verrucano aus dem Linthgletscher, und ich konnte meine Erzählung schreiben.

Der Stein liegt noch jetzt auf meinem Schreibtisch, zusammen mit einem Lavastein vom Paricutín in Mexiko. Beide erinnern mich an Carl.

Als ich ihn vor vierzehn Tagen besuchte, saß er auf dem Balkon, durch und durch entkräftet, und nach der Beschreibung seines Zustandes sagte er: Jetz cha der Tod cho.

Und am Samstag vor einer Woche, als bei meinem letzten Besuch auch Christian mit Chantal vorbeikam und die drei Enkelkinder hereinstürmten und ihren Großvater auf dem Sofa fröhlich begrüßten, dachte ich, es muss schön sein, wenn man einverstanden sein kann mit dem Tod und sieht, wie das Leben weitergeht.

Aber sein Tod heißt für mich, dass wir uns nie mehr auf der Gubelhangstrasse sehen werden, mit Einkaufstaschen und Einkaufswägelchen, und dass ich das Rheinwaldhorn, seinen Hausberg, der auf seiner Todesanzeige zu sehen ist und dessen gemeinsame Besteigung sich durch die Kräfte der Meteorologie und der Agenden immer wieder verschoben hat, dass ich das Rheinwaldhorn ohne seine Begleitung werde ersteigen müssen.

Christoph Homberger/Christoph Keller

Es ist selten, dass man sich für ein Konzert die Badehosen anziehen muss. Etwas unvertraut mit den Regeln des Hallenbads entledige ich mich meiner Kleider, versorge sie in einem Spind, den man nach Einwurf von fünf Franken abschließen kann, schlüpfe in meinen Morgenmantel und gehe in die große Halle mit dem Schwimmbecken. Es ist kurz vor 23 Uhr, das Bad wurde für das Konzert nochmals geöffnet, einige Besucher ziehen schon ihre Längen auf den Bahnen, die mit Seilen voneinander getrennt sind. An der Längsseite des Beckens steht ein Konzertflügel, daneben ein Notenständer.

Der Sänger geht bereits in einem weißen Bademantel auf und ab. Eigentlich kam ich nicht zum Schwimmen, aber da noch zehn Minuten bis zum Anfang bleiben, lege ich Bademantel und Frottiertuch auf eine Bank neben einer Säule, steige die Treppe hinunter ins angenehm warme Wasser und schwimme zweimal hin und her. Dann trockne ich mich ab, gehe zu meiner Bank auf der gegenüberliegenden Seite des Flügels, ziehe meinen Morgenmantel an und warte.

Zu meiner Überraschung zieht nun auch der Sänger

seinen Bademantel aus und begibt sich in seinem Konzertanzug, einer schwarzen Badehose und einem schwarzen T-Shirt, kurz ins Wasser, um sich nachher daraus emporzuschwingen und sich, die Beine im Wasser, auf den Rand des Beckens zu setzen. Dann steht er auf und erhebt seine Stimme, um etwas über das bevorstehende Programm mitzuteilen, von dem nur das Wort »Schubert« klar bis zu mir herüberdringt, da viele der Konzertbesucher noch am Crawlen oder Brust- und Rückenschwimmen sind und sich ihr Plätschern durch den Widerhall von Wänden und Decken fast wie das Geräusch eines munter gurgelnden Bergbaches anhört. Doch als sich der Sänger nun wieder setzt, die Beine ins Wasser taucht, und eben dieses Geräusch zu besingen beginnt, sammeln sich die Schwimmenden vor ihm und lauschen, indem sie ein Publikum aus lauter Köpfen bilden, dem Lied »Ich hört ein Bächlein rauschen«, das nach fast 200 Jahren immer noch mühelos über alle Stauseen, Flusskraftwerke und Turbinen hinweg direkt in unser Gemüt dringt.

Der erste Applaus erklingt, einige, die im Wasser liegen, strampeln zum Zeichen ihrer Begeisterung mit den Füßen, andere erheben die Hände über ihren Köpfen, aber da sind auch alle diejenigen, die sich um den Sänger und den Pianisten herum lagern und ihre Hände frei haben, auf Bänken oder Badetüchern sitzend, liegend, und auch wir von der entgegengesetzten Seite stimmen mit ein, über unsern Köpfen erhebt sich sogar noch eine Empore, denn das Hallenbad ist ein hoher, fast sakraler

Bau, dem Gott der Ertüchtigung gewidmet, und nur ausnahmsweise, wie heute Nacht, der Heiligen Caecilia, der Schutzpatronin der Musik.

Nach drei Schubert-Liedern steigt der Sänger ins Wasser, beginnt gemächlich hin und her zu schwimmen, und überlässt das Konzert dem Pianisten, der nun einige Stücke von Chopin spielt, besonders fließende, wie mir scheint.

Eine Frau neben mir steht auf, geht zum Bassin und schwimmt in die Nähe des Pianisten, ein Mann macht lange Tauchgänge unter Wasser und kommt dann kurz an die Oberfläche, als wolle er möglichst viel Chopin unter Wasser hören, eine Frau hält eine andere Frau unter dem Nacken und schwimmt mit ihr ganz langsam dem Klavierspieler zu, Liegende stützen sich mit dem Ellbogen auf und winkeln die Knie an, und auf einmal merkt man, wie sehr man bei einem gewöhnlichen Konzert auf einen Stuhl und damit in eine Haltung gezwungen wird, und wie schön es ist, dem Körper eine Auswahl von Hörstellungen anbieten zu können.

Es sei gar nicht so hallig, sagt der Sänger, bevor er weiterfährt, im weißen Frotteemantel, den er über seinen klitschnassen Badeanzug gelegt hat und in dem sich langsam die Nässe ausbreitet. Auch ich habe eher eine Kathedralen-Akustik erwartet, verstehe die Ansagen dennoch nicht ganz, bleibe aber da, wo ich bin, und folge mit Genuss und Rührung den weiteren Gesängen. »Leise flehen meine Lieder« ist darunter, und das alles wird so leicht und locker vorgetragen, als wäre der Sänger ein Gast im Hallenbad, der plötzlich einer Laune nachgegangen wäre und sich dazu hätte hinreißen lassen, ein paar Lieder zu singen, so wie andere das gerne unter der Dusche tun, und als er am Ende der Arie »Mein lieber Schwan« beim dritten »Lebe wohl!« ins Wasser springt, dass es hoch aufspritzt, bis zum Flügel, an dem der Pianist souverän zu den Schlussfiguren ansetzt, sind wir alle zufrieden, denn nun wissen wir, dass die zwei nicht als Pflichterfüllung konzertiert haben, sondern zum Vergnügen. Zu ihrem, aber auch zu unserm.

Sie ahnen es, liebe Gäste dieser Feier, mehr als das, Sie wissen es, die zwei Hallenbadmusiker sind Christoph Homberger und Christoph Keller, und das Hallenbad ist nicht der einzige ganz und gar unpassende Ort, den sie im Laufe ihrer Laufbahn mit ihrer Musik in einen Konzertsaal verwandelt haben.

Was trieb die beiden wohl dazu, ihr Publikum zum Beispiel in den trostlosen Heizungskeller des Triemlispitals zu locken, um ihm dort mit Schubert, Schumann und Beethoven einzuheizen, oder in eine Schlosserei, um zwischen Hammer und Amboss die Veilchen blühen zu lassen, oder in eine Autohalle, um neben den glänzenden Symbolen der Mobilität daran zu erinnern, dass das Wandern des Müllers Lust ist, oder ins Brockenhaus, der Hochburg des Secondhand, um inmitten alter Rattanstühle und Nierentischchen »Schad um das schöne grüne Band, dass es verbleicht hier an der Wand« erklingen zu lassen?

Ich glaube, es ist der dringende Wunsch nach Firsthand, es ist die Überzeugung, Kunst müsse sich gerade dort behaupten, wo wir sie nicht erwarten, mehr noch, Kunst lebe erst dort wirklich, wo sie nicht hingehört.

Es ist die Überzeugung, dass unsere mit Taktfahrplänen und Navigationssystemen ausgerüstete Zeit Nachrichten braucht wie: »Ich kann zu meiner Reisen nicht wählen mit der Zeit, muss selbst den Weg mir weisen in dieser Dunkelheit.«

Es ist die Überzeugung, dass Kunst stets ein Gegenteil ist.

Es ist die Überzeugung, dass ein Lied in allen Dingen schläft, auch in den unansehnlichsten, und dass die Welt hebt an zu singen, triffst du nur das Zauberwort.

Es ist die Überzeugung, dass Kunst immer und überall überlebt, sogar in den Pampas von Zürich Nord, wo Christoph Homberger letzten Herbst im Parterre eines Neubaus etwas so Unzeitgemäßes wie einen Musiksalon eröffnet hat, in dem man bekocht und besungen wird.

»Spontankonzerte« nennen die Cristofori ihre Auftritte an den Brennpunkten des Gegenteils. Es gibt weder Jahresprogramme, Vorschauen noch Inserate, die Konzerte werden kurzfristig angekündigt, es werden ein paar E-Mails an ein Grüppchen von Verschworenen ausgesandt, welche die Nachricht ihrerseits hinter vorgehaltener Hand weitergeben, -flüstern oder -twittern, als ob es um eine unbewilligte Demonstration ginge, um etwas Verbotenes, um ein Stück Samisdat-Kultur, um etwas Riskantes jedenfalls.

»kunscht isch geng es risiko« hat Mani Matter gesungen, und beim Lesen der Lebensläufe der beiden Ausgezeichneten kann man dazu nur nicken.

Wo haben sie nicht überall ihre Kunst angeboten und ausgeübt, in London, New York, Paris, Wien, in Salzburg, Bregenz, Luzern und Hombrechtikon, haben Menschen ausgebildet, von Venezuela bis nach Sils, ich war selbst einmal Schüler in einer denkwürdigen Woche im Waldhaus, in der Christoph Homberger Gäste zu einem Chor zusammengeschweißt hat und die Grenzen zwischen Begabten und Unbegabten verblassen ließ.

Überhaupt die Grenzen.

Aus beiden Lebensläufen kommt einem etwas Grenzenloses entgegen. Dass die Grenzen zwischen Musik und Theater durchlässiger geworden sind, dass da so etwas wie ein freizügiger Bühnen-Schengen-Raum entstanden ist, daran haben beide Cristofori mitgearbeitet. Dass in Christof Marthalers Stücken so viel gesungen wird, hat mit Christoph Homberger zu tun, und dass so schön gesungen wird, mit Christoph Keller, die beide jahrelang zu Marthalers Hauptstützen gehörten.

Der Versuch, die zwei Künstler jeweils mit einem einzigen Ausdruck einzugrenzen, muss scheitern. Christoph Homberger nennt sich selbst »Sänger, Schauspieler, Theatererfinder« und lässt dabei den Musikpädagogen und Chorleiter aus.

Der »Pianist« Christoph Keller war lange Zeit Chefredaktor der Musikzeitschrift »Dissonanz«, Musikproduzent bei Radio SRF2, ist Herausgeber der Werke von Hanns Eisler, und auch er lässt in seinem Curriculum den Chorleiter aus, er war aber Mitbegründer des legendären Chors »Kultur & Volk«, den er vor allem darum gegründet hatte, um Werke von Hanns Eisler aufführen zu können, und den es notabene immer noch gibt.

Noch je ein Lob auf unsere zwei Gelobten als Einzelkünstler:

Christoph Keller hat sämtliche Klavierwerke von Hanns Eisler auf CDs eingespielt, und wer sich in diese Klangräume begibt, findet sich in einem Glaspalast, ist verwundert ob so viel Luzidität und vergisst über der Leichtigkeit der Präsentation, dass es sich um ziemlich verzwickte und vertrackte Stücke handelt, in denen sich irre Gnomentänze mit spröden Meditationen ablösen. Ein Pianist, der durch diese Schule der Klarheit gegangen ist, wird auch die dicksten Akkorde von Schuberts »Erlkönig« nicht in Nebelstreifen verwandeln, sondern mit einer Transparenz hindonnern, die einen erschauern lässt.

Christoph Homberger hat sich gefragt, was sein Beitrag zur Linderung der Flüchtlingstragödie sein könnte und hat mit Hilfe verschiedener karitativer Organisationen einen Flüchtlingschor auf die Beine gestellt, zu dessen Proben zuletzt bis zu 500 Leute kamen, und wer erlebt hat, wie er mit ihnen zusammen übte, und wie aus dem Universallaut »s isch« – »s isch« – »s isch« – »s isch« langsam »s isch äben e Mönsch uf Ärde« wurde, wie dieser Gesang zuletzt bis zu den Stufen des Opernhauses anschwoll, und wie dä Mönsch aus Syrien, Afghanistan oder Eritrea zwischen uns allen uf Ärde stand, wird den Glauben an den Menschen nicht mehr verlieren.

Aber zurück zum Zweierpaar.

Ich freue mich, dass heute ein Duo ausgezeichnet wird. Der Witz und die List der Spontankünstler Homberger/Keller erinnern mich an ein anderes liebenswertes Künstler-Duo, an Fischli/Weiss. Man täusche sich nicht: Ein Duo ist eine anspruchsvolle künstlerische Existenzform, sie verlangt ein großes Maß an gemeinsamem Gestaltungswillen, ein großes Maß an Dialogfähigkeit, und ein ebenso großes Maß an Freundschaft und Toleranz.

Ich gratuliere dem Kanton zu dieser Wahl, ich gratuliere den Preisträgern und hoffe, das Tragen des Preises falle ihnen leicht.

Ich bin sicher, wenn Zürich morgen durch ein Erdbeben zerstört würde, würden Homberger und Keller schon übermorgen in den Trümmern der Bahnhofshalle ein Spontankonzert geben.

Dimitri

Dimitri tot?

Und das sollen wir glauben?

Sein Lachen verstummt?

Seine schalkhaften Augen geschlossen?

Kein »Uiuiuiuiui!« mehr aus seinem breiten
fröhlichen Mund?

Wir verlören also den Clown, der ein halbes
Jahrhundert lang
auf dem Seil zwischen Himmel und Erde tanzte?

Den Clown, der uns nahe brachte, dass auch Poesie
eine Form der Erkenntnis ist?

Den Clown, der uns zeigte, dass die Menschen
dann am menschlichsten sind, wenn sie scheitern?

Den Clown, der glaubte, dass unsere Welt
durch das Lachen menschlicher wird?

Den Clown, der sein Können weitergeben wollte
und ein ganzes Dorf mit seinen Schülern bevölkerte?

Den Clown, der sich nach dem Fallen des Vorhangs
nicht drückte vor dieser Welt und ihrem Leid?

Den Clown, der in unserem Herzen ein Gästezimmer
bewohnte?

Wir werden es irgendwann glauben müssen
und dafür sorgen
dass dieses Gästezimmer nicht leer bleibt.

Martin Vosseler

Vor etwas mehr als 20 Jahren besuchte ich mit Martin zusammen seine Mutter. Sie war, bevor sie ihren Mann heiratete und nach Basel zog, Gemeindeschwester im glarnerischen Elm gewesen und wollte mir zu meiner Novelle »Die Steinflut«, in der ich den Bergsturz von Elm im Jahre 1881 mit den Augen der 7-jährigen Katharina Disch, die ihn überlebte, beschrieben habe, noch einige Geschichten erzählen.

Eine davon war die, dass sie mit dem 10-jährigen Martin im Sommer nach Elm in die Ferien fuhr. Damals gab es noch eine Lokalbahn, deren Gleise zeitweise auf der Straße verliefen. Kurz bevor der Zug Elm erreichte, blieb er stehen, weil ein Leichenzug vom Dorfrand zur Kirche zog. Zu Grabe getragen wurde Katharina Rhyner-Disch, die Heldin meiner Novelle, die mit 86 Jahren gestorben war. Alle Passagiere stiegen aus, die Männer nahmen die Hüte ab, dem Leichenzug gebührte der Vortritt, und niemand murrte über die Verspätung. Dieses Erlebnis beeindruckte den kleinen Martin so stark, dass er zu seiner Mutter sagte: »Ich wett au emol z Elm stärbe!«

Das hätten wir ihm alle gegönnt.

Martin

Sonnenwanderer
Arzt für Körper und Seele
praktizierender Lebensfreund
die Sonne strahlte aus deinem Gesicht zurück
und dieses verschmitzte Bündelchen Zuversicht
das jede Hiobsbotschaft
vom nahenden Weltuntergang
begleitete
gab uns
die Sicherheit
dass das Menschliche
stets überlebt.

Du warst überzeugt
dass der
der in Basel aufbricht
den Füßen vertrauend
ein halbes Jahr später
die Weihnachtsmesse
besuchen wird
in der Kirche zu Bethlehem.

Du hast deinen Mantel geteilt
mit allen
die ihn brauchten
mit uns

die wir hofften
du bleibst noch ein Weilchen
und machest uns Mut
und die wir
nicht glauben wollen
dass ausgerechnet dich
du fröhliches Leichtgewicht
die Räder
des Schwerverkehrs
überrollten.

Helen Meier

Liebe Helen, die Du überraschend zu einer Jubilarin geworden bist,

ich hoffe, es sei in Deinem Sinn, wenn ich der Festgemeinde dasjenige Deiner 23 Märchen kurz nacherzähle, das mich am meisten überrascht hat, nämlich

Der Bauer, die Kuh und die Stute

Es beginnt mit einer Kuh, die nur ein Horn hatte und deswegen von den andern Kühen so lange ausgelacht wurde, bis sie zum Bauern ging und ihm sagte, er solle ihr ein Horn beschaffen, sonst gebe sie ihm keine Milch mehr. Da die einhornige Kuh sehr viel Milch gab, erschrak der Bauer, denn vom Erlös dieser Milch kaufte er sich Bücher, in denen er nach Feierabend las. Also ging er zur Wurzelhexe, die im Wurzelwerk uralter Bäume mitten in einem See saß. Sie kicherte böse, als sie ihn kommen sah, und als er sie bat, ihm ein Horn für seine Kuh zu geben, weil ihm diese sonst keine Milch mehr gebe, krächzte sie: »Gibst du mir deinen rechten Fuß, so geb ich dir das Horn!«

Der Bauer, der leidenschaftliche Leser, überlegte sich, dass er ja auch mit *einem* Fuß seine Bücher lesen könne, gab der Hexe den rechten Fuß, erhielt das Horn und humpelte davon. Er setzte der Kuh das Horn auf, und sie war sehr zufrieden.

Das sprach sich unter den andern Tieren herum, und seine Stute, die keinen Schweif hatte und deswegen vom Hengst wie Luft behandelt wurde, ging zum Bauern und sagte ihm, sie ziehe seinen Pflug und die Kornsäcke nicht mehr, wenn er ihr keinen Schweif beschaffe.

Da erschrak der Bauer, denn aus dem Mehl, das in der Mühle von seinem Korn gemahlen wurde, buk er sein Brot, so dass er nie zu hungern brauchte, also ging er schweren Herzens nochmals zur bösen Wurzelhexe und brachte ihr seinen Wunsch vor, und sie krächzte: »Gibst du mir deinen linken Arm, so geb ich dir den Schweif.« Er überlegte sich nicht etwa, wie er mit nur einem Arm seine Arbeit machen konnte, sondern dass er ja auch mit nur einem Arm seine Bücher lesen konnte, und gab der Hexe seinen linken Arm. Die Stute erhielt ihren Schweif und war höchst zufrieden, aber der arme einfüßige und einarmige Bauer wurde nun doch über sich selbst sehr traurig. Den Tieren entging das nicht, sie fragten sich, was sie für den Bauern tun könnten, damit er wieder fröhlich würde.

Das Pferd schüttelte die Mähne und rief: »Ich weiß was, ich sag's meinem Verwandten, dem großen Wind. Der soll tüchtig über die Kornfelder streichen, damit die Ähren viel Frucht tragen.«

Die Kuh doppelte nach und sagte: »Ich weiß was, ich sag's meiner Verwandten, der mächtigen Erde. Die soll das Gras recht saftig wachsen lassen, damit des Bauern Stall und Scheune voll werden.«

Und so geschah es, und dem armen Bauer ging es fortan gut. Er hatte genug zu essen, seine Tiere liebten ihn, und er konnte sich Bücher kaufen, so viel er wollte. Jeden Abend legte er vor sich ein Buch hin, schob die Brille auf die Nase, öffnete es und las langsam darin. Und es kam so viel Trost aus den Seiten zu ihm heraus, dass er darob seinen Kummer ganz vergaß.

So weit das, was uns Helen Meier als 25-jährige Primarlehrerin erzählt.

Da sie Charles Linsmayer sagte, sie habe die 23 Märchen vergessen, hat sie wahrscheinlich auch diesen Bauern aus den Augen verloren, und deshalb möchte ich ihr und Ihnen erzählen, was mit ihm weiter geschah.

Er war, das haben wir gehört, ein langsamer Leser, und liebte vor allem Geschichten, Geschichten, die nicht allzu lang waren und die er an einem Abend zu Ende lesen konnte, einem Abend, der auch bis in die Nacht hinein dauern konnte. Darum fiel ihm eines Tages ein Buch mit dem Titel »Nachtbuch« auf. Darin fand er die Geschichte einer Frau, die ihren linken Arm verloren hatte, und er las:

»... statt dass sie mit ihrem abgeschnittenen Arm auf dem Sofa lag, mit ihm die Lage wechselte, ging sie, lange,

solange, bis sie fühlte, jetzt ist der Moment der Betäubung erreicht, jetzt kann das Wagnis der Rückkehr aufgenommen werden.«

Da fühlte er sich auf eine eigenartige Weise verstanden, ja bestätigt: man konnte auch ohne seinen linken Arm leben. Woher wusste die Autorin das? Und dann las er zwei Seiten später einen Satz, dessen Wahrheit ihm den Atem stocken ließ:

»*Einen Augenblick lang fühlte sie den Schmerz wie einen Kameraden, der neben ihr ging.*«

Ja, dachte er, dieses Gefühl kenne ich.

»*Sie war nicht allein. Sie fühlte sich jünger als er. Sie würde ihn überleben.*«

Nun wusste er, das ist meine Dichterin, die erzählt mir die Geschichten, die ich brauchen kann.

Und er kaufte sich alle Bücher von Helen Meier, deren er habhaft werden konnte, und las sich durch Trockenwiesen, durch Häuser am See, durch Objekte in Farben, durch letzte Warnungen, durch liebe Stimmen, durch kleine Beweise der Freundschaft, und immer durch Geschichten, denn als in einer davon eine Frau berichtete:

»*Ich saß am Tisch mit aufgestützten Ellbogen, gespreizten Beinen, breitem Gesäß, so wie Männer sitzen, wenn sie Behauptungen aufstellen, las hie und da in einem Buch, es war ein Roman, ich hasse Romane*« -

wurde ihm klar, dass auch er Romane hasste. Er musste keine endlosen Gespinste haben, sondern kurze Geschichten, in die man sich setzen konnte wie in ein Bad, das nach dem Aussteigen wieder abgelassen wurde. Und aus jedem Bad dufteten Sätze, die er begierig einatmete:

»Der Rasen war unter den Absätzen der Frauen eingesunken, verdatterte Pfingstrosenbüsche, von der plötzlichen Hitze überwältigt, hatten alle Blüten verschüttet.«

Solche Sätze konnte er mehrmals lesen, denn noch nie war ihm eingefallen, dass Pfingstrosenbüsche verdattert sein konnten, und er lachte still in sich hinein. Oder wenn es von einem alten Mann hieß:

»Es war erstaunlich, wie leicht es ihm fiel, einfach nicht mehr zuzuhören, es war, als könnte er seine Ohren abschrauben und vor sich auf den Tisch legen.«

erschrak er und nahm sich vor, seine Ohren auf keinen Fall auch noch der Wurzelhexe zu geben, komme, was da wolle.

Über eine Stelle wie

»eine vorübergleitende Barke, auf der die Werte, die Ideen sonderbarerweise noch galten«

konnte er lange nachdenken, ohne sie wirklich zu verstehen, aber die Barke sah er vor sich, wie sie auf dem Wasser vorüberglitt mit ihren Ideen, vielleicht fuhren da auch seine Gedanken mit. Überhaupt gefielen ihm die Sätze, die er nicht verstand.

»Wäre ein denkbarer Gott einem Sonnenhut zu vergleichen? Du ziehst ihn hervor, wenn du ihn brauchst oder meinst, ihn zu brauchen. Er schützt dich vor Sonnenbrand.«

Seit er diesen Satz gelesen hatte, setzte er sich, bevor er

aufs Feld ging, seinen Sonnenhut vorsichtiger auf als bisher, ehrfürchtig fast. Wer weiß, wer darin wohnte.

»*Sie liest ein paar Seiten, die Nacht liegt am Fenster, wird alt.*«

Diesen Satz schrieb er sich auf einen Zettel, ersetzte das »Sie« durch ein »Er« und hängte ihn an die Wand seines Schlafzimmers.

Erschauernd las er die Morde und Mordversuche, von welchen die Dichterin immer wieder erzählte – war sie etwa auch eine Wurzelhexe, mit allen Wassern der Gemeinheit gewaschen? Etwas verwirrend waren für ihn die vielen Stellen, in denen von der Liebe die Rede war.

»*Zu dritt liebten sie sich*«, hieß es da von zwei Frauen und einem Mann, »*ihre beiden schönen Leiber umgaben Georg in ruchloser unschuldiger Gier.*«

Dem Bauer schoss das Blut in den Kopf bei solchen Schilderungen, er las schnell weiter, um später doch nochmals zurückzublättern. So ging es also zu im Leben, wenn man nicht als einarmiger und einfüßiger Bauer am Abend Bücher las. Aber öfters kam die Liebe vor, an der die Menschen verzweifelten, und eigentlich war so viel von Verlust und Ohnmacht und ungestillten Sehnsüchten die Rede, dass er gar nicht wusste, weshalb er sich in diesen Wortbädern so wohl fühlte. Konnte man denn Trost finden in all den Grausamkeiten und Traurigkeiten, die aus den Seiten herauskamen?

Ja, dachte er, ja, sie tröstet mich, die Dichterin, weil sie mich nicht belügt, weil sie um alles weiß, was im Leben nicht gelingt, wahrscheinlich gibt es keinen Fehltritt, den sie nicht selbst schon gemacht hat.

»In meinem Alter darf ich alt sein.«

Auch diesen Satz schrieb er sich ab und hängte ihn auf, denn inzwischen war er ebenfalls alt geworden.

Doch wenn sie einmal wirklich alt wird, nahm er sich vor, 90 vielleicht, dann setze ich mich auf meine Stute, gehe ihr gratulieren und bringe ihr zum Dank einen Strauß verdatterter Pfingstrosen mit.

Adolf Muschg

Liebe Gäste, aber vor allem lieber Adolf,

es freut mich, dass wir uns an Deinem Geburtstag in corpore sehen, zu Deinem letzten habe ich Dir einen Blumenstrauß gemailt, und Du hast mir als Antwort eine kleine Geschichte geschickt, die ich mir hier vorzutragen erlaube:

Lieber Franz, als späten Dank für Deinen virtuellen Blumenstrauß möchte ich Dir mitteilen, daß ich heute in einem Korridor des USZ von einer netten (älteren) Dame »Grüezi, Herr Hohler« angesprochen worden bin. Die Erkennung folgte wohl dem Kategorienschema Mann – Kulturmensch – sollte ich kennen – dann am liebsten ***der***. Ich stellte meine Identität ohne Rechthaberei richtig, und als sie sich zu schämen Miene machte, sagte ich ihr: ich betrachte es als Ehre, mit Dir verwechselt worden zu sein. – Früher wurde ich hie und da mit Bichsel verwechselt, ein einziges glorreiches Mal mit Frisch, und mit Dir heute zum ersten Mal: es scheint, mein Verwechslungs-Status beginnt sich dem Level erwünschter Affinität anzunähern. Das wollte ich Dir, zum Vergnügen des Tages, heute doch mitgeteilt haben – es könnte ja eine ganze Weile nicht mehr geschehen.

Daraufhin habe ich Dir auch eine kleine Geschichte mitgeteilt, nämlich die:

1:1, lieber Adolf, ich wurde nämlich auch schon einmal mit Dir verwechselt! Ich habe ähnlich reagiert wie Du, im Alter scheinen wir uns alle einander anzunähern:

Beat Brechbühl sagte mir einmal, dass ihn der Verlag bei einem neuen Buch um ein anderes Foto gebeten habe, da er zu sehr mir gleiche. Als er mir das erzählte, schenkte ich ihm zu seinem 70. Geburtstag eine Fotosession mit dem Porträtfotografen Christian Altorfer. Das Echo vom Verlag auf das neue Bild: Jetzt sehe er eher aus wie Adolf Muschg.

Vielleicht würden wir günstiger fahren, wenn wir alle nur ein und dasselbe Foto verwenden würden …

Ich würde Dir gerne ein kleines Geburtstagsständchen auf dem Cello bringen und möchte dazu noch etwas erzählen. Wenn ich mich richtig erinnere, hast Du mich auf der langen Lebensstrecke, die wir zusammen zurücklegen durften, zweimal um Rat gefragt.

Das erste Mal riefst Du mich an einem Sonntagmorgen früh an und wolltest wissen, da Du die Einladung verlegt hattest, wo an diesem Tag die Generalversammlung der Gruppe Olten stattfand, an welcher man über die Auflösung der Gruppe bzw. die Wiedervereinigung mit dem Schriftstellerverband beriet. Diese Frage war einfach zu beantworten, die Versammlung war logischerweise in Olten, im geschichtsträchtigen 1. Stock des Bahnhofbuffets, wo nicht nur der Schweizerische Alpenclub, sondern auch die Sozialdemokratische Partei der Schweiz gegründet worden war – höchste Zeit also, dass sich auch einmal eine Organisation auflöste.

Das zweite Mal batest Du mich, im Manuskript Deines Romans »Eikan, du bist spät«, in dem ein Cellist die Hauptrolle spielt, die cellistischen Passagen darin auf ihren Realitätsgehalt zu überprüfen. Das war eine etwas heiklere Aufgabe, aber Du warst wie immer hervorragend informiert, und ich habe nur bei einer Stelle ein Fragezeichen gemacht. Dort schlug der Cellist bei der Interpretation eines zeitgenössischen Stücks mit seinem Bogen heftig auf den Boden des Konzertsaals. Das, sagte ich Dir damals, würde wohl keiner der professionellen Cellisten tun, die ja alle kostbare Meisterbögen benutzen. Das hast Du mir geglaubt, und so heißt es jetzt auf S. 82 Deines Romans nach einer Folge von fünf Tönen:

»Er spielte sie immer wieder, bis zur vollkommenen Geläufigkeit. Dann klopfte er sich selbst ab, indem er mit dem Bogen auf den Boden *tippte*, und atmete tief auf.«

Ich bin gerührt, dass ich in Deinem großen Gesamtwerk eine winzig kleine Spur hinterlassen durfte, und spiele Dir nun aus der 3. Solo-Suite für Violoncello von Johann Sebastian Bach die Sätze »Bourrée I und II«.

Beat Richner

Anfang der 70er Jahre fragte mich der Gründer und Leiter des Deutschen Kabarett-Archivs in Mainz, es gebe doch in der Schweiz noch einen, der mit dem Cello auftrete, diesen »Beat« Richner, und was der denn genau mache. Da den Deutschen der Vorname Beat nicht geläufig ist, sprach er ihn auf Englisch aus, und er verband damit offensichtlich auch die Vorstellung, es handle sich da um einen wilden Song-Poeten, der sein verstärktes Cello mit Beat- und Rockrhythmen traktiere.

Er war dann fast etwas enttäuscht, als ich ihm sagte, Beat Richner sei ein verspielter Sänger und Celloclown, der seine liebenswürdigen Texte und Lieder als Beatocello unter einem roten Schirm vortrage. So kannte ich ihn damals, denn natürlich war mir nicht entgangen, dass ein Künstler auf den Kleinkunstbühnen auftauchte, der dasselbe Begleitinstrument benutzte wie ich, nämlich ein Cello. Einen wesentlichen Unterschied gab es allerdings zwischen uns: Er war der bedeutend bessere Cellist, was ich mit einem gewissen Neid feststellen musste, als ich einen seiner Abende besuchte. In welchem Jahr wir uns persönlich kennen lernten, weiß ich nicht mehr; im

Gegensatz zu mir, der ich von der Uni abgesprungen war, machte er gleichzeitig mit seinen Auftritten sein Medizinstudium und brachte dieses auch zum Abschluss.

Zwei Erlebnisse mit ihm sind mir in Erinnerung geblieben. Im Kinderspital fanden jeweils Fortbildungsanlässe für die Ärztinnen und Ärzte statt. Er war damals als Assistenzarzt an der Organisation beteiligt und fragte mich, ob ich in diesem Rahmen meine Geschichte »Bedingungen für die Nahrungsaufnahme« vorlesen würde, eine Groteske um ein Kind, das nicht mehr essen will. Das tat ich sehr gerne, und es führte zu einer denkwürdigen Begegnung. Ich war als Kind zweimal mit einer schweren Bluterkrankung im Kinderspital gewesen, und zu meiner Überraschung und Rührung saßen im Auditorium alle Ärzte und Ärztinnen, die mich damals behandelt hatten. Als ich das realisierte, ergriff ich die Gelegenheit, um mich nochmals bei ihnen zu bedanken und erzählte ihnen von meinen damaligen Erfahrungen als Patient, etwa darüber, was ein Kind alles merkt, und Beat sagte mir nachher, das sei für sie mindestens so hilfreich gewesen wie meine Geschichte.

Und einmal, da war er schon als Arzt tätig, war er in einer Vorstellung von mir, auf einem Platz neben der Türe, und hatte mich vorher gewarnt, es stehe eine schwierige Geburt bevor, möglicherweise werde er gerufen, und tatsächlich ging während des Abends sein Pager, und Beat entfernte sich unauffällig. Das machte mir damals einen starken Eindruck, es war wohl die Tatsache, dass er in seinem Hauptberuf unabkömmlich war, die Tatsache eben auch, dass er sich für einen Hauptberuf entschieden hatte.

Und dann kam das Abenteuer Kambodscha, und wir verloren den direkten Kontakt, aber ich verlor Beat nicht aus den Augen und nicht aus dem Herzen. Persönlich gesehen haben wir uns in der ganzen Zeit nur noch einmal, bei einer seiner Galas im Zirkus Knie, doch ich verfolgte mit Bewunderung seine Aufbauarbeit im fernen Land und entrichtete auch regelmäßig meinen Tribut dafür. Dass jemand mit dieser Unbedingtheit einer Idee folgte, der Idee, den Kindern eines zerstörten Landes zu einem besseren Eintritt ins Leben zu verhelfen, der Idee auch, dass Arbeit für die Gesundheit Friedensarbeit bedeutet und dass er mit dieser Arbeit anfing, bevor die Finanzierung auch nur im mindesten gesichert war, erfüllte mich mit großem Respekt. Über die Konflikte, in die er mit den offiziellen Hilfswerken, mit der WHO, mit dem Gesundheitsministerium des Landes geriet und über die Sicherheit, mit der er seine Auffassung von notwendiger Medizin vertrat, war in seiner Heimat immer wieder zu hören und zu lesen, ich erinnere mich auch gut an ein Gespräch, das ich bei einer Lesung in einem Berggasthof mit einem DEZA-Mitarbeiter hatte, der bei der Nennung von Beats Namen die Achseln zuckte und die Hände erhob, als hätte man einen Vater nach seinem ungebärdigen Sohn gefragt. Und er stand das alles durch. Das Cello, dachte ich mir, als ich eine in Kambodscha aufgenommene CD von ihm hörte, muss ihm eine große Hilfe gewesen sein. Die Bach-Suiten spielte er auswendig, oder soll man sagen inwendig.

Als Beat nach seiner Erkrankung nach Zürich gebracht wurde und es klar war, dass an einen Auftritt bei der Knie-Gala zugunsten von Kantha Bopha nicht mehr zu denken war, fragte mich seine Mitarbeiterin Susanna Cohen, ob ich ihn bei der Gala mit einem Cellochanson vertreten könne. Ich sagte sofort zu, bat sie aber, Beat, dessen Aufenthaltsort geheim gehalten wurde, vorher besuchen zu dürfen. Ich nahm mein Cello mit, setzte mich zusammen mit Beats Schwester Anna Regula, Susanna Cohen und Dr. Peter Studer in den Besuchsraum und begann, die 3. Bach-Suite zu spielen, worauf Beat in seinem Rollstuhl, den er selbst betätigte, unter der Tür erschien und das Stück lächelnd mit der Hand mitdirigierte. Ob er mich wirklich erkannte, weiß ich nicht, aber dass er sich freute, dass ihm sein Bach zurückgebracht wurde, war ihm anzusehen. Es kam sogar ein kleines Gespräch zustande, doch als ich ihn fragte, ob er oft an Kambodscha zurückdenke, antwortete er: »Ich weiß es noch nicht.« Dann sagte er nichts mehr, und ich spielte ihm noch zwei Stücke, bevor ich mich verabschiedete und er mir aus seinem Rollstuhl nachwinkte.

Chantal Nagel

»Jetzt spüre ich es«
war das letzte
was du gesagt hast.

War es die Kühle
die aufstieg
vom mächtigen Fluss
an dessen Ufer du standest?

War es der Lufthauch
der dich streifte
beim Öffnen
des großen Tores?

Oder war es
der Flügel des Engels
der kam
um dich abzuholen?

Befreit und entspannt
blieb dein Körper zurück
und ließ uns ahnen
da war kein Schmerz mehr
und keine Angst
da war nur noch
die lautlose lächelnde Schönheit
einer asiatischen Göttin.

Rita Planzer

Auch wenn sich im Literaturhaus
im Lauf der Jahre
die Leitungsteams ablösten
ein Gesicht blieb erhalten.

Wenn im Vortragsraum
noch gefragt, debattiert und gestritten wurde
über die eben gehörten Texte
stand sie nebenan im Raum der Bibliothek
schon am Tisch mit dem Apero
freundlich und fröhlich
hinter Flaschen und Gläsern
Käse und Brot
Grissini und Canapés
lauter Dingen
die sie selber
dünn wie Luftpostpapier
nicht essen konnte

dem Publikum
und den Dichterinnen und Dichtern
aus aller Welt
bekannt und vertraut

Rita
die heimliche Chefin des Hauses.

Kurt Marti

Als ich im Frühling 1965 mein erstes literarisch-musikalisches Bühnenprogramm »pizzicato« im alten Heizungskeller der Universität Zürich aufführte, wurde ich danach in verschiedene Theater in verschiedenen Städten eingeladen. Bern war die erste Station, ich konnte in Hugo Ramseyers kleinem »Theater am Zytglogge« auftreten. Dort lernte ich Mani Matter kennen, den ich zu meiner Première eingeladen hatte, ebenso wie die Berner Troubadoure Fritz Widmer, Ruedi Krebs und Bernhard Stirnemann. In eine der Vorstellungen kam auch Kurt Marti, mit dem ich nachher ein längeres Gespräch über Literatur hatte. Er erzählte mir dabei von seinen Mundartgedichten, die ich noch nicht kannte (sein Gedichtband »Rosa Loui« erschien erst 1967), und er versprach mir, einige davon zu schicken. Es interessiere ihn, was ich davon halte.

Die »Aargauer Blätter« waren eine Kulturbeilage des »Badener Tagblatts«, und die Nr. 44 vom Mai 1965, in der Mundartgedichte von ihm abgedruckt waren, habe ich immer noch, er hat darauf geschrieben »mit freundlichen Grüssen! Und guten Wünschen für Ihre Erholung, Ihr Kurt Marti«. Mir hat dieser Brief damals viel bedeutet.

Dass ein Autor, der eine Generation älter war als ich, sich die Mühe nahm, mir eines seiner Belegexemplare zu schicken, dass ihm nicht entgangen war, dass ich nicht ganz »zwäg« war, dass er mit einem Pfeil auf einen Titel wies, den er eingerahmt hatte,

»Kurt Marti Versuche in Mundart Seite 10«,

und Seite 10 zweimal unterstrich, dass er mit »Ihr« unterschrieb – all das überraschte und freute mich. Ich fühlte mich ernst genommen. Es war, und das wird mir erst jetzt richtig klar, da die etwas vergilbten Blätter vor mir liegen, ein Freundschaftsangebot.

Ob und was ich ihm darauf geschrieben habe, weiß ich nicht mehr, aber natürlich interessierten mich die Gedichte. Am stärksten beeindruckte mich »d'wält voll göisse«, das mir bewusst machte, was für ein starkes Wort ein Göiss ist, und was für einen Vorsprung an Authentizität es gegenüber dem hochdeutschen Schrei hat. Aber auch sein lakonisches »wie geits?«, in dem er eine Frage, die zum Klischee verkommen ist, für voll nimmt und ihr sozusagen ihre Würde wieder zurückgibt, gefiel mir sehr. Die Selbstverständlichkeit, mit der er Fremdwörter in den Dialekt mitnahm, war damals ungewöhnlich. »eklektischs inventar« – das war wohl das Gegenteil eines Titels für ein Mundartgedicht und lässt schon Mani Matters »betrachtige übernes sändwitsch« vorausahnen. Wenn ich heute ein Gedicht wie »22 läbe« anschaue mit den Zeilen:

ungfähr
zwöiezwänzig läbe
müesst i läbe
wetti läbe
dass ig einisch
wirde gläbt ha

denke ich an Kuno Laueners »50 Wörter« vom chliine Ma uf churze Bei, der am Pressiere und am Renne ist:

Dummerwiis pressiert är vergäbe
Är het nume füffzg Wörter Ziit zum Läbe
U einevierzgi si gsunge
U är isch ersch afe z' Luterbrunne

und sehe Kurt Marti als Türöffner. Er hat dem Dialekt, der bis jetzt erst eine Art literarisches Gartenhaus bewohnte (»D'Zyt isch do!«), die Türe zum Haus der Literatur geöffnet. Er hat den Dialekt ernst genommen.

Im Mai 1967 gab es im Zytglogge-Theater einen Abend mit Dialekt-Dichtung, der von Walter Vogt initiiert und moderiert wurde und bei dem nebst einigen der Berner Troubadoure Autoren wie Ernst Eggimann, Kurt Marti, Jörg Steiner, Sergius Golowin und Peter Lehner dabei waren (die Frauen waren mit Gertrud Wilker und Rosmarie Fahrer untervertreten).

Im Nachgang dazu erschien die Nr. 2 der Zeitschrift »apero«, herausgebracht vom Literaten Walter Zürcher (der damals in der Berner Szene wegen seines Hangs zur Esoterik »Sandaleheiland« genannt wurde) mit dem Thema »modern mundart«, ein Begriff, den Walter Vogt kreiert hatte. Dort war zum ersten Mal mein »bärndütsches Gschichtli« abgedruckt, die Geschichte der unheimlichen Begegnung von Schöppelimunggi u Houderebäseler mit dem Totemügerli, die ich als Parodie auf das Berndeutsche verstand, und ich freute mich über die Nachbarschaft mit Kurt Marti. Und wieder war ich beeindruckt, wie bei ihm auf kürzestem Raum die Weltpolitik im Dialektgewand auftrat, im Gedicht »vietnam«:

krawall voruss
rennt nid e maa?
e göiss e schuss –
was geits mi aa?

gib d'öpfelschnitz
tue s fänschter zue:
mr si ir schwyzz
mr möchte rueh.

Und was mir auch aufging: der Dialekt als Sprache der Übersetzung. Mühelos kamen da auf einmal am Arm von Kurt Marti zwei Autoren als Dialektdichter daher, die ich beide als Träger von Weltliteratur verehrte: Boris Vian und Samuel Beckett. Und der Übersetzer zeigte mir, dass ich die zwei nicht auf dem Friedhof suchen musste oder im fernen Irland, sondern dass ich sie in der Berner Altstadt antreffen konnte, weil sie in einer der Gassen eine Mansarde bewohnten.

Dieses Heft, das heute schon so ausgebleicht ist, dass Zeilen der hektographierten Schrift zum Teil kaum mehr lesbar sind, war und ist für mich eine Kostbarkeit. Rückblickend sind Kurt Martis Beiträge darin eine Ermutigung, mehr noch, eine Aufforderung, die Mundart als Brückenbauer zu anderen Welten und anderen Gedanken fruchtbar zu machen.

Ich habe seither sehr viele Texte ins Schweizerdeutsche übersetzt, von Horaz bis zu Bob Dylan. Von Boris Vian habe ich »Le déserteur« übersetzt und ihn zu einem Schweizer »Dienschtverweigerer« gemacht, und ich erlebte mit meiner sehr sanften Nachdichtung 30 Jahre später dasselbe wie Boris Vian mit dem französischen Radio: Sie durfte nicht am Schweizer Fernsehen gesungen werden. Mundart kann eben auch gefährlich sein, das spürt man schon in Kurt Martis Gedichten, weil sie die Botschaft enthält: Es geht nicht um Probleme einer andern Welt in einer andern Sprache, sondern es geht um uns.

Dass es um uns geht, dieses Anliegen habe ich bei Kurt Marti immer gespürt, er nahm die Zeit, in der er lebte, ernst. Auch darin war er für mich ein Vorbild. Wir haben uns in der »Gruppe Olten« getroffen, die sich als Alternative zum Schweizerischen Schriftstellerverband gegründet hatte, unsere Namen standen oft gemeinsam unter einem Aufruf, etwa wenn es um die Kritik an der Atomkraft ging.

Wenn ich heute sein politisches Tagebuch »Zum Beispiel Bern 1972« wieder lese, kommt mir der ganze Kalte Krieg von damals »obsi«. Kurt Marti konnte sich unter einem wirklichen Christen nur einen Menschen vorstellen, der sich mit seiner Gegenwart auseinandersetzt, der die Zustände hinterfragt und die Schwachen verteidigt. Dass er für die Aufhebung des Saisonarbeiterstatuts einstand oder einen Dienstverweigerer vor dem Militärgericht verteidigte, genügte, um ihm den Ruf eines gefährlichen Linken einzutragen, dem die Berner Universität, unterstützt von der Regierung, einen Lehrstuhl für Homiletik an der theologischen Fakultät verweigerte. Wenn ich mich fragte, ob ich ein politisches Anliegen unterstützen sollte und die Unterschrift von Kurt Marti sah, war für mich immer klar, dass ich auch unterschreiben konnte.

War ich bei Kurt und seiner liebenswürdigen Frau Hanni zu Besuch, traf ich zwei entspannte und fröhliche Menschen, ich mochte auch Kurt Martis trockenen Humor, mit dem er die Anfeindungen gegen seine Person ertrug, und konnte eigentlich nicht verstehen, dass man jemanden wie ihn erfolgreich als Feindbild benutzte.

Im Übrigen hat er auch meinen literarischen Weg beeinflusst. Dass er zusammen mit Peter Bichsel und Jörg Steiner im Luchterhand Verlag erschien, als dieser von Otto F. Walter (nach dessen Rauswurf beim Walter-Verlag) geleitet wurde, ermunterte mich, es ebenfalls dort zu versuchen, und bei diesem Verlag bin ich noch heute. Wir haben unsere Arbeit gegenseitig verfolgt, und seine Urteile waren für mich immer bedeutsam. In meinem Buch »Das Ende eines ganz normalen Tages« habe ich unter dem Titel »Hallo!« auf mehreren Seiten nichts anderes als Sätze aus Handygesprächen aneinandergereiht, die ich im Zug mitgehört hatte. Darauf gab es etliche negative Reaktionen, aber Kurt Marti schrieb mir, dieser Text habe ihm besonders gut gefallen.

Kurt Marti war nie »nur« ein Mundartautor, die Umgangssprache war einfach eine Farbe seiner schriftstellerischen Ausdrucksweise. Seine ersten Gedichtbücher waren hochdeutsch geschrieben, seine »Leichenreden«, diese ebenso lakonischen wie poetischen Gedichte über und gegen den Tod, machten ihn zu einer bekannten literarischen Stimme des ganzen deutschen Sprachgebiets.

Als Pfarrer habe ich ihn zum ersten Mal erlebt bei der Abdankung für unseren gemeinsamen Freund, den Chansonnier Mani Matter, der 1972 mit 36 Jahren durch einen Verkehrsunfall starb. Sein Trauergottesdienst war kein Trostversuch, sondern er teilte mit uns allen die Fassungslosigkeit über Manis brutal ausgelöschtes Leben. Kurt Martis Gedicht über den Tod von gustav e. lips endet mit den Zeilen:

im namen dessen der tote erweckte
im namen des toten der auferstand:
wir protestieren gegen den tod von gustav e. lips.

Weder versuchte der Pfarrer Marti, ein Fenster zum Wiedersehen nach dem Tod zu öffnen, noch dem Unfall irgendeinen Sinn abzugewinnen, sondern er protestierte mit uns allen gegen dieses furchtbare Ereignis.

Mit Mani Matters Witwe Joy habe ich Kurt Marti, als er nach dem Tod seiner Frau Hanni ins Altersheim Elfenau zog, einige Male dort besucht. Das Mittagessen nahmen wir im Fumoir des Speisesaals ein, denn Kurt ließ es sich nicht nehmen, sich nach dem Essen eine Zigarette anzustecken. Bis zuletzt erlebte ich ihn als lebendigen Gesprächspartner, der das Interesse an seiner Zeit nicht verloren hatte, obwohl er sich darüber beklagte, dass er diese Welt noch nicht verlassen konnte. Ich tröstete ihn jeweils mit dem Hinweis auf meinen Vater, der 6 Jahre älter war als er und bei erstaunlich guter Gesundheit ein Alter von 101 Jahren erreichte. Vergeblich waren meine Ermahnungen, er solle sich einen besseren Stock besorgen als den eindeutig zu kurzen und nicht mit einem Gummizapfen versehenen, der ein Erinnerungsstück an seine Tante war. Er lebte und starb im selben Zimmer der Elfenau, das auch Hanni bewohnt hatte. In seinem letzten Buch »Heilige Vergänglichkeit« stehen die »Spätsätze«:

Gibt es taugliche Witwer?
Ich jedenfalls bin keiner.

Ich glaube, hätte ihn Hanni auf den unpassenden Stock hingewiesen, er hätte sie ernst genommen.

Heinrich von Grünigen

Wo mir im Früelig 1978 i üses neue alte Huus a der Gubelstross 49 yzoge si, isch Oerlike noni die schiggi Destination gsi zwüsche Andreas- und Franklinturm, wo bi jedem Fahrplanwächsel wieder e Schnällzug meh haltet.

D Vorteil vo üsere Wohnlag simer aber erst nach und nach ufgange. Das Huus isch sozäge im goldige Schnitt zwüschem Radio-Studio Züri und im Färnsehstudio Leutschebach gläge, und a eim vo den erste Tag, wo mir no am Uspacke gsi si, hani i der satirische Radiosändig »Faktenordner« mitgmacht und ha bi dere Glägeheit au der Heiri vo Grüenige gseh, wo denn Abteiligsleiter vo der Unterhaltig am Radio gsi isch.

Woni zobe vorem Znacht zum Fänster usgluegt ha, hani gseh, wie dä Abteiligsleiter um en Egge vom Nochberhuus chunnt und ha dänkt, was will denn dä do? Erst woni gseh ha, dass er sini Huustür mit em Schlüssel ufgmacht het, isch mir klar worde, dass är nid öppe mi gsuecht het zum mer säge, die Stell übere Niklaus Meiebärg und e General Wille heige si jetz doch ussgloh, sondern dass är do wohnt.

Mir heinis scho flüchtig kennt gha, är het im »Bund«

die ersti würklech gueti Bespрächig vo mim erste Cabaretprogramm »pizzicato« gschribe gha, isch im übrige au der Schöpfer vom Begriff »Bärner Troubadours« gsi, und jetz heimerne uf einisch als Nochber gha, zäme mit em Vreni Späck und ihrne Chind Berni und Fränzi, mir hei mit andere Nochbere zäme e Wäldli-Gruppe gründet, wo sech albe am erste Fritig vom Monet im chlyne Wäldli hinderem Gubelschuelhuus troffe het zum Brötle und zum sech über Erziehigsproblem und ähnlechs ustusche, mir hei nis au mängisch zum Ässe yglade, mir hei Fachgspräch über Velo gfüert, i ha eine vo den erste Siebegänger gha, es Villiger-Rönnvelo, während är uf ene holländischi Marke namens »Gazelle« gschwört het, wo entgäge ihrem fragile Name kei Müeh gha het mit ihm sim Gwicht.

Är isch Programmdiräkter vom Radio worde, als Nochbere heimer aber über anders gredt, zum Bispiel het en andere gemeinsame Nochber si Garte ine Tiefgarage verwandlet und het der Bou scho sowit voraatribe, dass me der Ygang vom Nochberhuus nume überne provisorischi Holzbrügg erreicht het, und mir hei däm Bouherr s Rächt nid welle gäh, üse Garte schreg abzgrabe, und wo d Verhandlige droht hei z scheitere, het der Heiri zu mir gseit, los, gäbetem doch eifach das Rächt, bevor mir no alli i die Tiefgarage abegheie, und do hani vo ihm, wo Verhandlige gwöhnt gsi isch, glehrt, das me n au pragmatisch cha sy statt juristisch.

Sehr guet isch mer no in Erinnerig, wie ni einisch znacht am drü verwachet bi, willi sini Stimm ghört ha vo näbedra, und i gseh ha, wie d Sanität der Heiri usetreit, und wie n e der Programmdiräkter genaui Aawysige gäh het für s Programm, mit eme adipöse Härzinfarktpatiänt uf ere Tragbahre umen Egge bi der Stäge vor em Huus z cho.

S vo Grüenige's si denn wägzüglet zum Hallestadion abe, spöter is Neumärt-Hochhuus, aber mir heinis nid us den Auge verlore, scho wäg der Musigmamsell Vreni nid, wo ihre Lade au a der Gubelstross het, und es het fasch zum Ortsbild ghört, wie n är vo sim Büro für d Adipositas-Stiftig ufem Velo heigfahren isch, so hani ihn s letscht mol gseh, nume zwe oder drei Tag vor sim Tod, i bi mit eme volle Ychaufswägeli d Gubelhangstross durufgchüüchet, und är isch beschwingt und fröhlech dur d Baumacherstross gfahre, mir hei n is beidi zuegwunke, und s Heidi, en anderi Nochbere, het genau s glyche verzellt, so dass i s Gfühl gha ha, halb Oerlike heig ihm zletscht no zuegwunke, und är sig am Änd vo der Baumacherstross diräkt i Himmel ufegfahre, beschwingt und fröhlech und fäderliecht.

Helke Schroeder

Nun geben wir dich dem Erdreich zurück
liebe Helke
im Wissen
dass darin die Bäume wurzeln
die du so liebtest
und schütztest
wo immer du konntest
du bist somit unter Freunden dort unten
obwohl wir uns lieber denken
du schwebest irgendwo sehr hoch oben
und kämest fast noch zu spät
zu den Wolken
weil du mit deinem Wagen
bis zuletzt
keinen Parkplatz fandest
und ihn schließlich einfach stehen ließest
in einer ganz und gar verbotenen Zone
mach dir mal keine Sorgen
um den Bußgeld-Bescheid
deine Freundinnen werden das alles regeln hienieden
und wenn wir alle ganz still sind

hören wir gleich von weither
dein Lachen
das wir so sehr vermissten
in der letzten Zeit
als dein Leben verlöschte
um Platz zu machen
für neue Bäume
die bis in den Himmel wachsen
zu dir.

Theodor Fümm

Wenn wir im Sommer auf dem neuen Wanderweg aus dem Bergalgatal nach Juf hinaufstiegen, konnte es sein, dass wir auf der anderen Seite der Schlucht eine hagere Gestalt sahen, welche auf den äußersten Felsköpfen knapp über dem Abgrund mit der Sense das Gras mähte. Das war Tettli, unser Nachbar, und er tat das noch letztes Jahr mit 90 Jahren, obwohl er schon keine Kühe mehr hatte. Es habe ihm sehr weh getan, sagte er, die Tiere weggeben zu müssen, und als wir ihn vor Kurzem im Altersheim in Thusis besuchten, gab er unumwunden zu, er habe Heimweh nach dem Avers, und Paula, seine Frau, nickte und seufzte, ja, großes Heimweh.

Tettli Fümm, eigentlich Theodor, gehörte in einem Maß zu Avers, das einem fast unwahrscheinlich vorkommt. 70 Jahre lang war er der Weibel des Ortes, brachte die Unterlagen für die Gemeindeversammlungen und die Wahlen in jedes Haus, von Campsut bis Juf, lange Jahre zu Fuß, später mit dem Auto, und kein einziges Mal, sagte er zufrieden lächelnd, sei er krank gewesen. Er war auch der Zivilstandsbeamte des Hochtals, in seiner Stube im Gallushaus wurden jahrzehntelang Ehen geschlossen, und oft ließen sich Paare trauen, die nicht hier wohnten, sondern einfach im höchsten Dorf Europas heiraten wollten. Sie alle hat er mit seiner schönen, gestochen klaren Schrift, die er bis ins hohe Alter behielt, ins Zivilstandsbuch eingetragen, und sie alle haben den Geruch seiner Stube eingeatmet und diese Mischung aus Arve, Landwirtschaft und Holzheizung ins Leben mitgenommen.

Ich saß oft mit meiner Frau in dieser Stube und hörte seinen Erzählungen zu, die weit ins letzte Jahrhundert zurückreichten. Er und Paula, deren Brüder alle nach Amerika ausgewandert waren, verbrachten ein Menschenleben hier oben und konnten im Alter gelassen auf die einfachen und härteren Zeiten vor der Mechanisierung, dem Kraftwerkbau und den Skiliften zurückblicken. Diese Zeiten waren nicht leicht zu bestehen, und sie beide blieben ihnen auf ihre Art bis zuletzt verbunden. Paula hat oft den Kopf geschüttelt über den nicht nachlassenden Fleiß und das Pflichtgefühl ihres Mannes, wenn er etwa noch mit schmerzenden Beinen auf der andern Seite der Schlucht die Weidepfähle für das Vieh einschlug.

Nun musste er sie allein zurücklassen, mit einem doppelten Heimweh, und ich weiß schon jetzt, dass ich im nächsten Sommer auf dem Weg nach Juf zum Gallushaus hinüberschauen werde, ob dort nicht einer auf einem Felskopf über dem Abgrund steht und das Gras mit der Sense mäht.

Klaus Wagenbach

Anfang der 70er Jahre besuchte mich Klaus Wagenbach in unserm baufälligen Haus in Uetikon am See. Er kam aus dem Tessin und fragte mich, ob ich eine Schallplatte über die Schweiz machen könnte, so wie er eine über Österreich herausgegeben hatte. Diese Platte habe ich nicht mehr, aber es waren, wenn ich mich richtig erinnere, Jandl und Artmann drauf und dazwischen jede Menge vernichtender O-Ton-Passagen über unser Nachbarland.

Klaus Wagenbach übernachtete bei uns, und was mich an seinem Besuch am meisten beeindruckte, war, dass er keinerlei Gepäck bei sich hatte außer seiner Zahnbürste. Er ist, dachte ich mir, einer jener Aborigines, die jederzeit aufbrechen können, ein Ureinwohner des Geistes.

In seinem »Tintenfisch«, einem Jahrbuch für Literatur, das er jedes Jahr zusammen mit Michael Krüger herausgab, hatte er 1971 drei »Idyllen« von mir abgedruckt, und im Jahr danach meine Kindergeschichte »Der Granitblock im Kino«, die er der Anthologie »Das große Lalula« von Elisabeth Borchers entnommen hatte. Das hatte mich ebenso verwundert wie erfreut, offenbar hatte es ihm die fröhliche Anarchie des Granitblocks angetan, der unverdrossen und zuversichtlich das Unmögliche versucht und dabei scheitert.

Es war die Zeit, in der auch in Deutschland eine Handvoll Menschen das Unmögliche versuchten, nämlich einen revolutionären Umsturz. Das Scheitern war vorprogrammiert, die Morde der RAF erregten Abscheu statt Zustimmung, aber Klaus Wagenbach veröffentlichte in seinem Verlag Texte von Ulrike Meinhof und hielt nach ihrem Suizid bei ihrer Beerdigung die Grabrede.

Als ich Ende der sechziger Jahre Wolf Biermann in Ost-Berlin aufsuchte, um ihn für das Schweizer Radio (und auch für mich selbst) zu interviewen, fragte er mich, ob ich ihm bei einem nächsten Besuch allenfalls etwas Westgeld von seinem Verleger Wagenbach rüberbringen könne, damit er sich und vor allem seiner Freundin im »Intershop« ein paar Dinge kaufen konnte. Und einen guten englischen Tee. Wagenbach war sehr unkompliziert. Die 400 DM legte ich in meinen linken Schuh, die Dose Earl Grey wies ich am Zoll vor, um von meinen Schuhen abzulenken.

Als ich 1977 im Theater »Tribüne« in Berlin mein Bühnenprogramm »Die Nachtübung« spielte, saß Wagenbach in der Première. Später hörte ich, wie er es einem gemeinsamen Bekannten zusammenfasste: »Am Eingang musst du ihm deinen Namen sagen, dann beginnt er mit einem Appell, und danach beleidigt er während zwei Stunden ununterbrochen die Schweiz.«

Die Zivilisations- und Militarismussatire des Stücks

konnte er als Schweizkritik am einfachsten abbuchen. Die wollte er von mir ja auch auf der Platte haben, die nie zustande kam. Bei den paar Anfangsnotizen, die ich kürzlich wiederfand, hatte ich z. B. einen Zeitungsartikel aufbewahrt, der sich mit den Menschen befasste, die in der Schweiz als vermisst ausgeschrieben und nie wieder aufgefunden wurden.

Ab und zu fragte er mich um Beiträge für seine Vierteljahresschrift für Kultur und Politik »Freibeuter« oder eine Anthologie wie »Karnickel, Karnickel«, die ausschließlich dem Kaninchen gewidmet war. Dieses Nebeneinander von politisch-kulturellem Interesse und Nonsens war typisch für ihn und hat mir stets gefallen. Nonsens ist als konsequente Verneinung der Realität eine Abwehrhaltung gegenüber dem Normalen, eine Ordnungskritik, und hat dadurch auch eine politische Komponente.

Er fragte mich auch immer wieder, ob er nicht einmal etwas von mir herausbringen könnte, aber ich wollte mit meinen Hauptwerken bei Luchterhand bleiben, zu dessen dienstältestem Autor ich inzwischen geworden bin. Als jedoch die Taschenbuchrechte an meinem ersten Erzählband »Der Rand von Ostermundigen« wieder frei wurden, fragte ich ihn meinerseits, ob das vielleicht als Wagenbach-Taschenbuch in Frage käme. Bevor er zusagte, legte er es zwei jungen Mitarbeitern zur Lektüre hin, und ich hatte Glück. Es gefiel nicht nur dem angejahrten Verleger, sondern auch den beiden Jungen, und heute noch ist »Der Rand von Ostermundigen« mit einem Klee-Bild auf dem Umschlag eines der hübschesten Taschenbücher, die es von mir gibt.

Zum Fest an seinem 80. Geburtstag brachte ich ihm einen Laib Formagella, einen Käse aus dem Maggiatal, wo ich eine Alphütte und Klaus Wagenbach ein Haus hatte. Stephan Hermlin hatte dort sein Buch »Abendlicht« geschrieben.

Als ich vor ein paar Jahren den Alice Salomon-Poetik-Preis bekam und man mich fragte, ob ich einen Wunsch für die Laudatio habe, nannte ich ohne große Hoffnung Klaus Wagenbach, den immer Vielbeschäftigten, und zu meiner Rührung sagte er zu und sprach über die Poesie als unverzichtbares Bindeglied zwischen der surrealen und der realen Welt.

Einmal kam er meiner Frau und mir zufällig auf der Straße entgegen, als wir unterwegs zur Autorenbuchhandlung am Savignyplatz waren. Wir hatten uns länger nicht gesehen, aber wir unterhielten uns, als ob wir uns jeden Tag anträfen, das hatte die Selbstverständlichkeit eines Dorfes, des großen Dorfes Berlin.

Jetzt ist er endgültig aufgebrochen, ohne seine Zahnbürste, und das Dorf ist ärmer geworden ohne ihn.

Hans-Ulrich Schlumpf

Wenn sich in einem Film ein Entflohener mit letzter Kraft, dem Verdursten nahe, durch die Wüste schleppt, wenn sich ein Extrembergsteiger keuchend in einer senkrechten Felswand mit geschundenen Händen an fingerbreiten Griffen hocharbeitet, wenn ein bärtiger Polarforscher kurz vor seinem Erfrierungstod noch einen verzweifelten Blick aus seinem sturmumtosten Zelt wirft, dann kann ich mir die Vorstellung oft nicht verkneifen, wie diese Szenen gedreht wurden. Ich sehe dann hinter dem einsamen Verdurstenden eine 20-köpfige Filmcrew unter ausladenden Sonnenschirmen, wo in Styroporkisten eisgekühlte Getränke bereitgehalten werden, oder ein Kamerateam, das, von einem Helikopter abgesetzt, gut gesichert auf einer Plattform am Ausstieg der Felswand sitzt, oder ein paar Vermummte in warmen Daunenjacken hinter einem Stativ, vor einem Raupenfahrzeug, in dem Thermoskrüge mit heißem Tee zu haben sind.

Und damit sind wir beim Buch, das Hans-Ulrich Schlumpf über die Entstehung seines Films »Der Kongress der Pinguine« gemacht hat.

Das Filmemachen ist an sich schon ein mühseliges

Geschäft, bei dem die kurze Zeit der Aufnahmen nur, um es mit einer antarktischen Metapher auszudrücken, die Spitze des Eisbergs ist. Der Weg von der ersten Idee über das erste Treatment, über die Geldbeschaffung bis zum letzten Drehbuch und der endgültigen Drehreife ist zermürbend lang, und hinter der Piazza Grande der Filme, die realisiert werden können, dehnt sich ein ebenso großer Friedhof der gescheiterten Projekte aus.

Wenn es sich dann noch um ein Filmprojekt in der Antarktis handelt, bei dem es Genehmigungen, Transport- und Unterkunftsmöglichkeiten zu organisieren gilt, verdreifachen sich die Vorarbeiten, und es ist ein langer Atem, ein großes Selbstvertrauen und sehr viel Durchhaltevermögen gefragt. Davon erzählt dieses Tagebuch, und beim Lesen begeben wir uns mit auf eine Expedition, die uns aus den Büros von Schifffahrtsgesellschaften über stürmische Meeresfahrten zu verlassenen Walfanginseln und antarktischen Forschungsstationen bringt.

Das Buch ist gewissermaßen ein literarisches »Making of«, das von der Mühsal der außergewöhnlichen Reisen erzählt, von den immer neuen Hindernissen bei den Dreharbeiten in einer Welt, die mit unseren gewohnten Schauplätzen nichts zu tun hat, und dies alles mit Bildern anreichert, die buchstäblich weit hergeholt sind, auch aus der Vergangenheit, wie die Ruinen der Walfangstationen Grytviken oder Leith Harbour. Auch die schönsten Aufnahmen von Gletschern, Eisbergen und Pinguinen werden nie zu Postkartenidyllen, immer ist die Kälte mit auf den Bildern, aus jedem Foto weht eisige Luft.

Und dann sehen wir die vier Schweizer Polarforscher im Eis stehen, die für Wochen zur Zusammenarbeit unter extremen Bedingungen verdammt sind. Wir schauen uns irgendwo an der Wärme auf einem Liegestuhl unter einem Sonnenschirm dieses Polarquartett an, nippen dazu an einem Eistee und fragen uns: Spinnen die?

Wer je auf einem Filmset gearbeitet hat, weiß um die alltäglichen Spannungen im Team, dem Zerren am Kräfteparallelogramm Produzent, Regisseur, Kameramann, Tonmeister. Wenn jedoch die Beteiligten auf engstem Raum in menschenfeindlichen Umständen zusammen sind, bekommen die Auseinandersetzungen ein mächtigeres Potential, und wir leiden beim Lesen mit.

Schaudernd sehen wir den Treck von Containern, von einem Caterpillar gezogen, der ins weiße Nichts zur Law-Dome-Forschungsstation fährt, 160 Kilometer weit. Was, wenn ein Schneesturm kommt? Wie finden sie den Weg? Und wenn ein Motor ausfällt? Keine Rega weit und breit.

Und wie manches treffen die cinéastischen Abenteurer nicht so an wie erwartet oder erhofft! Ein Dauerproblem: Wind und Wetter, die immer wieder zum Warten zwingen, aber am ernüchterndsten wohl die Tatsache, dass sie für das Filmen der Kongressteilnehmer, nämlich der Pinguine, nicht zur richtigen Zeit da sind und die Vollendung dieser Aufgabe einem Pinguinforscher übergeben müssen, der das ganze Jahr über in der Antarktis ausharrt und noch nie mit einer 35 mm-Kamera gearbeitet hat. Ob man in einer winzigen Kajüte bei einem Sturm mit der Seekrankheit kämpfen muss, ob einen die Langeweile anfällt, wenn man im Packeis feststeckt, oder ob man sich auf einer Forschungsstation behaupten muss, deren Leiterinnen erst knapp zuvor von der Ankunft einer Filmequipe benachrichtigt wurden – es braucht unglaublich viel Energie, vor dem inneren Auge einen poetischen und visionären Film ablaufen zu sehen, für dessen Gelingen man all dies auf sich nimmt.

Da mich Hans-Ulrich Schlumpf angefragt hatte, einen Text zum Film zu verfassen, war ich von Anfang an mit dem Projekt vertraut. Ich erinnere mich gut, wie ich ihm einmal an Weihnachten einen Fax in die Antarktis schickte und geradezu andächtig zuschaute, wie ihn mein Gerät einsog und wie mich die Vorstellung, dass er zur gleichen Zeit Tausende Kilometer entfernt frisch gedruckt aus einem Gerät herauskroch, erstaunte und erfreute.

Unvergesslich sind mir auch seine Reaktionen, als ich ihm das Drehbuch der zweieinhalbstündigen Rohfassung zurückgab. Er hatte mich gebeten, den Film auf eine zumutbare Länge von etwa anderthalb Stunden zu komprimieren. So hatte ich die Stellen, die meiner Meinung nach am ehesten entbehrlich waren, am Rand mit »WEG!« markiert, und bei jedem dieser WEGs zuckte Hansueli zusammen, als hätte ich ihm einen Stich ins Herz versetzt.

Jeder Dokumentarfilmer ist in sein Material verliebt und kann sich schwer davon trennen, doch wenn ich dieses Buch ansehe, mit seinen wunderbaren Bildern und all den Seiten voller Bangen und Leiden, verstehe ich ihn doppelt so gut, bin froh, hier einiges wiederzufinden, das in seinem großartigen Film WEGfiel, und möchte ihm nochmals zurufen: »Entschuldigung!«, oder wie es der Träumer im Film auf Norwegisch sagt: »Unnskyld!«

Maja Büchel

Die silberne Kette

Die junge Frau war traurig, und sie wusste nicht, warum.

Als sie einmal auf einem Bänklein am Waldrand saß und auf die Stadt hinuntersah, musste sie weinen.

»Was hast du denn?«, fragte ein Stimmchen neben ihr.

»Ich bin traurig«, sagte die junge Frau.

»Warum?«, fragte das Stimmchen.

»Was geht dich das an?«, fragte die junge Frau. »Wer bist du überhaupt? Und wo bist du überhaupt?«

»Ich bin ein Zwerglein, ich wohne unter dem Bänklein.«

Die junge Frau blickte unter das Bänklein, sah aber niemanden, schon gar nicht ein Zwerglein. Als alles ruhig war, begann sie wieder zu weinen.

»Willst du mir nicht sagen, warum du weinst?«, fragte das Stimmchen nach einer Weile. »Vielleicht kann ich dir helfen.«

»Ach«, sagte die junge Frau, »da unten ist das normale Leben. Ich glaube nicht, dass ich da hineinpasse.«

»Musst du auch nicht«, sagte das Zwerglein.

»Was soll ich denn machen?«

»Folge deinem Weg«, sagte das Zwerglein. »Und komm jedes Jahr um dieselbe Zeit hierher, dann bekommst du von mir ein Geschenk.«

Nun musste die junge Frau lachen.

Aber dann ging sie als Lehrerin statt in ein gewöhnliches Schulzimmer in einen Zirkuswagen und unterrichtete die Zirkuskinder.

Als sie nach einem Jahr wieder zum Bänklein kam, lag ein Stück einer silbernen Kette darauf.

»Danke«, sagte die junge Frau, wartete aber vergeblich auf das Zwerglein.

Dann verdingte sie sich an ein Malereigeschäft und strich ein Jahr lang alte und neue Wände an.

Als sie wieder zum Bänklein kam, lag ein Stück einer silbernen Kette darauf.

Und ob sie eine junge Familie in die Sommerferien begleitete und ihre kleinen Kinder hütete, oder ob sie mit einer Sängerin zusammen Lieder einstudierte und schmetternd vortrug, obwohl sie gar keine Ausbildung dazu hatte, oder ob sie sich in die Politik einmischte, für die sie überhaupt nicht gemacht war, ob sie sich statt einem Mann einer Frau zuwandte, immer folgte sie ihrem Weg, und jedes Jahr lag ein weiteres Stück der silbernen Kette auf dem Bänklein. Sorgfältig hängte sie es jeweils an, und die Kette wurde immer länger.

Eines Tages, als die junge Frau alt geworden war und sich wieder auf das Bänklein setzte, saß das Zwerglein da und hielt ihr ein kleines Stück der Kette entgegen.

»Es ist das letzte«, sagte es.

»Ich weiß«, sagte die Frau.

»Du hast es gut gemacht«, sagte das Zwerglein.

»Zum Glück habe ich auf dich gehört«, sagte die Frau. »Ich danke dir. Die Kette ist jetzt lang genug.«

Dr. Heini Diggelmann

Dr. Heini Diggelmann
ist unser Arzt, der alles kann.

Behandelt Alte und auch Junge
behandelt Leber, Milz und Lunge

Er findet für die kleinste Chose
eine klare Diagnose.

Du spürst ein Ziehen in den Nieren
er lässt dich gleich die Angst verlieren

und sagt, das komme bloß vom Rücken
und wird dich zum Kollegen schicken

dem mit den Infiltrationen
in heikle Lendenwirbelzonen.

Wenn Schwindel dich hinunterzogen
dann schickt er dich zum Angiologen.

Und fragst du bang: »Ist das normal?«
dann sagt er: »Es ist subdural.«

Er ist um Wörter nie verlegen
ein Wort ist schon das halbe Pflegen

es heißt, dein Leiden ist bekannt!
Er misst den Puls dir noch von Hand

und musst du manchmal etwas wimmern
dann weiß er gleich: ein Vorhofflimmern.

Er zeigt dir dann, oh jemine
die Zacken auf dem EKG.

Beim Labortest sagt er: »Aha
ein leicht erhöhter PSA.«

Erbleichst du, wird schon abgewunken:
»Dafür Entzündungswert gesunken.«

Und was ist mit dem Fingerknochen
ist er verstaucht, ist er gebrochen?

Du wirst geröntget, und das Bild
bestätigt, es ist halb so wild:

Was auf dem Bildschirm leicht verschwimmt
erklärt er so lang, bis es stimmt.

Desgleichen mit dem MRI
er sieht's sofort, du siehst es nie.

Und wie's so geht, nach Jahren eben:
Er kennt dein ganzes Innenleben.

Er kennt dein Blut, kennt den Urin
und kennt die beste Medizin.

Er kennt im Voraus deine Schmerzen
sein sie vom Magen oder Herzen

kurzum, das, was er alles kennt
das bist dann du, der Patient

notiert mit zierlich feinen Lettern
auf gelben Anamneseblättern.

Er spült die Ohren, näht die Wunden –
Schön ist die Vielfalt seiner Kunden:

Von der Migrantin bis zum Rocker
kriegt jedes seinen Betablocker.

Damit sich etwas nicht verschleppt
gibt's immer wieder ein Rezept.

Auch das wird noch von Hand geschrieben
ist 30 Jahre so geblieben.

Und gegen Ende auch noch das:
Ein Hoch auf alle MPA's!

Sie sind die Engel, bleiben dran
umschweben Dr. Diggelmann.

Von alten Herren, jungen Damen
machen sie die Blutentnahmen

telefonieren, röntgen, impfen
und halten sich zurück mit Schimpfen

wenn jemand viel zu spät erscheint
und sagt, er habe halt gemeint …

Euch allen gilt mein großer Dank –
Ich werde immer lieber krank.

Ich darf ja, und da hab ich Schwein
in die Praxis Felsenrain.

Heini Diggelmann, das weiß ich
der macht auch noch die nächsten 30

und schiebt man mich mit 109
im Rollstuhl durch die Tür herein

dann wird er dort am Tresen stehen
Und krächzen: »Schön, dich hier zu sehen!«

Jacob Stickelberger

Als ich Jacob im Herbst zum letzten Mal im Tertianum besuchte, war ihm schon nicht mehr ganz klar, wo er war. Er nahm offensichtlich an, er sei zu Hause.

Ich erzählte ihm, dass sein Beitrag, den er 1977 für meinen Porträtband über Mani Matter geschrieben hatte, in der jetzt erscheinenden Neuauflage immer noch drin sei, und wir begannen uns über Manis Lieder zu unterhalten; ich sang die erste Zeile von »farbfoto«, und Jacob hängte mühelos die zweite Zeile an, und ich merkte, in den Liedern war er zu Hause, in denen von Mani und in seinen eigenen. »farbfoto« hatten wir einmal zusammen gesungen, an einem Abend, der zur Mani Matter-Ausstellung im Landesmuseum stattfand, und später an einem Gedenkanlass zu Manis 75. Geburtstag in Bern.

Wann und wo wir uns kennen lernten, Jacob und ich, weiß ich nicht mehr genau, aber es kann fast nur bei Mani gewesen sein.

Als sich Mani von der großen Formation der Berner Troubadours zurückzog und nur noch mit denjenigen Kollegen auftrat, für deren Lieder er geradestehen konnte, gehörte Jacob zusammen mit Fritz Widmer zu dem Trio, das oft miteinander unterwegs war. Sowohl Jacob als auch Fritz Widmer legten ihre neuen Chansons meistens Mani Matter vor, ein Austausch, der auch umgekehrt funktionierte. »Zur Begutachtung« schrieb Mani jeweils unter einen Entwurf, den er den anderen schickte. Besonders intensiv wurde die Zusammenarbeit bei der »Kriminalgschicht«, einem Programm, das sie gemeinsam erarbeiteten und das sie wegen Manis frühem Tod nicht mehr zusammen aufführen konnten. Jacob und Fritz sangen es dann zu zweit.

Die Autofahrten zu den Auftritten und die Heimfahrten müssen sehr lustig gewesen sein. Einmal sprachen sie über Schüttelreime, Mani behauptete, man könne eigentlich alles schüttelreimen, und Jacob forderte ihn sogleich auf, mit dem Namen Stickelberger den Beweis anzutreten. Mani dachte etwa eine halbe Stunde nach und ließ sich dann mit dem Vers vernehmen:

Es pickelt arg der Stickelberger
Doch du, Fritz Widmer, pickelst ärger.

Sie alle drei verband unter anderem die Freude am Sprachspiel.

In seinem Lied »Di schwyzerischi Ärzteschaft« entfesselt Jacob einen irren Worttanz um die Tatsache, dass ein negativer Befund für den Patienten positiv ist.

doch bald heisst's: loset dir syt gsund
denn negativ syg my Befund

und das syg medizinisch sehr z begrüesse
s'heisst mit andre Wort
dass negativ syg positiv
wärs positiv wärs negativ
uf das hi hani lenger blybe müesse
denn wär das begryffe wett
brucht e Zytlang Rueh im Chrankebett

Unvergesslich, wie er aus dem Zungenbrecher

»Dr Papst het z'Spiez
ds Späckbsteck z'spät bstellt«

eine kleine Geschichte macht, in der die Spiezer dem Papst mitteilen, seine Bestellung komme zu spät,

mir liferes nümme,
das Bsteck.

Wo d'Spiezer nid nagä
da isch es passiert
dr Papst het si alli
exkommuniziert
doch het er da äbefalls z'spät reagiert
denn z'Spiez sy si lengscht
reformiert.

Aber neben dem Wortspieler Jacob gab es immer auch den Poeten, etwa in seinem zärtlich skurrilen Lied »My Elefant«, einem meiner Lieblinge, oder in der traurigen

Liebesgeschichte »Zwe Züg«, die auch in meinem Theaterstück »ÖV« im Bernhard-Theater gesungen wurde, oder ganz direkt im Lied an sein geliebtes Madisli »My Frou«.

Für die Plattenhülle seiner LP »Portrait« habe ich vor bald vierzig Jahren einen kleinen Text geschrieben:

»Jacob Stickelberger ist Rechtsanwalt und als solcher mit den Ränken und Krümmungen menschlichen Denkvermögens eng vertraut. Die Hauptpersonen seiner Lieder müssen sich denn auch häufig durch wahre Labyrinthe von Überlegungen oder Handlungen zwängen, bevor die Sache dann doch ein schlechtes Ende nimmt, ähnlich wie im Prozesswesen.

Als Anwalt ist sein Ruf mindestens so gut wie als Chansonnier, und zwar weil er eine in diesen Kreisen seltene Eigenschaft oder schon fast Eigenheit hat: Er sagt nie mehr, als was er selbst glaubt. Deshalb glaubt man ihm das meiste, was er sagt. Daran ändert auch eine gewisse Umständlichkeit nichts, eine Umständlichkeit, die sich bis zur Bescheidenheit steigern kann – lieber stellt er seinen Wagen eine Viertelstunde vom Theater entfernt in ein Parkhaus, als dass er sich auf den reservierten Parkplatz vor dem Theater verlässt.«

Seine Dienste als Rechtsanwalt habe ich zweimal in Anspruch genommen.

Einmal sendete der ORF im Fernsehprogramm eine halbe Stunde von mir, die er in Graz in der deklarierten Absicht aufgenommen hatte, kurze Ausschnitte davon in einer Aktualitätensendung zu platzieren, und als ich davon erfuhr und für die halbe Stunde ein Honorar verlangte, bekam ich einen larmoyanten Brief des verantwortlichen Redaktors, es stünden ihm leider in diesem Fall keine Mittel zur Verfügung, und ich sei ja mit der Aufnahme einverstanden gewesen. Da zeigte ich Jacob dieses Schreiben und sagte ihm, wenn er ein Honorar für mich heraushole, würden wir das mit unsern Frauen zusammen verjubeln. Jacob schrieb einen geharnischten Brief, und seine Drohungen waren offenbar so glaubhaft, dass umgehend eine Zahlung aus Österreich eintraf, und es war uns ein Leichtes und eine Freude, die 800 Franken mit seinem Madisli und meiner Ursula im Edellokal »Chez Max« in Zollikon zu verfressen und mit erlesenstem Wein zu begießen.

Das zweite Mal verfasste ich mit seiner Hilfe ein rechtsgültiges Testament, das er mir mit der Bemerkung zurückschickte, so sei es in Ordnung, und nun könne ich ruhig abzwitschern.

Was Jacob in seinem Beitrag im Porträtband über Mani Matter schrieb, nämlich dass man ihn oft so grässlich seriös darstelle, dabei sei er in Wirklichkeit »ein derart liebenswürdiges Kalb« gewesen, traf eben auch auf ihn selber zu.

Einmal war ich dabei, als er sich selber verteidigen musste. Auf der Heimfahrt nach einem gemeinsamen Anlass in Winterthur stellte sich in der S-Bahn bei der Billettkontrolle heraus, dass er, der Tücke eines Automaten erliegend, eine Fahrkarte nach Winterberg gelöst hatte statt nach Winterthur. Der Kontrolleur wollte ihm deswegen eine Buße verpassen, aber Jacob legte ein derart überzeugendes Plädoyer für den ungleichen Kampf zwischen Mensch und Automat hin, dass sich der Kontrolleur zuletzt brummend geschlagen gab und auf die Buße verzichtete.

Manchmal hat Jacob auch mir ein Lied geschickt, auf dünnem Durchschlagpapier, und darunter mit seiner kleinen, bescheidenen Schrift geschrieben: »Was meinsch?«

Wie schade, dass ich ihm nicht mehr antworten kann.

Fred Kurer

schreib ein gedicht über die irre behauptung dass
genau dort
wo du nicht bist
das glück sich befinde

behaupte das gegenteil

lese ich in Fred Kurers »aufgabensammlung für angehende lyriker« und sehe ihn vor mir.

Ob er glücklich war, weiß ich nicht, aber nie hatte ich das Gefühl, er sei unglücklich. Immer hatte er ein Projekt vor sich oder eines hinter sich. Seine Neugier blieb nie folgenlos. Wenn ihn ein zeitgenössischer Autor interessierte, wie etwa der im Londoner Exil lebende H. G. Adler, zögerte er nicht, ihn nach St. Gallen einzuladen, und er ließ so lange nicht locker, bis dieser tatsächlich kam. Wenn ihn ein vergangener Autor interessierte, wie etwa Joseph Conrad, zögerte er nicht, jahrelang in sein Werk einzutauchen und sich Mitstreiter zu suchen, wie Heiko Strech, damit er sich nicht allein im Uferlosen verlor.

schreib wie ausgerechnet du
geboren werden musstest
inmitten einer von bergen umstandenen welt
ausgerechnet du
mit deiner seefahrenden seele.

Das hatte er, eine seefahrende Seele, oder jedenfalls eine fahrende Seele, die sich *ex patria* nach Weite sehnte, nach Kreta, Wales, nach Syrien, Malaysia, Australien. Erzählte er mir von seinen Reisen, dann hatte es immer die Beiläufigkeit von Spaziergängen. Er brauchte sie, ohne genau zu wissen, warum, er wusste ja, dass das Glück nicht anderswo war

wisoo mo n i aigetli di ganz zit abhaue fo Sanggale

denn auch in St. Gallen

isch all no e schtok wält omenand
und denn hät s äbe n immer au no
en rächte broke himmel drom ome

Kennen gelernt hab ich ihn als wirklichen St. Galler, den Programmleiter der Kellerbühne am Müllertor, dessen erster Brief an mich im Mai 1968 mit der Anrede »Sehr geehrter Herr Hohler!« begann. Es ging um eine Vorstellung an Silvester, der ich offenbar nicht ganz traute, worauf er schrieb:

»Ihre Zweifel betreffend Première am letzten Tag des Jahres teile ich ganz und gar nicht: Ich garantiere Ihnen ein interessiertes, aufgeschlossenes, ›gutes‹ Publikum.«

Da war er, der hartnäckige Verfolger seiner Projekte, dem man nicht nein sagen konnte.

mach gebrauch von deiner ironie aber
sei gefasst auf das vielleicht bittere ende.

lautet eine seiner Anleitungen für angehende Lyriker.

Seine Ironie hat mir immer gefallen, sie war eine Schwester seines Humors, war oft von einem trockenen Lachen begleitet und legte einen kleinen Abstand zwischen ihm und der Realität.

Für sein selbst gewähltes Ende, das mich traurig machte, kann ich mir alle möglichen Adjektive vorstellen, nur eines nicht: bitter.

Rafik Schami

Manchmal versuche ich mir vorzustellen, ich hätte die Schweiz in jungen Jahren verlassen müssen, aus was für Gründen auch immer, nehmen wir mal an, aus politischen, und sei gewarnt worden, ich würde bei meiner Rückkehr verhaftet, wäre dann, weil mich die Geschichten aus »1001 Nacht« immer fasziniert haben, in die arabische Welt geflüchtet, sagen wir nach Aleppo oder Damaskus, hätte dort Arabisch gelernt und hätte, da in der Schweiz niemand gewagt hätte, meine Texte zu veröffentlichen, begonnen, Geschichten auf Arabisch zu schreiben, hätte versucht, mit Erzählungen aus der mythischen und sagenumwobenen Welt der Berge bei einem syrischen Publikum Interesse zu wecken, hätte einen Verlag finden müssen, der bereit gewesen wäre, einen Arabisch schreibenden Autor, dessen Muttersprache mit den syrischen Sprachen nicht das Geringste zu tun hätte, der sich aber mit unermüdlichem Fleiß in ihre Feinheiten vertiefen würde und überzeugt wäre, dass er mit dem, was er zu erzählen hat, eine Brücke schlagen kann zwischen der Welt, in die es ihn verschlagen hat und der Welt, aus der er herkommt – so oft ich mir dies vorzustellen versuche, so oft scheitert meine Vorstellungskraft.

Dabei ist das Szenario noch nicht zu Ende gedacht. Es gälte ja auch, sich zu vergegenwärtigen, was es bedeutet, von seiner Familie abgeschnitten zu sein, von Eltern, Geschwistern und Verwandten, auch von einem Freundeskreis, von so vielen vertrauten Menschen, zu denen man nicht mehr zurückkann.

Kein Klassentreffen mehr, bei dem man zu einem Gleichaltrigen sagen kann »Weißt du noch?« Wer auswandert, kann auch wieder zurück, wer im Exil lebt, nicht. Wäre ich in dieser Lage, würde mir immer klarer, dass mein erstes Leben abgeschlossen ist und ich mir ein zweites Leben erfinden muss.

Auch hier stockt mein Vorstellungsvermögen.

Und wie würde mein zweites Leben aussehen? Würde ich eine Lebensgefährtin finden, und wenn, hätte ich mit ihr Kinder, die Arabisch sprächen und mein Schweizerdeutsch nachsichtig lächelnd zur Kenntnis nähmen? Hätten sie ihre Großeltern noch kennen gelernt, am Telefon oder vielleicht schon per Zoom oder Skype? Müsste ich, damit ich in der Familie meiner Frau akzeptiert wäre, zum Islam konvertieren, als ungläubiger Christ, der ich bin? Und was die Literatur betrifft: Würde man mich als gleichwertigen Autor akzeptieren oder als harmlosen Geschichtenerzähler abstempeln, der sich der alpinen Klischees bedient, um sich in der arabischen Welt beliebt zu machen? Und fände ich überhaupt ein Publikum, oder bliebe es bei ein paar verschworenen Freunden exotischer Literatur?

Spätestens hier würde meine Vorstellungskraft sagen: Treib die Umkehrung nicht zu weit, so etwas ist dir sowieso nicht passiert, es wird dir nicht passieren, und es *kann* dir gar nicht passieren.

Dir nicht, aber anderen sehr wohl.

Denn da steht auf einmal Rafik Schami auf der Bühne und erzählt aus seinem letzten Roman, und gestern stand er auf einer andern Bühne und erzählte aus demselben Roman, aber aus einer andern Passage, denn sein Ehrgeiz ist es, keinen Abend gleich wie den andern zu gestalten, außer vielleicht mit der letzten Wendung, wenn er eine weitere Episode erwähnt und dann mit den Worten abbricht: »Aber das ist eine andere Geschichte.«

Und vor uns steht ein fröhlicher, lebendiger, nachdenklicher, engagierter Mensch, dem die Erfindung seines zweiten Lebens gelungen ist, der sich in der fremden Sprache eingenistet hat wie ein Zugvogel, der sich entschlossen hat, nicht mehr dorthin zurückzufliegen, wo er herkam. Er erzählt und erzählt, und wenn er erzählt, erblüht die Wüste.

Rafik Schami ist eine große Ermutigung für alle, die darum kämpfen, ihr Leben in die eigene Hand zu nehmen, und er steht für mich für alle, die auf Deutsch schreiben, ohne in dieser Sprache aufgewachsen zu sein, von Salim Alafenisch bis Yusuf Yesilöz, von Wladimir Kaminer bis Usama Al Shahmani, von Nino Haratischwili bis Melinda Nadj Abonji, von Saša Stanišić über Catalin Dorian Florescu bis Dana Grigorcea.

Ihnen allen gebührt mein Respekt, allen, die aus ihrer Muttersprache vertrieben wurden und wissen, dass ihre neue Heimat nur eine Sprache sein kann.

Mariella Mehr

Sie trägt eine violette Kopfbedeckung, halb Mütze, halb Hütchen.

Ein Pfleger kniet neben ihr und verbindet ihren Fuß. Es dauere nur eine Minute. Ich warte vor der Tür, bis er fertig ist.

Schön eingerichtet ist ihr Zimmer, man kommt nicht in einen Raum, in dem schon morgen jemand anderer untergebracht werden kann, da ist ihr eigener Tisch, mit dem aufgeklappten Laptop, Bücher türmen sich daneben auf, in der Ecke neben dem Fenster ihre Bibliothek in Kisten, ein CD-Ständer, man kommt zu ihr nach Hause.

Ich habe einen bunten Strauß mit Sonnenblumen gebracht, der Pfleger besorgt eine Vase.

Auf dem Tisch liegt die Anthologie »20/21 Synchron« mit einem Beitrag von ihr, und auch von Erica Pedretti.

Ich lese ihr Ericas Text vor, in welchem sich Elefanten um ein Papier gruppieren, ein schöner Text, findet sie, und ich erzähle ihr, wie Erica gestorben ist, im Heli abgehoben, lächelnd.

Ich erzähle ihr auch die Geschichte von der 7-jährigen Erica im von Deutschland besetzten Mähren, die in ihrem

Lesebuch die Seiten mit dem Lied »Gruß« von Mendelssohn/Heine zukleben musste, weil es Juden waren, und die Seiten zu Hause über Wasserdampf wieder öffnete und sich die Melodie merkte, die sie von da an auf der Blockflöte spielte.

Mariella nickt. Der Widerstand eines Kindes gegen die Zwänge der Welt, das ist ihr vertraut.

Vor ein paar Tagen war sie mit einer Lungenembolie im Spital. Das sei nicht lustig gewesen.

Sie zündet sich eine Zigarette an, sofort kommt der Pfleger und sagt, Sie dürfen hier nicht rauchen.

Ich bin hier daheim, sagt Mariella, dann darf ich auch rauchen.

Der Pfleger verneint höflich, aber kategorisch und schiebt sie im Rollstuhl auf die Terrasse, ich gehe mit.

Ob sie noch schreibe, frage ich. Ja. Was? Eine Erzählung. Worum geht es? Um zwei Frauen, die sich hassen bis aufs Blut.

Als wir uns das letzte Mal sahen, bei einer Veranstaltung im Kreuzgang des Grossmünsters mit Roma-Musik und -Literatur, klagte sie, sie habe 120 Gedichte, die niemand veröffentlichen wolle. Ich fragte dann nach, die Verlage winkten ab, keiner wagt mehr, Gedichte herauszugeben, auch ein bekannter Literaturvermittler wehrte ab, da könne er nichts tun. Das berichte ich ihr.

Schlafen kann sie gut, sie geht um 12h zu Bett, ist um 5h wach, das genügt, dann stehe sie auf und schreibe.

Wie heißt der erste Satz der Erzählung?

Rhesus Maria.

Jesus?

Nein, Rhesus!

Natürlich, ich nicke, meistens verstehe ich die Wortspiele der andern nicht gleich.

Ob sie Musik höre? Ja, die Symphonien von Brahms.

Dann hat sie eine vertrauliche Frage, spricht noch leiser, als sie ohnehin schon spricht: Sag mir, wo bin ich hier eigentlich?

Im Pflegeheim Entlisberg.

Sie erschrickt.

Du hast einen lieben Sohn, sage ich, und sie strahlt.

Er rief mich an, um mir zu sagen, es gehe wohl zu Ende mit ihr. Er empfahl mir, am Vormittag zu kommen, da sie am Mittag zu trinken beginne.

Ob ich ihr einen Dreier Dôle holen könne, fragt sie mich. Eine leere Flasche steht schon auf ihrem Tisch.

Ich gehe ins Restaurant hinunter, wo mir eine Tafel mitteilt: Alkoholische Getränke werden erst ab 11.15h verkauft. Das Problem ist also bekannt.

Ich gehe hinauf und sage ihr, sie müsse bis 11.15h warten.

Ich kann aber nicht so lang bleiben.

Mach's gut, sage ich und küsse sie zum Abschied.

Inhalt

Vorwort 5
Emil 6
Gardi Hutter 10
Mani Matter 13
Wolf Biermann 26
Ernst Kunz 29
Arnold Kübler 35
Max Wynistorf 39
Friedrich Dürrenmatt 43
Max Frisch 47
Lutz Rathenow 50
Niklaus Meienberg 55
Peter Härtling 59
Elias Canetti 61
Loriot 69
Peter Bichsel 72
Kaspar Fischer 77
Peter von Matt 83
Alois Büchel 88
Monique Laederach 96
Mona Blatter 97

Bruno Manser 98
Urs Heller 101
Jürg Schubiger 110
Hanns Dieter Hüsch 119
Dodo Hug 123
Cés Keiser 126
Linard Bardill 133
Ursus und Nadeschkin 138
Fritz Widmer 145
Vrony Jaeggi 154
Ludwig Storz 157
Georges Irman 159
Christian Schocher 163
Erica Brühlmann-Jecklin 167
Edy Brunner 173
Dieter Hildebrandt 179
Gerhard Meier 184
René Quellet 196
Dora Koster 199
Jürg Nänni 204
Alex Sadkowsky 207
Urs Widmer 209
Carl Thöny 210
Christoph Homberger/Christoph Keller 215
Dimitri 223
Martin Vosseler 225
Helen Meier 228
Adolf Muschg 235

Beat Richner 238
Chantal Nagel 242
Rita Planzer 244
Kurt Marti 246
Heinrich von Grünigen 254
Helke Schroeder 257
Theodor Fümm 259
Klaus Wagenbach 261
Hans-Ulrich Schlumpf 265
Maja Büchel 270
Dr. Heini Diggelmann 273
Jacob Stickelberger 277
Fred Kurer 283
Rafik Schami 286
Mariella Mehr 290
Inhalt 294
Quellen 297
Bildnachweis 303

Quellen

Die Reihenfolge der Quellen richtet sich nach der Reihenfolge der abgedruckten Texte.

Emil: November 1970, für den Plattenumschlag »Emil, Geschichten, die das Leben schrieb«, Zytglogge Verlag, Bern

Gardi Hutter: aus Gardi Hutter, »Die Clownerin«, Panorama Verlag AG, Altstätten und München 1985

Mani Matter: aus »Projekt Schweiz – 44 Porträts aus Leidenschaft«, hrsg. Stefan Howald, Unionsverlag, Zürich 2021

Wolf Biermann: Die Weltwoche, Zürich, 24.11.1976 unter dem Titel »Enfant perdu«, nach Biermanns Ausbürgerung aus der DDR

Ernst Kunz: aus Franz Hohler, »Ein Feuer im Garten«, Luchterhand, München 2015

Arnold Kübler: Trauerfeier für Arnold Kübler, 31. Dez. 1983, Krematorium Nordheim, Zürich

Max Wynistorf: Tages-Anzeiger, Zürich, 18.11.1985

Friedrich Dürrenmatt: NZZ am Sonntag, Zürich, 5.12.2020

Max Frisch: Tages-Anzeiger, Zürich, 5.4.1991

Lutz Rathenow: Grußworte zu einer Lesung von Lutz Rathenow im Puppentheater Zürich, 19.1.1993

Niklaus Meienberg: Schweizer Illustrierte, Zürich, 27.9.1993

Peter Härtling: aus »für Peter Härtling, eine Festgabe zum 60. Geburtstag«, Radius Verlag, Stuttgart 1993

Elias Canetti: aus Franz Hohler, »Die blaue Amsel«, Luchterhand, München 1995

Loriot: TR 7, Zürich, Nr. 46, 1998

Peter Bichsel: zu Peter Bichsels 65. Geburtstag, vorgetragen im »Kreuz« Solothurn, 24.3.2000

Kaspar Fischer: aus »Untierhaltung – Das Gesamtkunstwerk Kaspar Fischer«, NZZ Verlag, Zürich 2001, hrsg. Thomas Bodmer

Peter von Matt: aus Franz Hohler, »Das Ende eines ganz normalen Tages«, Luchterhand, München 2008

Alois Büchel: Verleihung des Rheinberger-Preises, 25.11.2003, Vaduz

Monique Laederach: aus Franz Hohler, »Vom richtigen Gebrauch der Zeit«, Luchterhand, München 2006

Mona Blatter: Abdankungsfeier für Mona Blatter, 10.5.2005

Bruno Manser: Gedenkfeier für Bruno Manser, 21.5.2005 in der Elisabethenkirche in Basel

Urs Heller: Ansprache zum Kulturpreis der Stadt Aarau, Theater Tuchlaube, Aarau, 10.9.2005

Jürg Schubiger: Laudatio für Jürg Schubiger zum schweizerischen Kinder- und Jugendbuchpreis 2005 Bern, 20.11.2005

Hanns Dieter Hüsch: WOZ, Zürich, 8.12.2005

Dodo Hug: aus »madâme Dodo, Die Chansondame – Annäherung an einen Paradiesvogel«, Viamala-Verlag, 2006

Cés Keiser: Abdankungsfeier Cés Keiser, Grossmünster Zürich, 12.3.2007

Linard Bardill: aus Linard Bardill, »Aufs Leben los«, Limmat Verlag, Zürich 2007

Ursus und Nadeschkin: Verleihung des Hans-Reinhart-Rings, Theater Basel, 5.10.2008

Fritz Widmer: Trauerfeier für Fritz Widmer, Nydeggkirche Bern, 4.5.2010

Vrony Jaeggi: Radio DRS 2, 19.5.2012

Ludwig Storz: Trauerfeier für Ludwig Storz, Küttigen, 16.10.2012

Georges Irman: Abdankungsfeier Georges Irman 9.12.2013, Friedhof Enzenbühl, Zürich

Christian Schocher: Ansprache zur letzten Filmvorführung im CINEMA Rex in Pontresina, 2.4.2013

Erica Brühlmann-Jecklin: Ansprache für Erica Brühlmann-Jecklin zur Verleihung der »Goldenen Lilie« der Stadt Schlieren, 31.5.2013

Edy Brunner: vorgetragen am 70. Geburtstag von Edy Brunner, im Atelier Ewa Rotzler, Gockhausen, 19.10.2013

Dieter Hildebrandt: Basler Zeitung, 21.11.2013

Gerhard Meier: Ansprache zur Eröffnung der Ausstellung »100 Jahre Gerhard Meier« im Räberstöckli, Niederbipp, 27.5.2017

René Quellet: Schweizer Illustrierte, Zürich, 25.8.2017

Dora Koster: Gedenkveranstaltung für Dora Koster im Theater am Neumarkt, Zürich, 8.2.2018

Jürg Nänni: Video-Botschaft zur Trauerfeier für Jürg Nänni in Brugg, 13.3.2019

Alex Sadkowsky: für den Maler und Dichter Alex Sadkowsky zum Achtzigsten, NZZ, 24.1.2014

Urs Widmer: Tages-Anzeiger, Zürich, 4.4.2014

Carl Thöny: Trauerfeier für Carl Thöny, Zürich, 23.7.2015

Christoph Homberger/ Christoph Keller: Laudatio zum Kulturpreis des Kantons Zürich, Ziegelhütte, Zürich, 26.5.2016

Dimitri: Tages-Anzeiger, Zürich, 25.7.2016

Martin Vosseler: Trauerfeier für Martin Vosseler, Basler Münster, 12.11.2019

Helen Meier: Gratulationsfeier für Helen Meier zum 90. Geburtstag, 17.4.2019, Trogen

Adolf Muschg: 85. Geburtstag von Adolf Muschg, Theater Rigiblick, Zürich, 12.5.2019

Beat Richner: aus »Peter Rothenbühler, Dr. Beat Richner / Kinderarzt – Rebell – Visionär«, Beobachter-Edition, Zürich, 2019

Chantal Nagel: Trauerfeier für Chantal Nagel, offene Kirche St. Jakob, Zürich, 10.9.2020

Rita Planzer: Tages-Anzeiger, Zürich, 1.4.2021

Kurt Marti: aus »Kurt Marti – Sprachkünstler, Pfarrer, Freund«, Theologischer Verlag Zürich, 2020

Heinrich von Grünigen: Trauerfeier für Heinrich von Grünigen, 3.10.2021

Helke Schroeder: Trauerfeier für Helke Schroeder, vorgetragen von Uta Beth, 28.10.2021 in Berlin

Theodor Fümm: Pöschtli, Zeitung für die Gemeinden in Mittelbünden, Chur, 2.12.2021

Klaus Wagenbach: WOZ, Zürich, 6.1.2022

Hans-Ulrich Schlumpf: Vorwort zu »Antarctica« von Hans-Ulrich Schlumpf, Okt. 2022

Maja Büchel: Trauerfeier für Maja Büchel, Biel, 17.11.2022

Dr. Heini Diggelmann: Feier 30 Jahre Praxis Felsenrain, Zürich, 1.9.2022

[illegible]ob Stickelberger: Trauerfeier für Jacob Stickelberger, [illegible]mierte Kirche Zollikon,13.1.2023

Fred Kurer: Literaturzeitschrift »orte«, Schwellbrunn, Nr. 217, 22.7.2022

Rafik Schami: unveröffentlichte Ansprache für den nächsten Preis, der Rafik Schami verliehen wird

Mariella Mehr: Literaturzeitschrift »orte«, Schwellbrunn, Nr. 222, Juli 2023

Bildnachweis

Emil Steinberger: SWR/Hugo Jehle;
Wolf Biermann: Privatarchiv Franz Hohler;
Friedrich Dürrenmatt: Bruno Schlatter;
Max Frisch: Leonard Zubler;
Niklaus Meienberg: Klaus Hennch/Peter Wipf;
Hanns Dieter Hüsch: HeikeRost.com;
Dieter Hildebrandt: Niklaus Stauss, Zürich;
Dimitri und Emil: Keystone/Len Sirman-Archiv/STR;
Helen Meier: Keystone/STR;
Adolf Muschg: Ueli Hiltpold, Belp;
Rafik Schami: Privatarchiv Franz Hohler;
Mani Matter: Bruno Kirchgraber;
Mariella Mehr: Privatarchiv Franz Hohler

MIX
Papier | Fördert gute Waldnutzung
FSC® C014889

Penguin Random House Verlagsgruppe FSC® N001967

1. Auflage

Umschlaggestaltung: buxdesign München | Ruth Botzenhardt
unter Verwendung eines Motivs von © Esther Michel
Satz: Buch-Werkstatt GmbH, Bad Aibling
Druck und Einband:
Friedrich Pustet GmbH & Co. KG, Regensburg
Printed in Germany
ISBN 978-3-630-87775-4

www.luchterhand-literaturverlag.de
facebook.com/luchterhandverlag